ROSEANNA

MAJ SJÖWALL / PER WAHLÖÖ

ROSEANNA

Tradução do inglês por
Maurette Brandt

EDITORA RECORD
RIO DE JANEIRO • SÃO PAULO
2014

CIP-BRASIL. CATALOGAÇÃO NA FONTE
SINDICATO NACIONAL DOS EDITORES DE LIVROS, RJ

Sjöwall, Maj, 1935-
S637r Roseanna / Maj Sjöwall, Per Wahlöö; tradução de Maurette Brandt. – 1. ed. – Rio de Janeiro: Record, 2014.

Tradução de: Roseanna
ISBN 978-85-01-09691-3

1. Ficção sueca. I. Wahlöö, Per, 1926-1975. II. Werneck, Marcelo Araújo. III. Título.

13-02715 CDD: 839.73
CDU: 821.113.6-3

TÍTULO ORIGINAL:
Roseanna

Texto revisado segundo o novo Acordo Ortográfico da Língua Portuguesa.

Editoração eletrônica: Abreu's System

Direitos exclusivos de publicação em língua portuguesa somente para o Brasil adquiridos pela
EDITORA RECORD LTDA.
Rua Argentina, 171 – Rio de Janeiro, RJ – 20921-380 – Tel.: 2585-2000, que se reserva a propriedade literária desta tradução.

Impresso no Brasil

ISBN 978-85-01-09691-3

EDITORA AFILIADA

1

Encontraram o cadáver em 8 de julho, pouco depois das três horas da tarde. Estava praticamente intacto, não devia estar na água há muito tempo.

Na verdade, foi por puro acaso que encontraram o corpo. E o fato de ter sido encontrado tão rapidamente deveria ter ajudado nas investigações feitas pela polícia.

Abaixo das comportas, em Borenshult, há um quebra-mar que protege a entrada do lago contra o vento leste. Quando o canal foi aberto à navegação naquela primavera, o leito começou a ser obstruído. Os barcos tinham muita dificuldade para manobrar, suas hélices revolviam grossas camadas de lama amarela. Não foi difícil perceber que algo precisava ser feito.

Em maio, a companhia que administra o canal requisitou uma draga ao Conselho de Engenharia Civil. Os documentos foram passados de um funcionário perplexo para outro até, finalmente, serem remetidos ao Departamento Nacional de Portos e Navegação. O departamento achou que o trabalho deveria ser feito por dragas de caçamba, pertencentes ao Conselho de Engenharia Civil, mas este descobriu que era o Departamento Nacional de Portos e Navegação que detinha o controle das dragas de caçamba e, em desespero, apelou à Comissão de Portos, em Nörrkoping — que, por sua vez, devolveu imediatamente os documentos ao Departamento Nacional de Portos e Navegação. Foi nesse momento que alguém pegou um telefone e localizou um engenheiro que sabia tudo sobre dragas de caçamba. Sabia que, entre as cinco unidades disponíveis, somente uma conseguiria passar pelas comportas. A embarcação era conhecida como *O porco* e, por acaso, estava parada no porto de pesca de Gravarne. Na manhã de 5 de julho, ela atracou em Borenshult, diante dos olhares de crianças da vizinhança e de um turista vietnamita.

Uma hora depois, um representante da empresa administradora do canal subia a bordo para discutir o projeto. A conversa levou a tarde toda. O dia seguinte era sábado, e a draga permaneceu no quebra-mar enquanto os homens foram passar o fim de semana em suas casas. A tripulação era composta por um chefe da equipe de dragagem — que também exercia a função de comandante, com autoridade para levar o navio para alto-mar —, por um engenheiro de escavações e um operário. Os dois primeiros viviam em Gotemburgo e tomaram o trem noturno em Motala. O operário vivia em Nacka, e sua esposa buscou-o, usando o carro da família. Às sete horas da manhã de segunda-feira, todos estavam novamente a bordo e, uma hora depois, iniciaram a dragagem. Por volta das onze, a caçamba estava cheia, e a draga partiu para esvaziá-la no lago. Na volta, tiveram de parar e esperar, pois um barco a vapor se aproximava das barragens do Boren, seguindo na direção oeste. Turistas estrangeiros se amontoavam ao longo da amurada do navio e acenavam animadamente para a equipe que trabalhava na draga. O barco a vapor subiu vagarosamente pelas comportas em direção a Motala e ao lago Vättern e, por volta da hora do almoço, sua bandeira principal havia desaparecido atrás do portão superior da eclusa. À uma e meia, os homens voltaram a dragar.

A situação era a seguinte: o dia estava quente e bonito, com ventos de temperatura agradável e nuvens de verão que se moviam lentamente. Havia algumas pessoas no quebra-mar e na margem do canal. Muitos se bronzeavam, alguns pescavam, e duas ou três pessoas observavam a atividade de dragagem. A caçamba da draga engolira uma nova porção da lama depositada no fundo do Boren e começava a erguer-se da água. O engenheiro de escavações estava em sua cabine, operando controles que tão bem conhecia. O chefe da equipe tomava uma caneca de café no barco. De pé, com os cotovelos apoiados na amurada, o operário cuspiu na água. A caçamba ainda subia.

Quando, enfim, surgiu na superfície da água, um homem que estava no quebra-mar deu alguns passos em direção ao barco. Ele agitou os braços e gritou alguma coisa. O operário se inclinou um pouco para a frente, a fim de ouvi-lo melhor.

— Tem alguém na caçamba! Parem! Tem uma pessoa caída na caçamba!

O operário, confuso, olhou para o homem e, em seguida, para a caçamba, que oscilava lentamente no gancho, prestes a despejar seu conteúdo. Uma água suja e cinzenta vazava dela. Foi então que ele viu aquilo que o homem que estava no quebra-mar havia visto. Um braço branco e nu esticado entre os dentes da caçamba.

Os dez minutos que se seguiram pareceram intermináveis e caóticos. Alguém no quebra-mar repetiu inúmeras vezes:

— Não façam nada. Não toquem em nada. Deixem tudo no lugar até a polícia chegar...

O engenheiro de escavações aproximou-se para ver o que estava acontecendo. Em seguida, correu novamente para a relativa segurança de seu assento, entre as alavancas. Assim que fez o guindaste girar e a caçamba se abrir, o encarregado e o operário retiraram o corpo.

Era de uma mulher. Os dois estenderam-na, de costas, sobre uma lona dobrada no quebra-mar. Um grupo de pessoas atônitas reuniu-se em volta. Alguns espectadores eram crianças e não deveriam estar ali, mas ninguém se lembrou de afastá-las. Todos, no entanto, tinham algo em comum: jamais esqueceriam a imagem daquela mulher.

O operário jogou três baldes cheios de água sobre ela. Muito depois, quando o inquérito policial não conseguia chegar a lugar algum, houve gente que o criticou.

A mulher estava nua e não usava joias. As linhas de seu bronzeado deixavam claro que havia tomado sol usando um biquíni. Seus quadris eram largos, e as coxas, grossas. Os pelos pubianos eram negros e grossos. Os seios, pequenos e flácidos, tinham mamilos grandes e escuros. Um arranhão vermelho alongava-se da cintura até o quadril. O resto da pele era uniforme, sem manchas ou cicatrizes. Tinha pés e mãos pequenos; as unhas não estavam feitas. O rosto estava inchado, e era difícil imaginar sua aparência quando viva. Tinha sobrancelhas espessas e escuras, e sua boca parecia grande. Os cabelos, de comprimento médio, eram escuros e lisos, e uma mecha se estendia ao longo de seu pescoço.

2

Motala é uma cidade sueca de médio porte, na província de Östergötland, ao norte do lago Vättern. Sua população é de 27 mil habitantes. A maior autoridade policial local é um comissário que exerce, também, a função de promotor público. Um superintendente de polícia é subordinado a ele e atua como chefe da força policial e do Departamento de Investigação Criminal. Sua equipe inclui também um inspetor-chefe, que está no nono nível salarial, e sete policiais, sendo uma do sexo feminino. Um dos policiais é também fotógrafo experiente. Quando são necessários exames médicos, costuma-se recorrer a algum profissional da cidade.

Uma hora depois do primeiro alarme dado à polícia, várias dessas pessoas estavam reunidas no píer, em Borenshult, a muitos metros do farol do porto. Havia uma quantidade considerável de pessoas em torno do cadáver, e os homens que estavam na draga já não conseguiam ver o que estava acontecendo. Ainda encontravam-se a bordo, mas a embarcação já estava preparada para seguir seu caminho, com a proa na direção oposta à do quebra-mar.

O número de pessoas atrás da barricada formada pela polícia tinha decuplicado. Do outro do lado do canal, havia vários carros, quatro pertencentes à polícia, e uma ambulância branca, com cruzes vermelhas pintadas nas portas traseiras. Dois homens em jalecos brancos fumavam, apoiados no veículo. Pareciam ser os únicos que não estavam interessados no grupo que se formara próximo ao farol.

No quebra-mar, o médico começou a reunir seus pertences enquanto conversava com o superintendente, um homem alto e grisalho chamado Larsson.

— Não há muito que eu possa dizer agora — disse o médico.

— É necessário que fique estirada ali? — perguntou Larsson.

— Não é você quem deve saber? — respondeu o médico.

— Este lugar está longe de ser a cena do crime — esclareceu Larsson.

— Tudo bem — concordou o médico. — Levem-na para o necrotério. Darei notícias. — Em seguida, fechou a maleta e deixou o local.

O superintendente virou-se para um colega e disse:

— Ahlberg, você vai manter a área interditada, não vai?

— É claro que sim, droga.

O comissário de polícia não tinha dito nada quando estava na área próxima ao farol. Em geral, não participava dos estágios iniciais de uma investigação. No caminho de volta para a cidade, porém, disse a Larsson:

— Você vai me manter informado.

Larsson sequer assentiu. O comissário continuou:

— Vai manter Ahlberg no caso?

— Ahlberg é um bom homem — disse o superintendente.

— Sim, é claro que é.

A conversa terminou. Chegaram, estacionaram e entraram em suas salas. O comissário telefonou para a autoridade municipal em Linköping, que respondeu apenas que aguardaria notícias.

O superintendente teve uma breve conversa com Ahlberg.

— Temos de descobrir quem é ela — disse ele.

— Sim — respondeu Ahlberg.

Então, foi para sua sala, telefonou aos bombeiros e requisitou dois mergulhadores. Em seguida, leu um relatório sobre um assalto no porto; esse caso seria resolvido em pouco tempo. Ahlberg levantou-se e dirigiu-se ao oficial de plantão.

— Algum desaparecimento foi comunicado?

— Não.

— Nenhuma notificação de pessoas desaparecidas?

— Nenhuma que se encaixe.

Ele voltou para sua sala e esperou.

O telefonema chegou 15 minutos depois.

— Temos de pedir uma autópsia — disse o médico.

— Foi estrangulada?

— Acho que sim.

— Estuprada?

— Acho que sim. — Então o médico fez uma pausa. Em seguida, prosseguiu: — E de forma bastante metódica, eu diria.

Ahlberg mordeu o indicador. Pensou em suas férias, que deveriam começar na sexta-feira, e na felicidade de sua esposa. O médico interpretou mal o silêncio.

— Está surpreso?

— Não — respondeu o policial.

Desligou e foi à sala de Larsson. Os dois seguiram para o gabinete do comissário.

Dez minutos mais tarde, o comissário solicitou uma necropsia à autoridade municipal, que contatou o Instituto Médico-Legal. A necropsia foi feita por um professor de 70 anos, que veio de Estocolmo no trem noturno e pareceu ser alegre e inteligente. Realizou o exame em oito horas, quase sem intervalos.

Seu relatório preliminar dizia o seguinte: "Morte por estrangulamento, conjugada a ataque sexual violento. Hemorragia interna severa."

Àquela altura, os registros do inquérito e os relatórios começavam a se acumular na mesa de Ahlberg. Todos poderiam ser resumidos numa frase: uma mulher morta havia sido encontrada numa das comportas em Borenshult.

Ninguém tinha sido dado como desaparecido na cidade ou nos distritos policiais vizinhos. Não havia qualquer registro.

3

Eram cinco e quinze da manhã, e chovia. Martin Beck demorou um pouco mais do que o normal para escovar os dentes e se livrar do gosto de chumbo em sua boca.

Abotoou o colarinho, deu o nó na gravata e olhou distraidamente para seu rosto no espelho. Deu de ombros e seguiu pelo corredor. Passou pela sala, contemplou carinhosamente a miniatura semiacabada do navio-escola *Danmark*, na qual havia trabalhado até altas horas, e entrou na cozinha.

Movia-se em silêncio e com leveza, em parte em função do hábito e em parte para não acordar as crianças. Sentou-se à mesa da cozinha.

— O jornal ainda não chegou? — perguntou ele.

— Nunca chega antes das seis — respondeu a esposa.

O dia estava claro lá fora, ainda que nublado. A luz que entrava pela cozinha era cinzenta e embaçada. Sua mulher não havia acendido as luzes; chamava esse hábito de economia.

Chegou a abrir a boca, mas fechou-a sem dizer nada. Apenas geraria uma discussão, e aquele não era o momento. Em vez de falar, tamborilou, devagar, sobre o tampo de fórmica da mesa. Olhou para a xícara vazia, com seu desenho de rosas azuis, lascada na borda e com uma rachadura marrom que descia a partir da asa. Aquela xícara estava ali, resistindo, praticamente desde que haviam se casado. Mais de dez anos. Sua mulher raramente quebrava alguma coisa, pelo menos não de modo que não pudesse ser consertado. O esquisito é que as crianças eram como ela.

Será que essas qualidades poderiam ser herdadas? Ele não sabia.

A mulher ergueu o bule de café do fogão e encheu a xícara. Martin parou de tamborilar na mesa.

— Não quer um sanduíche? — perguntou ela.

Ele bebeu o café lentamente, em pequenos goles. Estava sentado à cabeceira da mesa, com os ombros ligeiramente curvados.

— Você deveria comer alguma coisa — insistiu a mulher.

— Você sabe que não consigo comer pela manhã.

— Mas deveria, em todo caso. Especialmente tendo esse estômago.

Martin passou os dedos pelo rosto e sentiu que a lâmina de barbear falhara em alguns pontos. Bebeu um pouco mais de café.

— Posso fazer umas torradas — sugeriu a mulher.

Cinco minutos mais tarde, pousou a xícara no pires, afastou-os silenciosamente e contemplou a mulher.

Ela vestia um roupão vermelho e macio sobre a camisola de nylon. Tinha os cotovelos sobre a mesa e o queixo apoiado nas mãos. Era loura, tinha a pele suave e os olhos redondos, ligeiramente saltados. Costumava escurecer as sobrancelhas, mas haviam clareado durante o verão e estavam quase tão louras quanto os cabelos. Era alguns anos mais velha do que ele e, embora tenha ganhado peso considerável nos últimos anos, a pele de seu pescoço começava a enrugar-se.

Tinha desistido de seu emprego num escritório de arquitetura quando a filha nasceu, havia 12 anos, e não pensara em voltar a trabalhar. Quando o menino entrou para a escola, Martin Beck tinha sugerido que ela procurasse um emprego de meio expediente, mas ela achou que o salário dificilmente compensaria. Além disso, estava bem e feliz no papel de dona de casa.

"Ah, sim", pensou Martin Beck, levantando-se. Guardou o banco pintado de azul debaixo da mesa, sem fazer barulho, e aproximou-se da janela, contemplando a chuva fina.

Muito além do local onde o carro estava estacionado e do gramado avistava-se a autoestrada, bem conservada e vazia. Não havia muitas janelas iluminadas nos apartamentos altos atrás da estação de metrô. Algumas gaivotas voavam em círculos no céu baixo e cinzento. Fora elas, não havia qualquer coisa viva à vista.

— Aonde você vai? — perguntou a mulher.

— Motala.

— Vai ficar muito tempo?

— Ainda não sei.

— É o caso daquela garota?

— É.

— Você *acha* que vai ficar muito tempo?

— Não sei mais do que você sobre esse caso. Só sei o que vi nos jornais.

— Por que você precisa ir de trem?

— Os outros foram ontem. Minha ida não estava prevista.

— Eles irão com você, como sempre?

Martin Beck soltou um suspiro paciente e olhou para fora. A chuva começava a diminuir.

— Onde você vai ficar?

— No hotel The City.

— Quem vai estar com você?

— Kollberg e Melander. Eles foram ontem.

— De carro? E você precisa ir se sacudindo no trem?

— Preciso.

Atrás de si, ouviu-a lavar a xícara que tinha a lasca na borda e as rosas azuis.

— Tenho que pagar a conta da luz e as aulas de equitação da Pequenina essa semana.

— Não tem dinheiro?

— Não quero ter que sacar no banco, você sabe.

— Não, é claro que não.

Martin puxou a carteira. Pegou uma nota de 50 coroas, examinou-a, guardou-a novamente e devolveu a carteira ao bolso.

— Odeio sacar dinheiro — disse ela. — É o início do fim.

Martin tirou novamente a nota da carteira, dobrou-a, virou-se e deixou-a sobre a mesa da cozinha.

— Fiz sua mala, Martin.

— Obrigado.

— Cuide de sua garganta. Essa época do ano é traiçoeira, principalmente à noite.

— Sim.

— Vai levar aquela pistola horrível?

"Vou, não vou. Vou, não vou. Que diferença faz?", pensou.

— Está rindo do quê? — perguntou a mulher.

— Nada...

Entrou na sala, destrancou uma gaveta da escrivaninha e pegou a pistola. Colocou-a na mala e trancou a gaveta novamente.

Era uma Walther de 7,6 milímetros, licenciada na Suécia. Era inútil na maior parte das situações e, além disso, Martin era um péssimo atirador.

Ele se dirigiu ao hall, vestiu sua capa e pegou o chapéu preto.

— Não vai se despedir de Rolf e da Pequenina?

— É ridículo chamar uma menina de 12 anos de Pequenina.

— Acho carinhoso.

— Seria uma pena acordá-los. Além do mais, eles sabem que vou viajar.

Colocou o chapéu.

— Até logo. Eu te ligo.

— Tchau e cuide-se.

Enquanto esperava o metrô na plataforma, Martin Beck pensava que, afinal, viajar não era má ideia, mesmo deixando inacabada a miniatura do navio-escola *Danmark*.

Ele não era o chefe da Divisão de Homicídios e não tinha tais ambições. Às vezes, duvidava de se algum dia chegaria ao cargo de superintendente, embora as únicas situações que poderiam pôr-se em seu caminho fossem a morte ou alguma falha muito grave no desempenho de suas tarefas. Era o principal inspetor-detetive na Polícia Nacional e estava na Homicídios havia oito anos. Era considerado por muita gente o mais competente especialista em interrogatórios em todo o país.

Passara metade de sua vida na polícia; começou na delegacia de Jakobs, quando tinha 21 anos, e, após seis anos de patrulha em diferentes distritos do centro de Estocolmo, foi enviado à Academia Nacional de Polícia. Formou-se entre os melhores alunos da classe e foi nomeado inspetor-detetive. Tinha 28 anos na época.

Seu pai morreu no mesmo ano; então, Martin Beck deixou o quarto mobiliado em que morava, no centro da cidade, e mudou-se para a casa de sua família, no sul de Estocolmo, para cuidar da mãe. Conheceu a esposa naquele verão. Ela e uma amiga haviam alugado um chalé no arquipélago pelo qual Martin Beck velejava. Apaixonaram-se e, no outono, quando já esperavam um bebê, casaram-se no cartório e mudaram-se para o pequeno apartamento onde ela vivia, no centro da cidade.

Um ano depois do nascimento da filha, praticamente nada restava da garota alegre e expressiva por quem Martin Beck havia se apaixonado. O casamento caiu numa rotina entediante.

Sentou-se no banco verde do metrô e contemplou a janela embaçada pela chuva. Pensava em seu casamento de forma apática, mas, quando percebeu que sentia pena de si mesmo, tirou o jornal do bolso interno de sua capa de chuva e tentou se concentrar nos editoriais.

Tinha a aparência cansada, e sua pele bronzeada adquirira um tom amarelado naquela luz cinzenta. Seu rosto era magro, com a testa larga e um queixo forte. Abaixo do nariz curto e reto, a boca era fina e larga, com duas linhas de expressão profundas nos cantos. Quando sorria, apareciam os dentes brancos e saudáveis. O cabelo escuro era penteado para trás e ainda não era grisalho. Tinha uma expressão clara e calma nos olhos de tom azul suave. Era magro, de estatura mediana e ombros arredondados. Algumas mulheres diriam que era atraente, mas a maioria considerava-o um tipo bastante comum. Vestia-se para não chamar atenção. Suas roupas eram até discretas demais.

O ar dentro do vagão era denso e abafado. Martin Beck sentiu-se ligeiramente desconfortável, como acontecia sempre que usava o metrô. Quando a composição chegou à estação central, foi o primeiro a sair, com a mala na mão.

Não gostava do metrô, mas gostava menos ainda de engarrafamentos. E o "apartamento dos sonhos" no centro da cidade ainda era apenas um sonho. No momento, portanto, não restava alternativa.

O expresso para Gotemburgo deixou a estação às sete e meia. Martin Beck folheou o jornal, mas não encontrou sequer uma linha sobre o assassinato. Retornou às páginas de reportagens culturais e começou a ler um artigo sobre o filósofo Rudolf Steiner, mas adormeceu em poucos minutos.

Acordou a tempo de trocar de trem em Hallsberg. O gosto de chumbo voltara à sua boca, e não foi embora com os três copos d'água que bebeu.

Chegou a Motala às dez e meia; a chuva havia parado. Como era sua primeira visita à cidade, parou em um quiosque na estação, onde comprou um pacote de cigarros e o jornal da cidade e perguntou sobre o caminho até o hotel The City.

O hotel ficava na praça principal, a poucas quadras da estação ferroviária. A curta caminhada foi estimulante; ao chegar ao quarto, lavou as mãos, desfez a mala e bebeu uma garrafa de água mineral que o recepcionista lhe entregara. Junto à janela, contemplou a praça. Havia uma estátua no meio, que deduziu ser de Baltzar von Platen. Em seguida, deixou o quarto e dirigiu-se à delegacia de polícia. Como sabia que esta ficava logo do outro lado da rua, deixou a capa no quarto.

Identificou-se ao oficial de plantão e foi conduzido imediatamente a uma sala no segundo piso, cuja porta trazia o nome Ahlberg.

O homem sentado atrás da mesa era largo, forte e ligeiramente calvo. Seu casaco estava pendurado no encosto da cadeira, e ele tomava café num grande copo. Um cigarro queimava no canto de um cinzeiro repleto de guimbas.

Martin Beck tinha um modo de entrar furtivamente nos ambientes que irritava muitas pessoas. Alguém disse uma vez que ele era capaz de se esgueirar para dentro de um cômodo e fechar a porta atrás de si tão depressa que os ocupantes da sala pensavam que ele ainda estava do lado de fora, batendo.

O homem atrás da mesa pareceu ligeiramente surpreso. Afastou o copo de café e levantou-se.

— Meu nome é Ahlberg — disse ele.

Suas maneiras denotavam alguma expectativa. Martin Beck já tinha experimentado situações idênticas antes e sabia o que aquilo significava. Ele era o especialista de Estocolmo, e o homem atrás da mesa era um policial do interior que chegara a um impasse em uma investigação. Os minutos seguintes seriam decisivos para a cooperação entre eles.

— Qual é seu primeiro nome? — perguntou Martin Beck.

— Gunnar.

— O que Kollberg e Melander estão fazendo?

— Não tenho a menor ideia. Alguma coisa que devo ter esquecido de investigar, imagino.

— Eles, por acaso, têm cara de "vamos resolver o caso num segundo"?

O policial passou os dedos pelo cabelo louro. Depois, esboçou um sorriso torto e recostou-se em sua velha cadeira.

— É, mais ou menos — confirmou.

Martin Beck sentou-se de frente para ele, puxou um maço de cigarros e colocou-o na beirada da mesa.

— Você parece cansado — constatou Martin.

— Minhas férias dançaram.

Ahlberg esvaziou o copo, amassou-o e jogou-o na cesta de lixo sob a mesa.

A desordem na mesa era impressionante. Martin Beck pensou em sua própria mesa de trabalho, em Estocolmo. Normalmente, era bastante organizada.

— Bem... — começou Martin. — Como vão as coisas?

— Simplesmente não vão — disse Ahlberg. — Passou-se mais de uma semana e não sabemos nada além do que o médico nos disse.

Por força do hábito, ele passou aos procedimentos de rotina.

— A vítima foi levada a óbito por estrangulamento em conjunção com ataque sexual. O culpado foi brutal. Sinais de tendências perversas.

Martin Beck sorriu. Ahlberg interrogou-o com o olhar.

— Você disse "levada a óbito". Eu digo o mesmo, às vezes. Acho que escrevemos relatórios demais.

— Verdade. Não é um inferno? — Ahlberg suspirou, correndo os dedos novamente pelo cabelo. — Resgatamos a moça há oito dias. E não descobrimos nada. Não sabemos quem é, não conhecemos a cena do crime e não temos suspeitos. Não encontramos uma única informação que possa ter alguma conexão real com ela.

4

“Morte por estrangulamento”, pensou Martin Beck.

Examinou um monte de fotografias que Ahlberg havia retirado de uma cesta e despejado em cima de sua mesa. As fotos mostravam as comportas, a draga, a caçamba em primeiro plano e o corpo estirado no quebra-mar e no necrotério.

Martin Beck colocou uma das fotos diante de Ahlberg e perguntou:

— Podemos recortar e retocar essa foto até ficar apresentável; depois, batemos de porta em porta. Se ela for da região, alguém vai reconhecê-la. Quantos homens você pode colocar nesse caso?

— Três, no máximo — respondeu Ahlberg. — Temos pouca gente no momento; três rapazes estão de férias e um está hospitalizado, com a perna quebrada. Além do superintendente Larsson e de mim, há apenas oito policiais na delegacia — continuou ele, contando nos dedos. — Sim, e uma é mulher. E é preciso que alguém cuide dos outros casos também.

— Teremos de ajudar, então, se as coisas se complicarem. Essa investigação tomará um tempo enorme. A propósito, houve casos de crimes sexuais ultimamente?

Ahlberg bateu com a caneta contra os dentes enquanto pensava. Depois, remexeu em sua gaveta e puxou um papel.

— Investigamos um. Västra Ny, um estuprador. Foi capturado em Linköping anteontem, mas tinha um álibi para a semana inteira, de acordo com esse relatório de Blomgren, que está verificando as instituições.

Ahlberg colocou o papel numa pasta verde que ficava em sua mesa. Permaneceram em silêncio por um minuto. Martin Beck estava com fome. Pensou em sua mulher e no que ela dizia sobre refeições regulares. Não comia havia 24 horas.

A fumaça de cigarro tornava o ar na sala denso. Ahlberg levantou-se e abriu a janela. Puderam ouvir a hora certa em algum rádio da vizinhança.

— É uma da tarde — disse ele. — Se estiver com fome, posso pedir alguma coisa. Estou com uma fome de leão.

Martin Beck assentiu, e Ahlberg pegou o telefone. Algum tempo depois, eles ouviram batidas na porta e uma jovem usando um vestido azul e um avental vermelho entrou, trazendo uma cesta.

Depois de comer um sanduíche de presunto e de beber alguns goles de café, Martin Beck disse:

— Como você acha que a garota foi parar lá?

— Não sei. Há sempre um monte de gente no quebra-mar durante o dia; portanto, acho muito difícil que o crime tenha acontecido ali. Talvez o assassino tenha atirado ela do píer ou da barragem, e o movimento provocado pelos motores dos barcos tenha afastado o corpo. Ou ela pode ter sido jogada de algum barco.

— Quais barcos atravessam as comportas? Embarcações pequenas e barcos de turismo?

— Alguns. Não uma grande quantidade. Muitos cargueiros. E os barcos da administradora do canal, é claro: o *Diana*, o *Juno* e o *Wilhelm Tham*.

— Podemos ir de carro até lá para dar uma olhada?

Ahlberg se levantou, pegou a foto que Martin Beck havia escolhido e disse:

— Podemos sair agora. Deixarei a foto no laboratório.

Eram quase três horas quando retornaram de Borenshult. O movimento nas comportas era intenso, e Martin Beck certamente teria preferido continuar no píer, vendo os barcos entre os veranistas e os pescadores.

Havia conversado com a equipe de dragagem. Fora até a barragem e examinara o sistema de comportas. Vira um pequeno barco a vela ao longe, na brisa fresca do mar, e sentira saudades do seu, vendido havia vários anos. Na viagem de volta, ficou pensando nas vezes em que velejou pelo arquipélago em verões passados.

Quando retornaram, havia oito cópias da fotografia escolhida sobre a mesa de Ahlberg. Um dos policiais, o que também era fotógrafo, havia retocado a foto, deixando o rosto da jovem quase como se houvesse sido fotografada viva.

Ahlberg examinou as imagens, guardou quatro cópias na pasta verde e disse:

— Muito bem. Vou passar as fotos aos rapazes, para que comecem o trabalho imediatamente.

Quando voltou, após alguns minutos, Martin Beck estava em frente à mesa, coçando o nariz.

— Eu gostaria de dar uns telefonemas — pediu ele.

— Use a última sala, no fim do corredor — respondeu Ahlberg.

O cômodo era maior do que a sala de Ahlberg e tinha janelas em duas paredes. Era mobiliado com duas mesas, cinco cadeiras, um arquivo e uma mesa de datilografia, sobre a qual repousava uma Remington absurdamente velha.

Martin Beck sentou-se, depositou cigarros e fósforos sobre a mesa, pôs a pasta verde também sobre ela e começou a folhear os relatórios, que não acrescentaram muito ao que já tinha ouvido de Ahlberg.

Noventa minutos depois, seus cigarros acabaram. Dera alguns telefonemas, mas não havia obtido qualquer resultado; tinha falado com o comissário e com o superintendente Larsson, que parecia cansado e sob pressão. Justamente enquanto amassava o maço de cigarros vazio, Kollberg ligou. Dez minutos depois, encontraram-se no hotel.

— Nossa, como você parece abatido! — disse Kollberg. — Quer um cigarro?

— Não, obrigado. O que tem feito?

— Conversei com um cara do *Motala Times*. Um editor local de Borensberg. Ele achou que havia descoberto alguma coisa. Uma garota de Linköping deveria ter começado num novo emprego em Borensberg há dez dias, mas nunca apareceu. Ao que parece, teria deixado Linköping no dia anterior e, desde então, ninguém teve notícias dela. Ninguém pensou em informar seu desaparecimento porque, de modo geral, não era uma pessoa confiável. Esse jornalista conhecia o empregador da garota e começou a investigar o sumiço por conta própria, mas não se deu ao trabalho de obter uma descrição da jovem. Mas eu, sim. E não é a mesma garota. Essa era gorda e loura. E ainda está desaparecida. Perdi o dia inteiro.

Recostou-se na cadeira e palitou os dentes com um fósforo.

— E o que a gente faz agora?

— Ahlberg mandou alguns rapazes baterem de porta em porta. Você pode ajudar. Quando Melander chegar, vamos em alguns locais com o comissário e com Larsson. Fale com Ahlberg e ele dirá o que você deve fazer.

Kollberg levantou-se e ajeitou a cadeira.

— Você vem? — perguntou ele.

— Não, não agora. Diga a Ahlberg que estou no meu quarto, se ele precisar de mim.

Quando chegou ao quarto, Martin Beck tirou o casaco, os sapatos e a gravata e sentou-se na beira da cama.

O tempo havia melhorado, e nuvens brancas de algodão passeavam pelo céu. O sol da tarde iluminava o cômodo.

Levantou-se, abriu um pouco a janela e fechou as cortinas amarelas e finas. Em seguida, deitou-se na cama, com as mãos sob a cabeça.

Ficou pensando na garota que havia sido retirada da lama no fundo do Boren.

Quando fechou os olhos, viu-a como estava na foto: nua e abandonada, com os ombros encolhidos e os cabelos negros em volta do pescoço.

Quem era ela? O que tinha pensado? Como viveu? Quem havia conhecido?

A garota era jovem, e Martin Beck tinha certeza de que fora bonita. Provavelmente alguém a amava. Alguém próximo que, agora, estaria se perguntando o que aconteceu a ela. Certamente tinha amigos, colegas, parentes, talvez irmãs e irmãos. Nenhum ser humano, em especial uma mulher jovem e atraente, é tão sozinho a ponto de ninguém perceber seu desaparecimento repentino.

Martin Beck pensou nisso por um bom tempo. Ninguém havia perguntado por ela. Sentiu pena da moça cuja falta ninguém sentia. Não conseguia entender por quê. E se, por acaso, ela tivesse dito que ia embora? Se fosse assim, demoraria bastante para alguém se interessar em saber onde ela estava.

A questão era: quanto tempo?

5

Eram onze e meia da manhã do terceiro dia de Martin Beck em Motala. Ele tinha levantado cedo, mas não fizera nada. Estava sentado diante da pequena escrivaninha, conferindo sua caderneta de anotações. Havia pegado o telefone algumas vezes, pensando que deveria ligar para casa, mas essa ideia não deu em nada.

Como tantas outras coisas.

Colocou o chapéu, trancou a porta do quarto e desceu as escadas. No saguão, as cadeiras confortáveis estavam ocupadas por jornalistas; no chão, havia duas malas com câmeras e dois tripés dobrados e presos por tiras. Um fotógrafo estava encostado na parede próxima à entrada, fumando um cigarro. Era muito jovem. Empurrou o cigarro para o canto da boca, levantou sua Leica e olhou pelo visor.

Quando Martin Beck passou pelo grupo, abaixou a aba do chapéu sobre o rosto, enfiou a cabeça entre os ombros e seguiu em frente. Agiu por puro instinto, mas aquilo sempre parecia irritar alguém, pois um repórter comentou, com inesperada acidez:

— E aí? Haverá algum jantar com os comandantes das buscas esta noite?

Martin Beck resmungou algo que sequer entendeu e prosseguiu em direção à porta. Um segundo antes de abri-la, escutou o clique característico da máquina fotográfica, indicando que o fotógrafo havia feito o seu registro.

Desceu a rua com passos rápidos, somente até ter certeza de que estava fora do alcance da câmera. Depois parou, indeciso, durante uns dez segundos. Jogou um cigarro parcialmente consumido num bueiro, deu de ombros e caminhou até um ponto de táxi.

Desabou no banco de trás, coçou a ponta do nariz com o indicador direito e espiou na direção do hotel. Sob a aba do chapéu, viu o homem que tinha falado com ele no saguão. O jornalista estava de pé à porta do hotel e encarou o táxi por um minuto; depois, assumiu uma expressão indiferente e entrou no hotel de novo.

Era comum que a imprensa e os funcionários da Divisão de Homicídios da Polícia Nacional ficassem no mesmo hotel. Sempre que um crime era solucionado de forma rápida e segura, as duas equipes costumavam jantar e beber juntas. Ao longo dos anos, a comemoração se tornou um costume. Martin Beck não gostava muito dessa proximidade, mas vários colegas pensavam de maneira diferente.

Embora não tivesse passado muito tempo sozinho, aprendera um pouco mais sobre Motala nas 48 horas que passara ali. Pelo menos sabia os nomes das ruas. Observava as placas enquanto o táxi as percorria. Disse ao taxista para parar na ponte, pagou e saltou. Com as mãos sobre a amurada, observou o canal. Enquanto permaneceu ali, deu-se conta de que havia esquecido de pedir um recibo ao taxista e pensou que provavelmente enfrentaria alguma idiotice no escritório se fizesse um recibo por conta própria. Nesse caso, seria melhor datilografar o pedido de reembolso; daria mais força à solicitação.

Ainda estava pensando no recibo enquanto caminhava pela trilha no lado norte do canal.

Durante as primeiras horas da manhã haviam caído algumas pancadas de chuva, e o ar estava fresco e leve. Parou no meio do caminho para sentir todo aquele frescor. Inspirou o perfume limpo e refrescante das flores silvestres e da grama molhada, que lembravam sua infância, quando a fumaça de cigarro e o cheiro de gasolina ainda não haviam roubado a acuidade de seus sentidos. Hoje em dia, não era sempre que tinha esse prazer.

Martin Beck passou pelas cinco comportas e continuou a caminhar ao longo da represa. Vários barcos pequenos estavam ancorados perto das comportas; alguns veleiros podiam ser vistos ao longe, em mar aberto. Cerca de cinquenta metros além do cais, as pás carregadeiras batiam e retiniam sob o olhar atento de algumas gaivotas, que voavam em círculos largos e baixos. Suas cabeças se moviam de um lado para o outro enquanto esperavam por qualquer coisa que as pás porventura trouxessem do fundo. O poder de observação e a paciência das gaivotas eram admiráveis, assim como o otimismo delas e a capacidade de permanecer ali, no mesmo lugar. Para Martin Beck, lembravam Kollberg e Melander.

Ele caminhou até o fim do quebra-mar e ficou algum tempo ali, no local em que a moça havia sido estirada no chão. Para ser mais exato, no local em que seu corpo violado havia sido estirado, sobre uma lona amassada e praticamente à vista de qualquer pessoa, para inspeção pública. Algumas horas depois, fora levada numa maca por dois homens uniformizados. Mais tarde, um idoso, cuja profissão consistia justamente nessa tarefa, abriu-a, examinou-a detalhadamente e costurou-a antes de enviá-la para o necrotério. Martin Beck não tinha presenciado essas fases. Havia sempre algo pelo que agradecer.

Percebeu que estava de pé, com as mãos firmemente unidas nas costas, quando transferiu seu peso de um pé para o outro. O hábito vinha de seus tempos de patrulha; era totalmente inconsciente e quase incontrolável. Olhava fixo para um pedaço de chão cinzento, onde não havia nada interessante e onde as marcas de giz feitas pela primeira investigação de rotina haviam sido lavadas pela chuva. Ele deve ter ficado assim por um longo tempo, porque houve mudanças consideráveis ao seu redor. Quando levantou os olhos, observou um pequeno barco branco com passageiros entrando numa das comportas a uma velocidade razoável. Ao passar pela draga, umas vinte câmeras foram apontadas em sua direção. Como se quisesse equilibrar a situação, o encarregado da draga saiu de sua cabine e fotografou o barco de passageiros. Martin Beck seguiu a embarcação com os olhos quando ela passou pelo cais, e notou alguns defeitos. O casco tinha linhas discretas, mas o mastro fora cortado, e a chaminé original, que certamente havia sido alta, reta e bonita, fora substituída por uma espécie de coifa de alumínio, pequena, estranha e aerodinâmica. Dentro do barco, rosnava algo que provavelmente era um motor a diesel. O convés estava repleto de turistas. Praticamente todos pareciam idosos ou de meia-idade; vários usavam chapéus de palha com faixas coloridas.

O barco se chamava *Juno*. Martin Beck lembrou-se de que Ahlberg tinha mencionado esse nome quando se encontraram pela primeira vez.

Havia muita gente no quebra-mar e ao longo do canal. Algumas pescavam e outras se bronzeavam, mas a maior parte se ocupava em olhar o barco. Pela primeira vez em muitas horas, Martin Beck encontrou uma razão para falar.

— O barco sempre passa por aqui a essa hora?

— Sim, quando vem de Estocolmo. Meio-dia e meia. É certo. O barco que vem na outra direção passa mais tarde, pouco depois das quatro horas. E se encontram em Vadstena, onde atracam.

— Há sempre tanta gente aqui?

— Em geral, sim.

O homem com quem falava tirou o cachimbo da boca e cuspiu na água.

— Um pouco de diversão — disse ele. — Ficar por aqui, vendo um monte de turistas.

Quando Martin Beck retornou, pela margem do canal, passou novamente pelo barco com passageiros, que subia e seguia calmamente para a terceira comporta. Alguns passageiros haviam desembarcado; vários fotografavam o barco enquanto outros se espremiam em torno de um quiosque para comprar cartões-postais e souvenirs de plástico, certamente fabricados em Hong Kong.

Na verdade, Martin Beck não podia dizer que seu tempo era curto; assim, devido ao seu respeito inato pelo dinheiro público, tomou um ônibus até a cidade, em vez de um táxi.

Não havia vendedores de jornal no saguão do hotel nem recados para ele na recepção. Subiu para o quarto, sentou-se à mesa e contemplou a praça pela janela. Na verdade, deveria ter ido até a delegacia, mas já estivera lá duas vezes antes do almoço.

Trinta minutos depois, telefonou para Ahlberg.

— Oi. Que bom que ligou. O promotor público está aqui.

— E?

— Vai dar uma entrevista coletiva às seis da tarde. Parece preocupado.

— Ah...

— E gostaria que você estivesse presente.

— Estarei.

— Pode trazer Kollberg com você? Não tive tempo de avisá-lo.

— Onde está Melander?

— Saiu com um policial para verificar uma pista.

— Parecia ser algo importante?

— Não, não.

— Algo mais?

— Nada. O promotor está preocupado com a imprensa. O outro telefone está tocando.

— Até mais tarde.

Martin Beck permaneceu sentado diante da mesa e fumou despreocupadamente todos os seus cigarros. Depois, olhou para o relógio, levantou-se e seguiu pelo corredor. Parou três portas depois, bateu e entrou em silêncio e muito rápido, como era seu estilo.

Kollberg estava na cama e lia um jornal vespertino. Havia tirado os sapatos e o casaco, e a camisa estava aberta. Sua pistola encontrava-se sobre a mesa, enrolada na gravata.

— Caímos para a página 12 — disse ele. — Os pobres-diabos... A vida deles também não é fácil.

— A vida de quem?

— Desses repórteres... Veja: "AUMENTA MISTÉRIO EM TORNO DO BRUTAL ASSASSINATO DE MULHER EM MOTALA. Não só a polícia local, mas a Divisão de Homicídios da Polícia Nacional também está tateando no escuro, sem rumo." Eu queria saber onde eles encontram essas coisas!

Kollberg era gordo e tinha uma postura indiferente e jovial, o que levava muita gente a cometer erros fatais de julgamento em relação a ele. Prosseguiu, então, na leitura:

— "O caso parecia rotineiro, mas tornou-se cada vez mais complicado. Os líderes da busca são pouco comunicativos, mas estão trabalhando em linhas diferentes. A beldade nua do Boren..." Mas que merda!

Kollberg passou os olhos pelo restante da matéria e jogou o jornal no chão.

— Sim, que beldade ela era! Uma mulher absolutamente comum, de pernas tortas, com um traseiro grande e peitos pequenos. Mas o que ela tinha entre as pernas chamava a atenção, naturalmente — disse Kollberg. — E essa foi sua perdição — acrescentou, filosoficamente.

— Você a viu? — perguntou Martin Beck.

— É claro. Você não?

— Só vi as fotos.

— Bem, eu a vi — disse Kollberg.

— E o que você fez a tarde inteira?

— Adivinha? Li os relatos colhidos de porta em porta. Que lixo! É insano mandar 15 caras percorrerem a cidade toda. Cada pessoa se expressa e vê as coisas de forma diferente. Alguns escrevem quatro páginas sobre verem um gato de um olho só e dizem que as crianças de uma casa tinham meleca no nariz; outros escrevem poucos parágrafos para dizer que encontraram três corpos e uma bomba-relógio. E cada um faz perguntas totalmente diferentes.

Martin Beck não disse nada. Kollberg suspirou.

— Eles deveriam ter uma fórmula — disse ele. — Economizariam oitenta por cento do tempo que gastam.

— Sim.

Martin Beck vasculhou os bolsos.

— Como você sabe, eu não fumo — brincou Kollberg.

— O promotor público dará uma coletiva em meia hora. E quer que estejamos lá.

— Ah... Isso vai ser animado. — Kollberg apontou para o jornal. — Ah, se *nós* questionássemos os repórteres pelo menos uma vez! Durante quatro dias seguidos, esse cara escreve que uma prisão pode ser esperada até o fim da tarde. E que a garota se parece com Anita Ekberg e Sophia Loren.

Ele se sentou na cama, abotoou a camisa e começou a amarrar os sapatos.

Martin Beck foi até a janela.

— Vai chover a qualquer momento — disse.

— Ah, não! — lamentou Kollberg, bocejando.

— Está cansado?

— Dormi duas horas na noite passada. Estivemos na mata, à luz da lua, em busca daquele suspeito de St. Sigfrid.

— Sim, é claro.

— Sim, é claro! E depois de procurarmos o homem por sete horas naquele maldito ponto turístico, alguém aparece para nos dizer que os caras da delegacia de Klara, em Estocolmo, haviam pegado o homem no Berzelii Park na noite de anteontem!

Kollberg terminou de se vestir e pegou sua pistola. Olhou rapidamente para Martin Beck e disse:

— Você parece deprimido. O que aconteceu?

— Nada de especial.

— Ok, vamos, então. A imprensa mundial está à nossa espera.

Havia cerca de vinte jornalistas na sala onde a entrevista coletiva aconteceria. Além deles, estavam ali o promotor público, o superintendente Larsson e um operador de câmera com dois refletores. Ahlberg não estava. O promotor estava sentado atrás de uma mesa, examinando atentamente uma pasta. Outras pessoas estavam de pé porque não havia cadeiras em quantidade suficiente. Com todos falando ao mesmo tempo, a sala estava agitada. O ar começava a ficar irrespirável. Martin Beck, que não gostava de multidões, distanciou-se e ficou encostado em uma parede, posicionando-se próximo ao vão entre os que fariam as perguntas e aqueles que responderiam.

Após um período de tempo razoável, o promotor público voltou-se para o chefe de polícia e perguntou, em voz suficientemente alta para ser ouvido em meio ao barulho que reinava no ambiente:

— Onde está Ahlberg?

Larsson pegou o telefone e, quarenta segundos depois, Ahlberg entrava na sala. Ele tinha os olhos vermelhos, suava e ainda tentava tirar o casaco.

O promotor público levantou-se e bateu levemente na mesa com sua caneta-tinteiro. Era alto, tinha uma boa constituição física e estava muito bem-vestido, quase elegante demais para a ocasião.

— Senhores, estou satisfeito em vê-los presentes nessa coletiva tão intempestiva. Vejo representantes de todos os setores da mídia; dos jornais, do rádio e da televisão.

Curvou-se ligeiramente em direção ao operador de câmera, que, obviamente, era a única pessoa da imprensa que ele conseguia identificar.

— Estou satisfeito em poder dizer que a forma como vocês estão lidando com essa questão trágica e... delicada... é, em grande parte, correta e responsável. Infelizmente há exceções. Sensacionalismo e especulações sem fundamento não ajudam um caso tão... delicado.

Kollberg bocejou, sem se dar ao trabalho de cobrir a boca com a mão.

— Como vocês sabem, esse caso tem, e eu certamente não preciso repetir, aspectos... delicados e especiais e...

No lado oposto da sala, Ahlberg olhou para Martin Beck. Seus olhos azul-claros se encheram de um melancólico reconhecimento e de compreensão.

— ... E justamente esses aspectos... delicados... pedem um tratamento particularmente criterioso — continuava o promotor público.

Martin Beck olhou por cima dos ombros do repórter posicionado a sua frente e viu-o desenhar uma estrela no bloco de notas. O operador de câmera estava debruçado sobre o tripé.

— ... E quero, naturalmente... Não, melhor: nós não queremos nem podemos esconder nossa gratidão por toda a ajuda que recebemos nesse caso... delicado. Em resumo, precisamos do apoio daquele que costumamos definir como o grande detetive: o público.

Kollberg bocejou novamente. Ahlberg parecia tremendamente infeliz.

Martin Beck finalmente arriscou um olhar em direção às pessoas na sala. Conhecia três jornalistas; eram mais velhos e vieram de Estocolmo. Reconheceu também outros. A maior parte parecia ser muito jovem.

— Além disso, senhores, as informações que temos estão à disposição de vocês — concluiu o promotor público, sentando-se.

Com isso encerrou elegantemente o seu número. No início, Larsson respondeu às perguntas, em grande parte feitas pelos jovens repórteres, que fizeram suas abordagens em sequência, de forma perfeitamente ordenada. Martin Beck observou que vários jornalistas ficaram em silêncio e não anotaram nada. Diante da falta de pistas consistentes, a atitude parecia demonstrar compaixão e compreensão. Os fotógrafos bocejavam. A sala estava tomada pela fumaça de cigarros.

Pergunta: Por que não houve uma coletiva antes?

Resposta: Não houve muitas pistas. Além disso, certos fatos importantes não poderiam ser divulgados sem prejudicar o rumo das investigações.

Pergunta: Há alguma prisão prestes a ser feita?

Resposta: É uma possibilidade, mas na atual conjuntura não podemos dar uma resposta definitiva, infelizmente.

Pergunta: Vocês têm alguma pista real?

Resposta: Tudo o que podemos dizer é que nossas investigações prosseguem em algumas linhas distintas.

Depois dessa impressionante série de meias verdades, o chefe de polícia lançou um olhar desesperado ao promotor público, que examinava obstinadamente suas cutículas.

Pergunta: Houve críticas a vários colegas meus. Os responsáveis pelo caso acham que esses colegas da imprensa distorceram os fatos intencionalmente?

A pergunta foi feita pelo conhecido repórter cuja matéria tinha causado uma impressão tão profunda em Kollberg.

Resposta: Sim, infelizmente.

Pergunta: Não será mais um caso em que a polícia ignora os repórteres e não nos fornece informações úteis? E nos deixa deliberadamente à mercê de nossos próprios recursos para descobrir o que pudermos?

Resposta: Humm...

(Vários entre os jornalistas menos falantes começaram a dar sinais de desagrado.)

Pergunta: Já identificaram o corpo?

(O superintendente Larsson, com um rápido olhar, jogou a bola para Ahlberg, sentou-se e tirou um charuto do bolso da camisa.)

Resposta: Não.

Pergunta: É possível que a moça seja da cidade ou das redondezas?

Resposta: Não parece provável.

Pergunta: Por que não?

Resposta: Se fosse o caso, teríamos condições de identificá-la.

Pergunta: Essa é sua única razão para suspeitar de que ela seja de outra parte do país?

(Ahlberg olhou desanimado para o chefe de polícia, que devotava toda a sua atenção ao charuto.)

Resposta: Sim.

Pergunta: A busca no fundo do Boren, próximo ao quebra-mar, deu resultados?

Resposta: Descobrimos várias coisas.

Pergunta: E essas coisas têm a ver com o crime?

Resposta: Não é fácil responder a essa pergunta.

Pergunta: Quantos anos a vítima tinha?

Resposta: Entre 25 e 30 anos presumíveis.

Pergunta: Há quanto tempo exatamente estava morta quando foi encontrada?

Resposta: Também não é fácil responder. Entre três e quatro dias.

Pergunta: As informações fornecidas ao público são muito vagas. Não pode nos dizer algo mais exato, uma informação que efetivamente seja importante?

Resposta: É o que estamos tentando fazer aqui. Temos uma foto retocada do rosto da vítima, que está à disposição, caso queiram.

(Ahlberg apanhou uma pilha de papéis que estava sobre a mesa e começou a distribuí-los. O ar no recinto era pesado e úmido.)

Pergunta: A vítima apresentava alguma marca no corpo?

Resposta: Até onde sabemos, não.

Pergunta: O que quer dizer com isso?

Resposta: Apenas que ela não tinha marca alguma.

Pergunta: O exame da arcada dentária forneceu alguma pista?

Resposta: A vítima tinha bons dentes.

(Uma pausa longa e opressiva se seguiu. Martin Beck observou que o repórter à sua frente ainda se encontrava às voltas com a estrela que estava desenhando.)

Pergunta: É possível que o corpo tenha sido atirado na água em outro lugar e tenha sido trazido até o quebra-mar pela corrente?

Resposta: É pouco provável.

Pergunta: Tiveram resultado com os relatos colhidos de porta em porta?

Resposta: Ainda estamos trabalhando nisso.

Pergunta: Para resumir, a polícia tem um completo mistério nas mãos?

Foi o próprio promotor público quem respondeu:

— Muitos crimes começam com um mistério.

A entrevista coletiva acabou assim.

Na saída, um dos repórteres mais antigos deteve Martin Beck, pôs a mão em seu braço e disse:

— Vocês não sabem de nada mesmo?

Martin Beck balançou a cabeça negativamente.

Na sala de Ahlberg, dois homens examinavam todo o material recolhido na operação de porta em porta.

Kollberg foi até a mesa, examinou vários papéis e deu de ombros.

Ahlberg entrou. Tirou o casaco e pendurou-o nas costas da cadeira; depois, virou-se para Martin Beck e disse:

— O promotor público quer falar com você. Ainda está na outra sala.

O promotor e o superintendente de polícia ainda estavam sentados atrás da mesa.

— Beck — começou o promotor —, não considero que sua presença seja necessária aqui. Não há mais trabalho para vocês três.

— É verdade.

— Acho que grande parte do que resta fazer pode ser realizado de forma conveniente em algum outro lugar.

— É possível.

— Para simplificar as coisas, não quero detê-lo aqui, particularmente se sua presença for mais necessária em outro lugar.

— Esse também é meu ponto de vista — acrescentou o superintendente Larsson.

— E o meu — disse Martin Beck.

Trocaram apertos de mão.

Na sala de Ahlberg, tudo ainda estava muito silencioso. Martin Beck não rompeu o silêncio. Depois de algum tempo, Melander entrou. Pendurou o chapéu e cumprimentou os outros. Em seguida, foi até a mesa, sentou-se em frente à máquina de escrever, inseriu papel e datilografou algumas linhas. Puxou o papel, assinou-o e colocou-o na pasta sobre a mesa.

— Alguma novidade? — perguntou Ahlberg.

— Não — disse Melander.

Melander não mudara sua postura desde que havia entrado.

— Vamos embora amanhã — disse Martin Beck.

— Ótimo — disse Kollberg, bocejando.

Martin Beck deu um passo em direção à porta. Então voltou-se e olhou para o homem diante da máquina de escrever.

— Vocês não vêm comigo para o hotel?

Ahlberg recostou a cabeça na cadeira e olhou para o teto. Depois, levantou-se e ajeitou a gravata.

Quando chegaram ao saguão do hotel, separaram-se de Melander.

— Já jantei — disse ele. — Boa noite.

Melander tinha uma vida monástica. Além disso, era econômico com suas despesas e, quando viajava a serviço, vivia basicamente de cachorros-quentes e refrigerantes. Os outros três foram ao restaurante e acomodaram-se.

— Um gim-tônica — pediu Kollberg. — Schweppes.

Os outros pediram bife, *aquavit* e cerveja. Kollberg terminou sua bebida em três goles. Martin Beck começou a folhear uma cópia do material fornecido aos repórteres.

— Pode me fazer um favor? — perguntou, olhando para Kollberg.

— Claro, sempre às ordens — respondeu Kollberg.

— Quero que faça uma descrição; escreva para mim. Não um relatório, mas uma descrição real. Não a descrição de um corpo, mas de um ser humano. Detalhes. Como seria a aparência dela se estivesse viva. Não há pressa.

Kollberg ficou em silêncio por alguns instantes.

— Entendo o que quer dizer — respondeu ele. — A propósito, nosso amigo Ahlberg disse uma mentira à imprensa mundial hoje. Na verdade, a moça tinha uma marca de nascença, no lado interno da coxa esquerda. Marrom. Tinha o formato de um porquinho.

— Não vimos isso — retrucou Ahlberg.

— Eu vi — respondeu Kollberg.

Antes de ir embora, ele disse a Ahlberg:

— Não se preocupe. Ninguém consegue ver tudo. De qualquer forma, o assassinato é seu. Esqueça que me viu. Foi só uma ilusão. Até.

— Até — disse Ahlberg.

Comeram e beberam em silêncio. Mais tarde, sem tirar os olhos de seu drinque, Ahlberg disse:

— Está pensando em deixar o caso escapar?

— Não — respondeu Martin Beck.

— Nem eu. Nunca.

Trinta minutos depois, despediram-se.

Quando Martin Beck subiu para o quarto, encontrou alguns papéis dobrados sob a porta. Abriu-os e reconheceu imediatamente a caligrafia organizada e clara de Kollberg. Como o conhecia bem e há muito tempo, não se surpreendeu.

Trocou de roupa, lavou a parte superior do corpo com água fria e vestiu o pijama. Depois, colocou os sapatos no corredor, estendeu as calças, acendeu o abajur na mesinha de cabeceira, apagou a luz do teto e deitou-se.

Kollberg havia escrito:

Pode-se dizer o seguinte sobre a mulher que ocupa seus pensamentos:

1. A moça tinha (como você sabe) 1,70m de altura, olhos azul-acinzentados e cabelos castanho-escuros. Seus dentes eram bons, e não apresentava cicatrizes ou outros sinais no corpo — com exceção de uma marca de nascença na parte interna da coxa esquerda, a uma distância de mais ou menos quatro centímetros da virilha. Era de cor marrom e do tamanho de uma moeda de cinco centavos, mas desigual e com o formato de um porquinho. De acordo com o homem que fez a autópsia (e precisei pressioná-lo para que me dissesse ao telefone), tinha 27 ou 28 anos. Pesava aproximadamente 56 quilos.

2. Sua constituição era a seguinte: ombros pequenos e cintura muito fina, coxas largas e traseiro grande. Suas medidas provavelmente eram 81-58-94. Coxas pesadas e longas. Pernas musculosas, com panturrilhas relativamente pesadas, mas não era gorda. Os pés estavam em boas condições e tinham dedos longos e retos. Não tinha calos, mas apresentava grandes calosidades nas solas — como se andasse descalça e usasse sandálias ou botas de borracha durante a maior parte do tempo. Tinha muitos pelos nas pernas e

provavelmente andava quase o tempo todo com elas descobertas. Condição das pernas: apresentavam alguns defeitos. Tinha algum nível de genuvalgo e tudo indica que caminhava com os dedos apontados para cima. Era consideravelmente carnuda, mas não gorda. Braços esbeltos. Mãos pequenas, porém com dedos longos. Calçava 36.

3) O bronzeado mostrava que usava um biquíni para se bronzear e óculos de sol. Usava sandálias de couro gastas.

4) Seu órgão sexual era bem desenvolvido e apresentava pelos escuros e abundantes. Os seios eram pequenos e flácidos, com mamilos grandes e de coloração marrom-escura.

5) O pescoço era relativamente curto. Feições marcantes. Boca grande, lábios grossos. Sobrancelhas retas, grossas e escuras. Cílios mais claros e curtos. O nariz, reto e pequeno, era um tanto largo. Nenhum traço de cosméticos na pele. Unhas dos pés e das mãos fortes e cortadas rente. Nenhum traço de esmalte.

6) No relatório da autópsia (que você leu), chamo atenção para o seguinte: a moça não tinha filhos e nunca sofreu um aborto. O assassinato não foi cometido junto com qualquer ato sexual convencional (nenhum traço de esperma). Alimentara-se três a cinco horas antes de morrer: comera carne, batatas, morangos e leite. Nenhum indício de doença ou qualquer alteração orgânica. Não era fumante.

Pedi para me acordarem às seis da manhã. Até.

Martin Beck leu as observações de Kollberg duas vezes, dobrou os papéis e colocou-os sobre a mesa de cabeceira. Em seguida, apagou a luz e virou-se para a parede.

O dia clareava quando ele pegou no sono.

6

O calor criava ondas de vapor sobre o asfalto quando os três deixaram Motala. Era muito cedo, e a estrada estava livre e vazia. Kollberg e Melander estavam nos bancos da frente, e Martin Beck, no banco de trás, com a janela aberta e a brisa contra o rosto. Não se sentia bem, provavelmente por causa do café que praticamente engolira de uma só vez enquanto se vestia.

"Kollberg dirige mal e é inconstante", pensou Martin Beck, mas não disse nada. Melander olhava, sem ver, pela janela e mordia com força a piteira de seu cachimbo.

Depois de rodarem em silêncio por cerca de 45 minutos, Kollberg gesticulou com a cabeça em direção à esquerda, onde se podia ver um lago entre as árvores.

— Lago Roxen — disse ele. — Boren, Roxen e Glan. Acreditem se quiserem, essa é uma das poucas coisas que me lembro do tempo de escola.

Os outros não disseram nada.

Pararam em um café em Linköping. Martin Beck ainda não se sentia bem e permaneceu no carro enquanto os outros saíram e foram comer qualquer coisa.

A comida melhorou o humor de Melander, que trocou algumas impressões com Kollberg durante o resto da viagem. Martin Beck continuou em silêncio; não estava a fim de conversar.

Quando chegaram a Estocolmo, Martin Beck foi para casa. Sua mulher estava sentada na varanda, tomando sol. Usava shorts e, quando ouviu a porta ser aberta, pegou o sutiã que estava sobre o parapeito e levantou-se.

— Oi — disse ela. — Como você está?

— Péssimo. Cadê as crianças?

— Saíram para nadar. Você está pálido. Não deve ter comido direito, é claro. Vou fazer seu café da manhã.

— Estou cansado. Não quero comer.

— Mas eu faço num segundo. Senta aí e...

— Não *quero* café da manhã. Acho que vou dormir um pouco. Por favor, me acorde daqui a uma hora.

Eram dez e quinze.

Ele foi para o quarto e fechou a porta. Quando a mulher o acordou, achou que havia dormido apenas por alguns minutos. O relógio marcava uma e quinze.

— Eu disse uma hora.

— Você parecia tão cansado... O comissário Hammar está ao telefone.

— Ah, não...

Uma hora depois, estava sentado em frente à mesa de seu chefe.

— Não chegaram a lugar nenhum?

— Não. Não sabemos nada. Não sabemos quem era, onde foi morta e menos ainda por quem. Sabemos mais ou menos como e quando, mas é tudo.

O comissário Hammar tinha as palmas das mãos sobre a mesa. Estudou os próprios dedos e franziu a testa. Era um bom homem com quem trabalhar: calmo e até um pouco lento; os dois sempre se deram muito bem.

Ele cruzou os braços e olhou para Martin Beck.

— Continue em contato com Motala. É provável que você esteja certo: a moça estava de férias e pensaram que tinha viajado, talvez até para fora do país. Pode levar umas duas semanas, pelo menos, até que alguém sinta sua falta. Isso se pensarmos que tirou três semanas de férias. Gostaria de ver seu relatório o mais rápido possível.

— Eu o entrego esta tarde.

Martin Beck foi para sua sala, tirou a capa da máquina de escrever, folheou os papéis que recebera de Ahlberg e começou a datilografar.

Às cinco e meia, o telefone tocou.

— Você vem jantar?

— Acho que não.

— Não há outros policiais aí? — perguntou a esposa. — Você precisa sempre fazer tudo? Quando pensam que você vê sua família? As crianças estão perguntando por você.

— Vou tentar chegar por volta das seis e meia.

Uma hora e meia depois, seu relatório estava pronto.

— Vá pra casa e tente dormir um pouco — disse Hammar. — Você parece cansado.

Martin Beck estava cansado. Pegou um táxi, foi para casa, jantou e foi para a cama. Adormeceu imediatamente.

À uma e meia da madrugada, o telefone o acordou.

— Estava dormindo? Desculpe acordá-lo. Eu só queria dizer que o caso foi resolvido. O cara se entregou.

— Quem?

— Holm, o vizinho. O marido. Desmoronou totalmente. Foi ciúme. Engraçado, não?

— Vizinho de quem? Do que você está falando?

— Da senhora em Storängen, naturalmente. Eu queria te contar para que não passasse a noite toda acordado pensando nisso sem necessidade... Ah, meu Deus, será que me enganei?

— Sim, se enganou.

— Droga, é claro! Você não estava lá. Foi Stenström. Desculpe! Vejo você amanhã.

— Obrigado por ligar — respondeu Martin Beck.

Voltou para a cama, mas não conseguiu dormir. Ficou deitado, olhando para o teto e escutando os roncos leves da mulher. Sentia-se vazio e deprimido.

Quando o sol começava a entrar no quarto, virou-se e pensou: "Amanhã vou telefonar para Ahlberg."

Telefonou no dia seguinte e umas quatro ou cinco vezes por semana durante todo o mês subsequente, mas não tinham nada em especial para dizer. As origens da moça permaneciam um mistério. Os jornais haviam parado de noticiar o caso, e Hammar não perguntava sobre o andamento das investigações. Ninguém registrara o desaparecimento de uma pessoa com uma descrição que batesse com a dela. Às vezes, era como se nunca houvesse existido. Todos, menos Martin Beck e Ahlberg, pareciam ter esquecido que a viram um dia.

No início de agosto, Martin Beck tirou uma semana de férias e viajou para as ilhas com a família. Quando voltou, continuou realizando os trabalhos de rotina que chegavam à sua mesa. Estava deprimido e dormia mal.

Numa noite, porém, no final de agosto, ficou estirado na cama, contemplando a escuridão.

Ahlberg telefonara à noite, até um pouco tarde. Estivera no hotel The City e parecia um pouco bêbado. Conversaram sobre o assassinato e, antes que Ahlberg desligasse, Martin Beck dissera: "Seja quem for e onde estiver, nós vamos pegá-lo."

Levantou-se e foi, descalço, até a sala; acendeu a luz em sua mesa e contemplou a miniatura do navio-escola *Danmark*. Ainda precisava terminar o cordame.

Sentou-se à mesa e apanhou uma pasta que estava numa pequena estante. A descrição que Kollberg tinha feito da vítima estava ali, com cópias das fotos do corpo que a polícia fizera em Motala há quase dois meses. Apesar de ter praticamente decorado aquela descrição, leu-a novamente, devagar e com muita atenção. Depois, colocou as fotos à sua frente e estudou-as durante um longo tempo.

Quando resolveu guardar os papéis e as fotos na pasta e apagou a luz, pensou: "Quem quer que tenha sido essa moça e de onde quer que tenha vindo, eu vou descobrir."

7

— Dane-se a Interpol — praguejou Kollberg.

Martin Beck não disse nada. Kollberg olhou por cima do ombro.

— Esses vermes escrevem em francês também?

— Sim. É da polícia de Toulouse. Há uma pessoa desaparecida.

— Polícia francesa — disse Kollberg. — Fiz uma busca com eles pela Interpol no ano passado. Uma garota do distrito de Djursholm. Não tivemos qualquer notícia durante três meses e depois recebemos uma longa carta da polícia de Paris. Não entendi uma palavra e mandei traduzir. No dia seguinte, li no jornal que um turista sueco a havia encontrado. Diabos! Ela estava sentada naquele café famoso que todos os *beatniks* suecos frequentam...

— Le Dôme.

— Sim, esse. Estava com um árabe, com quem vivia. Na verdade, ia à cafeteria todos os dias há quase seis meses. Na mesma tarde, recebi a tradução. A carta dizia que a garota não tinha sido vista na França há pelo menos três meses e que certamente não se encontrava no país naquele momento, não com vida, pelo menos. Eles escreveram que desaparecimentos "normais" costumavam ser resolvidos em duas semanas e, naquele caso, infelizmente, presumia-se que algum crime havia ocorrido.

Martin Beck dobrou a carta e guardou-a em uma gaveta de sua mesa.

— O que disseram? — perguntou Kollberg.

— Sobre a garota de Toulouse? A polícia espanhola encontrou-a em Maiorca uma semana atrás.

— Por que diabos eles gastam tantos selos oficiais e usam tantas palavras esquisitas para dizer tão pouco?

— Você tem razão — disse Martin Beck.

— De qualquer forma, sua garota deve ser sueca, como todos pensaram desde o início. Estranho.

— O que é estranho?

— Que ninguém sinta a falta dela, seja quem for. Às vezes, penso nela também. — Kollberg mudou seu tom gradualmente. — Isso me aborrece. E muito. Quantos casos sem solução você teve até agora?

— Com este, 27.

— É muita coisa.

— Sim, é.

— Não pense muito nessa confusão.

— Não.

"É mais fácil dar um conselho bem-intencionado do que aceitá-lo", pensou Martin Beck. Levantou-se e foi até a janela.

— É melhor eu voltar ao meu assassino — disse Kollberg. — Ele só ri e range os dentes. Que comportamento! Primeiro, bebe uma garrafa de água mineral com gás; em seguida, mata a mulher e os filhos a machadadas. Depois, tenta pôr fogo na casa e corta a própria garganta com uma serra. Por fim, corre até a polícia, chorando, e reclama da comida. Vou mandá-lo para o hospício esta tarde. Céus, como a vida é estranha — acrescentou ao deixar a sala, batendo a porta com força atrás de si.

As árvores que ficam entre a delegacia e o hotel Kristineberg começavam a perder algumas folhas. O céu estava baixo e cinzento, com pancadas de chuva e nuvens escuras anunciando uma tempestade. Era 29 de setembro, e o outono estava chegando. Martin Beck olhou com repugnância para o cigarro que largara pela metade; pensou em sua sensibilidade às mudanças de temperatura e nos seis meses de resfriados formidáveis que o inverno iminente lhe reservava.

“Minha pobre amiga, seja quem for”, disse consigo mesmo.

Tinha consciência de que as chances da polícia se reduziam a cada dia. Talvez nunca descobrissem quem ela era, sem falar em prender o culpado — a menos que o sujeito repetisse o crime. A mulher que ficara estendida ao sol no quebra-mar ao menos tinha um rosto, um corpo e um túmulo sem nome. O assassino não era nada, absolutamente abstrato, uma figura indistinta. Mas figuras indistintas não têm desejos nem armas pontiagudas. Nem mãos capazes de estrangular.

Martin Beck se recompôs. “Lembre-se de que você possui três das mais importantes virtudes de um policial”, pensou ele. “É teimoso, lógico e absolutamente calmo. Não se permite perder a compostura e é absolutamente profissional em sua atuação em qualquer caso. Palavras como ‘repulsivo’, ‘horrível’ e ‘brutal’ pertencem aos jornais, não cabem em seu vocabulário. Um assassino é um ser humano comum, porém mais desafortunado e desajustado.”

Martin Beck não via Ahlberg desde aquela última noite no hotel The City em Motala, mas se falavam por telefone. Haviam conversado na semana anterior e lembrava-se do comentário final do policial:

— Férias? Não sem antes resolver o caso. Logo terei todo o material, mas vou continuar a investigação nem que precise dragar o Boren sozinho.

“Nos últimos tempos, Ahlberg havia se tornado basicamente um teimoso”, pensou Martin Beck.

— Droga, droga, droga — murmurou ele, golpeando a testa com o punho.

Em seguida, voltou à sua mesa, sentou-se, girou a cadeira um pouco para a esquerda e ficou olhando distraidamente o papel na máquina. Tentou lembrar-se do que pretendia escrever quando Kollberg entrara na sala trazendo a carta da Interpol.

Seis horas depois, quando faltavam dois minutos para as cinco da tarde, ele colocava o chapéu, vestia a capa e começava a odiar o metrô lotado na direção sul. Ainda chovia, e Martin Beck antecipava o cheiro úmido de roupas molhadas e a sensação assustadora de ficar em pé, comprimido por uma massa compacta de corpos desconhecidos.

Um minuto antes das cinco, Stenström chegou. Abriu a porta sem bater, como sempre. Era algo irritante, mas suportável em comparação à batida de Melander, semelhante ao som de um pica-pau, e à pancada ensurdecedora de Kollberg.

— Temos uma mensagem para o departamento de garotas desaparecidas. Você devia enviar uma carta de agradecimento à embaixada americana. Foram eles que mandaram. — Ele estudou o telegrama em papel vermelho-claro. — Lincoln, Nebraska. De onde veio o último?

— Astoria, Nova York.

— Foi quando mandaram três páginas de informações, mas esqueceram de dizer que a moça era negra?

— Sim — respondeu Martin Beck.

Stenström estendeu-lhe o telegrama.

— Aqui está o telefone de um cara na embaixada. Você precisa ligar para ele.

Com um misto de prazer e culpa diante de qualquer oportunidade para adiar a tortura no metrô, Martin Beck voltou para sua mesa, mas era tarde. O pessoal da embaixada já tinha ido embora.

O dia seguinte era quarta-feira, e o tempo estava pior do que nunca. O jornal da manhã noticiava, com atraso, o desaparecimento de uma empregada doméstica de 25 anos num lugar chamado Räng, que parecia ser no sul da Suécia. A jovem não tinha retornado das férias.

Pela manhã, cópias autenticadas da descrição de Kollberg e das fotografias retocadas foram enviadas à polícia do sul da Suécia e ao tenente-detetive Elmer B. Kafka, da Divisão de Homicídios de Lincoln, Nebraska.

Após o almoço, Martin Beck sentiu que as glândulas em seu pescoço começavam a inchar; à noite, ao chegar em casa, tinha dificuldade para engolir.

— Amanhã, a Polícia Nacional terá de trabalhar sem você, está decidido — disse a mulher. Martin Beck abriu a boca para responder, mas olhou para os filhos e desistiu.

Não demorou muito para que ela se aproveitasse dessa vitória.

— Seu nariz está completamente entupido. Você luta para respirar como um peixe fora d'água.

Martin Beck depôs a faca e o garfo, murmurou um agradecimento pelo jantar e mergulhou no problema dos cordames. Pouco a pouco, essa atividade o acalmou. Trabalhou devagar e metodicamente na miniatura do navio e não teve pensamentos desagradáveis. Se chegou a ouvir a televisão na outra sala, sequer a registrou. Após algum tempo, sua filha apareceu à porta com um ar emburrado e traços de chiclete no queixo.

— Tem um cara no telefone. Imagina! Justo quando está passando Perry Mason!

Droga, teria que mudar o telefone de lugar. Droga, precisaria se envolver mais na criação dos filhos. Droga, o que se pode dizer a uma garota de 13 anos que ama os Beatles e que já está bem grandinha?

Entrou na sala como se precisasse desculpar-se por existir e arriscou um olhar tímido em direção ao rosto macilento do grande advogado de defesa que enchia a tela da TV. Pegou o telefone e carregou-o para o hall de entrada.

— Oi — disse Ahlberg, do outro lado da linha. — Acho que descobri algo.

— Sim?

— Lembra que falamos sobre os barcos que passam pelo canal por volta de meio-dia e meia e quatro da tarde durante o verão? Tentei monitorar os barcos pequenos e o tráfego de carga esta semana. É praticamente impossível controlar todas as embarcações que passam. Mas, há uma hora, um dos rapazes da polícia contou que viu um barco de passageiros passar pelo fosso de Platen seguindo para o oeste no meio de uma noite do verão passado. Não sabia precisar quando, e não havia pensado nisso até eu perguntar. O cara esteve em missão especial naquela área durante várias noites. Parece completamente inacreditável, mas ele jurou que era verdade. Saiu de férias um dia após ver o barco e esqueceu o assunto.

— E ele reconheceu o barco?

— Não, mas eu liguei para Gotemburgo e falei com alguns funcionários da empresa de navegação. Um deles me disse que podia ser verdade. Segundo ele, o barco se chamava *Diana*. E me deu o endereço do capitão.

Uma breve pausa se seguiu. Martin Beck ouviu Ahlberg riscar um fósforo.

— Consegui falar com o capitão — prosseguiu ele. — Disse se lembrar disso, com certeza, mas que preferiria ter esquecido. Primeiro, tiveram de parar em Hävringe por três horas, por causa de um pesado nevoeiro; depois, uma tubulação do motor quebrou... De qualquer forma, tiveram de ficar mais de oito horas em Söderköping para fazerem os reparos. Isso significa umas 12 horas de atraso, e passaram por Borenshult depois de meia-noite. Não pararam em Motala nem em Vadstena; em vez disso, seguiram para Gotemburgo.

— Quando foi isso? Em que dia?

— Foi a segunda viagem depois do solstício de verão, segundo o capitão. Em outras palavras, na noite anterior ao dia cinco.

Não disseram uma palavra durante dez segundos, pelo menos. Então, Ahlberg prosseguiu:

— Quatro dias antes de encontrarmos o corpo. Liguei novamente para o rapaz do escritório de navegação e verifiquei a hora de chegada do barco. Ele quis saber do que se tratava e perguntei se todos os passageiros chegaram a Gotemburgo em segurança. Então ele disse: "E por que não chegariam?" Respondi que, na verdade, eu não sabia por quê. Deve ter pensado que eu não estava em meu juízo perfeito.

Novamente, o silêncio.

— Você acha que significa alguma coisa? — perguntou Ahlberg, finalmente.

— Não sei — respondeu Martin Beck. — Talvez. Você fez um ótimo trabalho, de qualquer forma.

— Se todos os passageiros que embarcaram chegaram a Gotemburgo, isso não significa muito.

Em sua voz, havia uma estranha mistura de desapontamento e modesto triunfo.

— Temos que verificar todas as informações — continuou Ahlberg.

— Naturalmente.

— Até logo.

— Até logo. Eu te ligo.

Martin Beck permaneceu de pé mais um pouco, com a mão no telefone. Em seguida, franziu a testa e atravessou a sala feito um sonâmbulo. Fechou a porta atrás de si com cuidado, sentou-se em frente à miniatura do navio e ergueu a mão direita para fazer um ajuste no mastro, mas largou-o imediatamente.

Ficou ali por mais uma hora até sua mulher aparecer e obrigá-lo a ir para a cama.

8

— Ninguém diria, em sã consciência, que você parece bem — disse Kollberg.

De fato, Martin Beck não se sentia nada bem. Estava resfriado, a garganta doía, os ouvidos estavam sensíveis, e seu peito, miseravelmente dolorido. De acordo com o cronograma, o resfriado entrara em sua pior fase; ainda assim, Martin Beck havia desafiado a gripe e o front doméstico e decidido que passaria o dia em sua sala. Em primeiro lugar, tinha se livrado da atenção sufocante que receberia se continuasse na cama. Desde que as crianças começaram a crescer, a esposa adotara o papel de enfermeira doméstica com uma ansiedade borbulhante e uma determinação quase maníaca. Para ela, os constantes períodos de resfriado e de gripe do marido eram comparáveis aos aniversários e aos feriados mais importantes.

Além disso, por alguma razão, sua consciência não lhe permitia ficar em casa.

— Por que está aqui, se não se sente bem? — perguntou Kollberg.

— Não há nada de errado comigo.

— Não pense tanto assim sobre esse caso. Não é a primeira vez que falhamos. E também não será a última. Sabe disso tão bem quanto eu. Isso não nos tornará nem melhores nem piores.

— Não estou pensando só no caso.

— Não fique remoendo essa história. Não é bom para o moral.

— Para o moral?

— Sim. Pense na quantidade de bobagens que passam pela nossa cabeça quando temos tempo demais. A preocupação é a mãe da ineficiência — disse Kollberg, saindo em seguida.

Foi um dia comum e sem novidades, cheio de espirros e perdigotos acompanhados por uma rotina enfadonha. Telefonou duas vezes para Motala, mais para levantar o moral de Ahlberg — que, à luz do dia, decidira que sua descoberta, afinal, não era grande coisa, uma vez que não podia associá-la ao corpo encontrado nas comportas.

— Acho que é fácil supervalorizar certas coisas quando se está trabalhando como um cão por tanto tempo sem resultados — disse ele.

Ahlberg parecia arrasado e arrependido. Quase partia o coração.

A garota de Räng continuava desaparecida, mas isso não preocupava Martin Beck. Ela tinha 1,54m de altura, cabelos louros e um corte de cabelo *à la* Bardot.

Às cinco horas da tarde, tomou um táxi para casa, mas desceu perto da estação do metrô e caminhou o restante do trajeto para evitar a desgastante discussão econômica que inevitavelmente ocorreria se, por acaso, sua esposa o flagrasse saindo de um táxi.

Não conseguiu comer, mas tomou uma xícara de chá de camomila. "Por questão de segurança, para garantir que não vou sentir dor de estômago", pensou Martin Beck. Em seguida, deitou-se e adormeceu imediatamente.

Na manhã seguinte, sentia-se um pouco melhor. Comeu um biscoito e bebeu, com uma calma estoica, a xícara de água escaldante com mel que a esposa colocou à sua frente. A discussão sobre sua saúde e sobre as demandas injustas que o governo impunha aos seus funcionários e servidores se prolongou e, quando ele chegou ao escritório em Kristineberg, eram dez e quinze.

Havia um telegrama em sua mesa.

Um minuto depois, Martin Beck entrou na sala de seu chefe sem bater, apesar do sinal luminoso de "Não perturbe" estar aceso. Foi a primeira vez, em oito anos, que o fez.

O onipresente Kollberg e o comissário Hammar estavam debruçados sobre a cabeceira da mesa, estudando a planta de um apartamento. Olharam para ele, espantados.

— Recebi um telegrama de Kafka.

— Mas que maneira de começar um dia de trabalho! — disse Kollberg.

— É o nome dele. Do detetive de Lincoln, nos Estados Unidos. Ele identificou a mulher de Motala.

— Ele conseguiu fazer isso por telegrama? — perguntou Hammar.

— Ao que parece, sim.

Martin Beck abriu o telegrama sobre a mesa e os três leram o texto.

É a nossa garota, com certeza. Roseanna McGraw, 27 anos, bibliotecária. Necessário trocar informações adicionais assim que possível.

Kafka, Homicídios.

— Roseanna McGraw — repetiu Hammar. — Bibliotecária. Uma profissão que ninguém imaginaria.

— Eu tinha outra teoria — disse Kollberg. — Achava que ela fosse de Mjölby. Onde fica Lincoln?

— Em Nebraska, em algum lugar na parte central do país — respondeu Martin Beck. — Eu acho.

Hammar releu o telegrama.

— É melhor voltarmos ao trabalho — disse ele. — Essa mensagem não diz muito.

— Ah, para nós é o suficiente — discordou Kollberg. — Não somos mimados.

— Muito bem — continuou Hammar com tranquilidade. — Mas, antes, você e eu temos que terminar o que estávamos fazendo.

Martin Beck voltou para sua sala, sentou-se por um momento e massageou a raiz dos cabelos com a ponta dos dedos. Aquela primeira sensação de progresso e de surpresa havia, de alguma forma, desaparecido. Demoraram três meses para conseguir uma informação que, em 99 por cento dos casos, seria obtida no início das investigações. Todo o trabalho ainda estava por fazer.

O pessoal da embaixada e o superintendente de polícia regional podiam esperar. Pegou o telefone e discou o código de área de Motala.

— Sim? — atendeu Ahlberg.

— A garota foi identificada.

— Com certeza?

— Parece que sim.

Ahlberg não disse nada.

— Era americana. De um lugar chamado Lincoln, em Nebraska. Está anotando?

— É claro.

— Seu nome era Roseanna McGraw. Vou soletrar: "R", de Rudolf; "O", de Olof; "S", de Sigurd; "E", de Erik; "A", de Adam; "N", de Niklas; outro "N", de Niklas; "A", de Adam. Sobrenome: "M", de Martin; "C", de César; "G", de Gustav; "R", de Rudolf; "A", de Adam; e "W", de William. Anotou?

— É claro que sim.

— Tinha 27 anos e era bibliotecária. É tudo o que sei.

— Como conseguiu?

— Rotina. Depois de algum tempo, começaram a procurar por ela. Não através da Interpol, mas pela embaixada.

— O barco? — questionou Ahlberg.

— O que você disse?

— O barco. De onde viria uma turista americana senão de um barco? Talvez não do "meu" barco, mas de algum outro. Passam muitos por aqui.

— Não sabemos se era uma turista.

— Está certo. Vou entrar em ação imediatamente. Posso descobrir em 24 horas se ela conhecia alguém aqui ou se vivia na cidade.

— Ótimo. Eu ligo assim que souber mais alguma coisa.

Martin Beck terminou a conversa espirrando ao ouvido de Ahlberg. Quando tentou se desculpar, o outro já tinha desligado.

Apesar da dor de cabeça e dos ouvidos entupidos, sentia-se melhor — aliás, como há muito tempo não se sentia. Como um corredor de longa distância um segundo antes do sinal de largada. Apenas duas coisas o preocupavam: o assassino havia largado antes do sinal e estava três meses à sua frente. Martin Beck não sabia em que direção correr.

Em algum lugar sob essas perspectivas inquietantes e especulações de valor desconhecido, sua mente de policial começou a planejar as buscas de rotina para as próximas 48 horas — que, sabia, renderiam alguns resultados. Era tão certo quanto a areia que escorre por uma ampulheta.

Nos últimos três meses, não tinha pensado em outra coisa senão nesse crime e no momento em que as investigações realmente começariam. Era como tentar sair de um pântano na mais negra escuridão. Agora, sentia o primeiro pedaço de terra firme sob seus pés. O segundo não estaria tão distante.

Porém, não esperava resultados rápidos. Se Ahlberg descobrisse que a mulher de Lincoln trabalhava em Motala ou visitara amigos na cidade ou ao menos estivera por lá, ficaria mais surpreso do que se o assassino entrasse pela porta de sua sala e colocasse as provas do crime sobre sua mesa.

Por outro lado, esperava o material que viria dos Estados Unidos, mas não estava particularmente ansioso. Pensou em todos os tipos de declarações que seriam enviadas aos poucos pelo policial americano e no argumento obstinado de Ahlberg de que a mulher chegara à cidade de barco, que, na verdade, não tinha base alguma. Era mais lógico pensar que o corpo havia sido levado num carro até a água.

Em seguida, pensou no tenente-detetive Kafka — que rosto teria e se a delegacia na qual trabalhava era parecida com aquelas que apareciam na televisão.

Imaginou que horas seriam em Lincoln naquele momento e o local em que a mulher vivera. Se seu apartamento estava vazio, com os móveis cobertos por panos brancos, e se o ar estaria pesado e abafado, cheio de poeira.

De repente, percebeu que seu conhecimento da geografia dos Estados Unidos era um tanto precário. Não tinha ideia de onde ficava Lincoln, e Nebraska, para ele, era apenas um nome.

Depois do almoço, foi à biblioteca e pegou um atlas mundial. Encontrou Lincoln rapidamente. A cidade ficava no interior — na verdade, bastante embrenhada na parte central do país. Parecia ser razoavelmente grande, mas não conseguiu encontrar um livro com informações mais detalhadas sobre as cidades norte-americanas. Com a ajuda de seu almanaque de bolso, estudou a diferença de fuso horário e concluiu que era de sete horas. Eram duas e meia da tarde em Estocolmo; portanto, eram sete e meia da manhã em Lincoln. Kafka provavelmente ainda estava na cama, lendo seu jornal matutino.

Martin Beck estudou o mapa por algum tempo. Depois, colocou o dedo sobre o ponto assinalado no canto sudoeste do estado de Nebraska, que ficava quase a cem graus de longitude a oeste de Greenwich, e disse para si mesmo: "Roseanna McGraw."

Repetiu esse nome muitas vezes, quase como se quisesse fixá-lo em sua consciência.

Quando retornou à delegacia, Kollberg estava sentando diante de sua máquina de escrever.

O telefone tocou antes que pudessem dizer qualquer coisa. Era a telefonista.

— A central telefônica avisa que uma chamada dos Estados Unidos entrará em trinta minutos. Podem aceitá-la?

O tenente-detetive Kafka não estava na cama lendo o jornal! Mais uma vez, Martin Beck havia tirado conclusões precipitadas.

— Dos Estados Unidos! Puxa vida! — disse Kollberg.

A ligação entrou 45 minutos depois. No início, escutava-se apenas alguns barulhos confusos e telefonistas falando ao mesmo tempo. Então, surgiu uma voz incrivelmente clara e distinta.

— Sim, Kafka falando. É o Sr. Beck?

— Sim.

— Recebeu meu telegrama?

— Recebi. Muito obrigado.

— Está tudo claro, então?

— Não há qualquer dúvida de que é a mesma mulher? — perguntou Martin Beck.

— Você fala inglês como um nativo — observou Kollberg, paralelamente.

— Não, senhor, é Roseanna. Consegui identificá-la em menos de uma hora, graças à sua excelente descrição. Cheguei a verificar duas vezes. Mostrei o material a uma amiga da vítima e a um ex-namorado, que vive em Omaha. Ambos confirmaram com certeza absoluta. Mesmo assim, remeti ao senhor algumas fotografias e material adicional pelo correio.

— Quando ela deixou o país?

— No início de maio. Pretendia passar dois meses na Europa. Era sua primeira viagem ao exterior. Até onde sei, viajava sozinha.

— Sabe alguma coisa sobre os planos dela?

— Não muito. Na verdade, ninguém sabe. Tenho uma pista. Ela mandou um cartão-postal da Noruega para a amiga, dizendo que pretendia passar uma semana na Suécia e seguir para Copenhague.

— Escreveu mais alguma coisa?

— Bem, disse algo sobre viajar num barco sueco. Em algum tipo de cruzeiro pelos lagos do país ou algo parecido. Esse ponto não ficou muito claro.

Martin Beck prendeu a respiração.

— Sr. Beck, ainda está aí?

— Estou...

A ligação de repente começou a ficar muito ruim e piorava ainda mais a cada minuto.

— Sei que ela foi assassinada — gritou Kafka. — Você pegou o cara?

— Ainda não.

— Não consigo ouvi-lo.

— Ainda não o peguei — disse Martin Beck.

— "Matei"? Você matou o cara?

— O quê? Não, não, não matei...

— Sim, estou ouvindo, você matou o filho da mãe — gritou o homem do outro lado do Atlântico. — Ótimo. Vou informar aos jornais daqui.

— Você não entendeu — rugiu Martin Beck, inutilmente.

Ouviu a última fala de Kafka como se fosse um suspiro em meio a um barulho etéreo.

— Sim, entendi perfeitamente. Tenho seu nome. Até logo. Entrarei em contato novamente. Muito bem, Martin.

Martin Beck recolocou o fone no gancho. Mantivera-se de pé durante toda a conversa. Estava ofegante e o suor cobria seu rosto.

— O que está fazendo? — perguntou Kollberg. — Acha que existem tubos acústicos até Nebraska?

— Não conseguimos escutar bem no final. Ele entendeu que matei o assassino. Disse que informaria aos jornais.

— Ah, que ótimo! Amanhã você será o herói do dia por lá. No dia seguinte, transformarão você em cidadão honorário e, no Natal, vão mandar a chave da cidade, feita de ouro, com uma guirlanda em que se lê: "Martin, o Matador. O vingador de Estocolmo." O pessoal aqui vai se divertir muito com isso.

Martin Beck assoou o nariz e enxugou o suor do rosto.

— Muito bem, o que ele disse de concreto? Ou ficou apenas elogiando sua inteligência?

— Na verdade, o mais elogiado foi você. Pela descrição. "Excelente descrição" foram as palavras que usou.

— Confirmou a identificação?

— Sim, definitivamente. Verificou com a melhor amiga e com um ex-namorado da vítima.

— E o que mais?

— A moça viajou em meados de maio. Pretendia passar dois meses na Europa. Era sua primeira viagem ao exterior. Enviou um cartão-postal da Noruega para a amiga e escreveu que ficaria uma semana aqui e seguiria para Copenhague. Kafka disse que nos enviou algumas fotos e um material pelo correio.

— E isso foi tudo?

Martin Beck dirigiu-se à janela e olhou para fora. Mordeu o dedão.

— Escreveu no cartão que faria uma viagem de barco. Uma espécie de cruzeiro pela Suécia, percorrendo os lagos...

Virou-se e olhou para o colega. Kollberg não sorria, e o ar brincalhão de seus olhos tinha desaparecido. Após alguns minutos, disse, devagar:

— Então, ela veio por barco até o canal. Nosso amigo em Motala estava certo.

— É o que parece — disse Martin Beck.

9

Martin Beck respirou fundo quando saiu da estação do metrô. A viagem e os trens abarrotados sempre o deixavam ligeiramente indisposto.

O ar estava claro e leve; uma brisa fresca corria pela cidade, vinda do Báltico. Ele atravessou a rua e comprou um maço de cigarros numa tabacaria. Caminhou em direção à Skeppsbron; parou, acendeu um cigarro e deixou-se ficar ali, com os cotovelos apoiados na amurada. Um navio de cruzeiro com a bandeira inglesa estava ancorado ao longe, num cais. Não conseguiu ver o nome da embarcação, mas adivinhou tratar-se do *Devonia*. Um grupo de gaivotas gritava, disputando um monte de lixo que alguém havia jogado do convés. Observou o navio por algum tempo e depois prosseguiu em direção ao píer.

Dois homens com ar sombrio estavam sentados próximos a uma pilha de toras. O primeiro tentou acender uma ponta de cigarro numa piteira de madeira. Ao perceber que o amigo não conseguia, o outro, cujas mãos tremiam menos, tentou ajudá-lo. Martin Beck consultou o relógio. Cinco minutos para as nove horas. "Devem estar duros", pensou. "Ou estariam em frente à loja de bebidas, esperando-a abrir."

Passou pelo *Bore II*, atracado no píer para carregamento, e parou no meio-fio, em frente ao hotel Reisen. Levou alguns minutos para abrir caminho entre a interminável fila de carros e atravessar a rua.

A lista de passageiros do *Diana* em 3 de julho não se encontrava no escritório da empresa de navegação. Estava em Gotemburgo, mas a empresa prometera enviá-la assim que possível. No entanto, Martin Beck obteve ali uma lista da tripulação e de outros empregados. Ao sair, levou consigo alguns folhetos, que leu na volta para o escritório.

Quando chegou, Melander estava sentado na cadeira em frente à sua mesa.

— E aí, cara — disse Martin Beck.

— Bom dia — respondeu Melander.

— Esse cachimbo tem um cheiro horrível. Mas sente-se, por favor, e envenene o ar à vontade. Você é muito bem-vindo. Deseja alguma coisa?

— Quem fuma cachimbo não tem câncer tão depressa. A propósito, a marca de seu cigarro é considerada uma das mais perigosas. Bem, pelo menos é o que ouvi dizer. E estou aqui a serviço.

— Verifique na American Express, nos correios, nos bancos, na companhia telefônica e com outros contatos. Você entendeu, certo?

— Acho que sim. Como era mesmo o nome da garota?

Martin Beck escreveu o nome "Roseanna McGraw" num pedaço de papel e estendeu-o a Melander.

— Como se pronuncia?

Depois que Melander saiu, Martin Beck abriu a janela. O tempo tinha esfriado; o vento soprava no topo das árvores e levantava as folhas no chão. Fechou a janela, pendurou o casaco nas costas da cadeira e sentou-se.

Pegou o telefone e discou o número do Departamento Nacional para Estrangeiros. Se a moça tivesse dado entrada em algum hotel, seu nome teria fatalmente de constar nos arquivos deles. Deveria haver algum registro de sua passagem, sob qualquer circunstância.

Precisou esperar muito até que alguém atendesse e mais dez minutos até a jovem voltar ao telefone. Encontrara a ficha: Roseanna McGraw hospedara-se no hotel Gillet, em Estocolmo, entre 30 de junho e 2 de julho.

— Por favor, me envie uma cópia da ficha — pediu Martin Beck.

Apertou o gancho do telefone e esperou, com o fone ainda nas mãos, pelo sinal de interrupção da ligação. Em seguida, chamou um táxi e vestiu o casaco. Dez minutos depois, saltava em frente ao hotel. Pagou ao motorista e cruzou as portas de vidro.

Em frente à recepção, havia um grupo de seis homens. Tinham crachás nas lapelas e falavam ao mesmo tempo. O recepcionista parecia aborrecido e ergueu os braços num gesto de reclamação. Parecia que aquela discussão demoraria algum tempo. Martin Beck sentou-se, então, em uma das poltronas do saguão e esperou que a discussão terminasse e que o grupo desaparecesse pelo elevador antes de aproximar-se do balcão.

O recepcionista analisou os registros estoicamente até encontrar o nome. Estendeu o livro a Martin Beck, para que pudesse ler o registro de entrada. A hóspede havia inserido seus dados com uma caligrafia atraente, em letras de forma bem-desenhadas. Local de nascimento: Denver, Colorado, EUA. Local de residência: Lincoln, Nebraska. Último local visitado: Nebraska, EUA.

Martin Beck verificou quais outros hóspedes deram entrada no hotel em 30 de junho, no dia anterior e no dia seguinte. Acima do nome de Roseanna McGraw, havia nomes de pelo menos oito americanos. Todos, com exceção de dois nomes no topo da lista, haviam indicado os Estados Unidos como local de procedência. A primeira dera, como nome, "Phyllis", embora o sobrenome fosse ilegível. Indicou Cabo Norte, Suécia, como o último local visitado. A pessoa registrada abaixo dela indicara Cabo Norte, Noruega, na mesma lacuna.

— Era algum grupo? — perguntou Martin Beck.

— Vamos ver — disse o recepcionista, virando-se para verificar. — Não, não me lembro, mas é provável. Às vezes recebemos grupos de americanos. Chegam no "trem do dólar" vindo de Narvik.

Martin Beck mostrou uma fotografia ao homem, que sacudiu a cabeça negativamente.

— Não, desculpe. Temos tantos hóspedes aqui...

Ninguém a havia reconhecido, mas a ida até o hotel rendeu resultados. Agora sabia onde ela tinha se hospedado, vira seu nome nos registros e até dera uma olhada no quarto em que havia ficado. A moça deixara o hotel em 2 de julho.

"E depois? Para onde você foi?", perguntou baixinho a si mesmo. Suas têmporas latejavam e a garganta doía. Imaginou com quantos graus de febre estaria e voltou ao escritório.

A moça poderia ter embarcado na noite anterior à partida de Estocolmo. Martin Beck lera, no folheto da empresa de navegação, que os passageiros podiam embarcar na véspera da partida. Estava cada vez mais convencido de que ela embarcara no *Diana*, embora ainda não tivesse evidências concretas.

Querendo saber onde Melander estava, procurou o telefone. Quando estava prestes a discar, ouviu a característica batida na porta. Ali estava ele.

— Nada — disse Melander. — Nem a American Express nem qualquer outro lugar sabe qualquer coisa sobre ela. Vou comer alguma coisa, se não se importa.

Não, não se importava; Melander desapareceu. Martin Beck ligou para Motala, mas Ahlberg não estava.

Sua dor de cabeça piorava. Depois de procurar inutilmente um comprimido qualquer, subiu até a sala de Kollberg para pedir um remédio. Ao entrar, tossia com tanta força que não conseguiu falar durante um bom tempo.

Kollberg coçou a cabeça e olhou para ele, preocupado.

— Você parece pior do que 18 Damas das Camélias. Venha cá e deixe o doutor te examinar.

Ele olhou para Martin Beck através de sua lente de aumento.

— Olhe, se não escutar o doutor, não terá muito tempo de vida. Vá para casa, arraste-se até a cama e beba um copo bem grande de chá. Aliás, é preferível beber três. Chá com rum. É a única coisa que pode ajudar. Depois, vá dormir e acordará novo.

— O que você acha que eu tenho? E, a propósito, não gosto de rum — disse Martin Beck.

— Tome conhaque, então. E não se preocupe com Kafka. Se ele ligar, eu resolvo. Meu inglês é excelente.

— Ah, ele não vai ligar. Você tem algum remédio para dor de cabeça?

— Não, mas tenho um chocolate. Quer?

Martin Beck voltou à sua sala. O ar estava espesso e tudo parecia embaçado, mas não quis abrir a janela para evitar um golpe de ar frio.

Åhlberg ainda não havia chegado quando ele telefonou novamente para Motala, uma hora mais tarde. Pegou a lista da tripulação do *Diana*. Continha 18 nomes e endereços de várias partes do país. Seis eram de Estocolmo e havia dois nomes sem endereço. Outros dois viviam em Motala.

Às quatro e meia, resolveu aceitar o conselho de Kollberg. Arrumou sua mesa e vestiu o chapéu e o casaco.

No caminho, parou em uma farmácia e comprou uma caixa de comprimidos.

Encontrou uma dose de conhaque no armário da cozinha, despejou-o numa xícara grande e levou para o quarto. Quando sua mulher entrou com uma luminária, já estava dormindo.

Acordou cedo, mas ficou na cama até quinze para as oito; então levantou-se e vestiu-se. Sentia-se muito melhor, e a dor de cabeça havia desaparecido.

Às nove horas em ponto, abriu a porta de sua sala. Um envelope, com selo vermelho de entrega especial, estava sobre a mesa. Abriu-o com o dedo indicador antes de tirar o casaco.

O envelope continha a lista de passageiros.

Seus olhos encontraram imediatamente o nome dela.

McGraw, R., Miss, USA. Cabine individual A7.

10

— Eu sabia que estava certo — disse Ahlberg. — Tinha um *feeling*. Quantos passageiros estavam no barco?

— Segundo a lista, 68 — disse Martin Beck, escrevendo o número a caneta no papel à sua frente.

— Os endereços estão listados?

— Não, somente as nacionalidades. Vai dar trabalho achar toda essa gente. Alguns podemos eliminar, obviamente; crianças e senhoras idosas, por exemplo. E também precisamos encontrar a tripulação e outros funcionários. São mais 18 pessoas, mas eu tenho esses endereços.

— Você disse que, segundo Kafka, a moça viajava sozinha. E você? Qual é a sua opinião?

— Não me parece que estava acompanhada. Sua cabine era individual. Segundo a planta do navio, era a mais afastada no sentido da popa, no convés intermediário.

— Devo admitir que essa informação não me diz muita coisa — disse Ahlberg. — Vejo esse barco várias vezes por semana durante o verão, mas não sei como ele é. Nunca estive a bordo desses cruzeiros. Todos me parecem iguais.

— Na verdade, eles não são exatamente iguais. Acho que devemos dar uma olhada no *Diana*. Vou descobrir onde está — disse Martin Beck.

Ele contou a Ahlberg sobre sua visita ao hotel Gillet, deu-lhe os endereços do piloto e do engenheiro-chefe, que viviam em Motala, e prometeu ligar novamente quando soubesse onde estava o *Diana*.

Depois de conversar com Ahlberg, foi até a sala do chefe, levando a lista de passageiros.

Hammar cumprimentou-o pelo progresso e pediu que visitasse o barco assim que possível. Kollberg e Melander se preocupariam com a lista de passageiros, por enquanto.

Melander não parecia muito entusiasmado com a tarefa de localizar os endereços de 67 pessoas desconhecidas, espalhadas por todo o mundo. Sentou-se na sala de Martin Beck, com uma cópia da lista de passageiros, e fez uma estimativa rápida:

— Quinze suecos, cinco com sobrenome Andersson, três com sobrenome Johansson e três com sobrenome Petersson. Parece promissor! Vinte e um americanos, menos uma, é claro. Doze alemães, quatro dinamarqueses, quatro ingleses, um escocês, dois franceses, cinco holandeses, dois turcos e dois sul-africanos...

Melander esvaziou o cachimbo na borda da cesta de papel e colocou a lista no bolso.

— Turcos. No Canal de Göta — resmungou ele, deixando a sala.

Martin Beck telefonou para a empresa de navegação que administrava os barcos do canal. Durante o inverno, o *Diana* ficava em Bohus, uma comunidade localizada no rio Göta, a uns vinte quilômetros de Gotemburgo. Um funcionário do escritório local se encontraria com eles e mostraria o barco.

Ligou, então, para Ahlberg e avisou-o que estaria no trem para Motala naquela tarde. Combinaram de sair da cidade às sete horas da manhã, para estarem em Bohus por volta das dez horas.

Nesse dia, por sorte, foi para casa depois da hora do rush, e o metrô estava quase vazio.

Sua mulher começava a entender a importância que aquele caso tinha para ele e arriscou apenas um leve protesto quando o marido comunicou que viajaria para Motala. Arrumou a mala dele em silêncio, amuada, mas Martin Beck fingiu não notar sua visível irritação. Beijou-a distraidamente no rosto e saiu de casa uma hora antes da partida prevista do trem.

— Nem me preocupei em reservar um quarto para você no hotel — disse Ahlberg, que o esperava em frente à estação ferroviária, em Motala. — Temos um sofá formidável, você pode dormir nele.

Conversaram até tarde e, quando o despertador tocou, na manhã seguinte, os dois ainda se sentiam cansados. Ahlberg telefonou para a S.K.A., a agência técnica da Polícia Nacional, que prometeu enviar dois homens a Bohus. Em seguida, foram para o carro.

A manhã estava fria e cinzenta. Estavam há algum tempo na estrada quando começou uma chuva fina.

— Conseguiu localizar o piloto e o engenheiro-chefe? — perguntou Martin Beck quando Motala ficou para trás.

— Só o engenheiro-chefe — disse Ahlberg. — Sujeito duro. Precisei arrancar cada palavra dele. De qualquer forma, tinha pouco a ver com os passageiros. E esteve muito ocupado o tempo todo, obviamente devido ao problema com o motor... Ficou mal-humorado assim que mencionei aquela viagem, mas disse que tinha dois ajudantes e que, até onde sabia, eles haviam ingressado num barco rumo à Inglaterra e à Alemanha pouco depois da última viagem do *Diana*.

— Bem, paciência — respondeu Martin Beck. — Vamos encontrá-los. Examinaremos todas as listas da empresa de navegação.

A chuva aumentou e, quando chegaram a Bohus, a água batia com força no para-brisa. Não conseguiram ver muita coisa da cidade porque a chuva forte bloqueava a visão, mas parecia ser relativamente pequena, com algumas fábricas e um grande edifício que se estendia ao longo do rio. Encontraram o caminho até a margem e, depois de dirigir devagar por algum tempo, viram os barcos. Pareciam abandonados e fantasmagóricos; tiveram dificuldade para enxergar os nomes até chegarem quase em cima do píer.

Permaneceram no carro, atentos à chegada do representante da empresa de navegação. Não havia ninguém à vista, apenas um carro estacionado a pouca distância. Quando se aproximaram, viram um homem sentando ao volante, olhando na direção deles. Frearam e estacionaram o carro ao lado do que já estava ali. O homem abaixou o vidro da janela e gritou alguma coisa. Apesar do barulho da chuva, conseguiram entender seus nomes, e Martin Beck assentiu, confirmando que eram eles, enquanto abria sua janela.

O homem se apresentou e sugeriu que subissem a bordo imediatamente, a despeito da chuva forte. Era baixo e atarracado; quando correu na frente, em direção ao *Diana*, parecia rolar.

Com alguma dificuldade, subiu a amurada e esperou enquanto Martin Beck e Ahlberg subiam atrás dele.

O pequeno homem destrancou uma porta a estibordo e todos entraram numa espécie de cômodo reservado para guardar casacos e guarda-chuvas. Do outro lado, havia uma porta semelhante, que levava à área de observação do convés.

À direita, havia duas portas de vidro que davam acesso ao salão de jantar e, entre elas, um grande espelho. Exatamente à sua frente, um lance de escadas conduzia a outro convés, no andar inferior. Desceram por ali. Havia ainda outro lance de escadas, que conduzia a quatro grandes cabines e a um amplo salão, com sofás cobertos de tecidos rendados. O homem mostrou-lhes que os sofás podiam ser ocultados por cortinas.

— Quando temos passageiros de convés, que não têm cabine reservada, em geral eles podem dormir aqui — disse ele.

Subiram novamente as escadas em direção ao convés superior, onde havia cabines para passageiros e para a tripulação, lavabos e banheiros. O salão de jantar ficava no convés intermediário. Havia seis mesas redondas, que acomodavam seis pessoas cada uma, um bufê voltado para a popa, uma sala de leitura onde se podia apreciar a vista por uma grande janela e uma pequena copa, onde ficava o elevador de pratos que se comunicava com a cozinha no andar inferior.

Quando saíram para o convés, a chuva havia praticamente parado. Caminharam em direção à popa. A estibordo, havia três portas; a primeira levava à copa, e as outras duas, às cabines. Do outro lado, uma escada conduzia ao convés superior e, um lance acima, ao passadiço. A cabine que Roseanna McGraw havia ocupado ficava ao lado dessa escada.

A porta da cabine dava para a popa. Era pequena, com no máximo 3,5 metros de comprimento, e não tinha boa ventilação. Na divisória junto à cama, podia-se abrir um painel e transformá-lo em um beliche superior. Havia também uma pia com um tampo de mogno que, quando abaixado, servia como balcão. Acima da pia, preso à divisória, havia um espelho com suporte para um copo e para artigos de toalete. O piso era coberto por um carpete pregado com tachas e havia lugar para bagagem sob a cama. Aos pés da cama, havia um espaço vazio com alguns cabides para roupas.

Mal havia espaço para três pessoas ali, o que logo tornou-se óbvio para o agente do escritório da empresa de navegação. Ele saiu e ficou sentado em uma caixa que continha coletes salva-vidas, contemplando, ansioso, seus sapatos ensopados, que oscilavam muito acima do chão do convés.

Martin Beck e Ahlberg inspecionaram a pequena cabine Não esperavam encontrar qualquer traço de Roseanna, pois sabiam que havia sido limpa várias vezes desde que a moça a ocupara. Ahlberg deitou-se na cama, com cuidado, e declarou que ali quase não cabia uma pessoa adulta.

Deixaram a cabine aberta; saíram e sentaram-se ao lado do agente da empresa de navegação. Permaneciam em silêncio havia algum tempo quando um enorme carro preto se aproximou. Eram os homens da S.K.A. Traziam uma grande valise preta e começaram a trabalhar imediatamente.

Ahlberg cutucou Martin Beck e sinalizou com a cabeça em direção à escada. Subiram, então, para o convés, onde havia dois botes salva-vidas, um em cada lado da chaminé, e vários contêineres grandes para guardar as cadeiras e os futons que ficavam no convés. Fora isso, a área estava vazia. Mais acima, no convés do passadiço, havia duas cabines de passageiros, um compartimento de armazenagem e a cabine do capitão, atrás da sala do piloto.

Na base da escada, Martin Beck parou e abriu as plantas que havia recebido da empresa de navegação. Em seguida, percorreu o barco mais uma vez. Quando voltaram à popa do convés intermediário, o pequeno homem ainda estava sentado em cima da caixa, olhando, desolado, para os homens da S.K.A. que, ajoelhados no chão na cabine, despregavam as tachas que prendiam o carpete.

Eram duas horas da tarde quando o grande carro preto da polícia se afastou em direção à estrada de Gotemburgo, espalhando lama. Os técnicos levaram tudo o que havia dentro da cabine, embora não fosse muita coisa. Não acreditavam que os resultados da análise demorariam a ficar prontos.

Martin Beck e Ahlberg agradeceram ao agente da empresa de navegação, que apertou suas mãos com entusiasmo exagerado, sinceramente agradecido por finalmente sair daquele lugar.

Quando o carro dele desapareceu na primeira curva da estrada, Ahlberg disse:

— Estou cansado e com um pouco de fome. Podemos ir até Gotemburgo e passar a noite lá. O que acha?

Mais ou menos trinta minutos depois, estacionavam na frente de um hotel na Postgatan. Ocuparam quartos individuais, descansaram por uma hora e saíram para jantar. Enquanto comiam, Martin Beck falou sobre barcos, e Ahlberg, sobre uma viagem que fizera às ilhas Faro.

Nenhum dos dois mencionou o nome de Roseanna McGraw.

11

Para ir de Gotemburgo a Motala é preciso pegar a rodovia 40 e seguir na direção leste até Jönköping, passando por Borås e por Ulricehamn. De lá, deve-se seguir para o norte, pegar a rodovia Europa 3 e continuar até Ödeshög, onde se toma a rodovia 50 até Motala, passando por Tåkern e por Vadstena. É uma distância de aproximadamente 265 quilômetros que, nessa manhã específica, Ahlberg levou três horas e meia para percorrer.

Saíram às cinco e meia, assim que amanheceu, enquanto os caminhões de lixo faziam a coleta e, nas ruas lavadas pela chuva, via-se apenas os jornaleiros e um ou dois policiais. Vários quilômetros haviam sido percorridos antes que Ahlberg e Martin Beck quebrassem o silêncio. Depois que passaram por Hindås, Ahlberg limpou a garganta.

— Acha que aconteceu ali? Dentro daquela cabine apertada?

— Onde mais?

— Com outras pessoas a apenas alguns centímetros, atrás da parede, na cabine ao lado?

— Divisória.

— O quê?

— Atrás da divisória, não da parede.

— Ah — disse Ahlberg.

Dez quilômetros depois, Martin Beck continuou o assunto:

— Com gente tão perto, ele precisaria impedir que ela gritasse.

— Mas como poderia impedir? Deve ter... demorado um bom tempo ali dentro, não?

Martin Beck não respondeu. Cada um a seu modo pensava na cabine pequena, com suas poucas e espartanas comodidades.

Não conseguiam deixar de imaginar a situação. Os dois tinham a mesma sensação de impotência, um desconforto arrepiante. Vasculharam os bolsos em busca de cigarros e fumaram em silêncio.

Quando entraram em Ulricehamn, Martin Beck disse:

— Muitas das agressões podem ter ocorrido quando ela já estava morta ou pelo menos inconsciente. Alguns indícios citados no laudo da autópsia sugerem que pode ter sido assim.

Ahlberg assentiu. Sem precisarem falar, ambos sabiam que essa simples possibilidade fazia com que se sentissem melhor.

Em Jönköping, pararam para tomar um café — que, aliás, não costumava cair bem para Martin Beck, mas, naquele momento, ajudou-o a se recuperar.

Em Grånna, Ahlberg verbalizou o que ambos vinham pensando nas últimas horas.

— A gente não conhece a vítima.

— Não — respondeu Martin Beck, sem tirar os olhos da enevoada e bela vista.

— Não sabemos quem ela era. Quero dizer...

— Sei o que quer dizer.

— Sabe, não sabe? Como vivia. Como agia. Com que tipo de gente se envolvia. Essas coisas.

— Sei.

Tudo isso era verdade. A mulher estendida no quebra-mar tinha recebido um nome, um endereço e uma profissão. Nada mais...

— Acha que os técnicos descobrirão alguma coisa?

— Bem, a gente sempre tem esperança...

Ahlberg lançou-lhe um rápido olhar. Não, não precisavam de frases bonitas; em sã consciência, a única coisa que podiam esperar do relatório técnico é que ao menos não contradissesse o pressuposto de que a cabine A7 era a cena do crime. O *Diana* fizera 24 viagens pelo canal desde que a mulher vinda de Lincoln tinha embarcado nele. Isso significava que a cabine fora limpa pelo menos 24 vezes, que as roupas de cama, toalhas e qualquer outra parafernália que estivesse ali haviam sido lavadas muitas vezes e que, agora, estavam irremediavelmente misturadas aos lençóis e toalhas de outras cabines do barco. Significava também que umas trinta a quarenta pessoas haviam ocupado a cabine depois de Roseanna McGraw. E todas, naturalmente, deixaram suas marcas.

— Ainda não ouvimos os depoimentos — disse Ahlberg.

— É verdade.

Oitenta e cinco pessoas, entre as quais uma, presumivelmente, era culpada e as outras, de qualquer forma, testemunhas em potencial. Cada uma poderia ter uma pequena peça que talvez se encaixasse no grande quebra-cabeça do crime. Oitenta e cinco pessoas espalhadas por quatro continentes. Localizá-las já seria uma tarefa hercúlea. Martin Beck nem se atrevia a pensar em como ouviria os depoimentos de todas elas e reuniria os relatórios para análise.

— Há, ainda, Roseanna McGraw — disse Ahlberg.

— Sim. — Depois de algum tempo, Martin Beck continuou: — Só vejo uma saída.

— O cara nos Estados Unidos?

— Sim.

— Qual é o nome dele?

— Kafka.

— É um nome estranho. Parece competente?

Martin Beck pensou na absurda conversa telefônica que tiveram alguns dias antes e deu o primeiro sorriso daquele dia sombrio.

— É difícil dizer — respondeu.

No meio do caminho entre Vadstena e Motala, Martin Beck disse, mais ou menos para si mesmo:

— Malas. Roupas. Artigos de toalete, a escova de dentes. Souvenirs que talvez tenha comprado. Passaporte, dinheiro, cheques.

As mãos de Ahlberg agarraram o volante com mais força.

— Vou vasculhar o canal cuidadosamente — retrucou ele. — Primeiro, entre Borenshult e o porto. Depois, a leste do Boren. As comportas já foram cobertas, mas...

— O lago Vättern?

— Sim. Temos poucas chances, e talvez nem mesmo no Boren, caso, a essa altura, a draga tenha revolvido tudo por lá. Às vezes, sonho com aquela maldita máquina e acordo no meio da noite, xingando. Minha mulher acha que fiquei maluco. Coitada — lamentou Ahlberg enquanto estacionava em frente à delegacia de polícia.

Martin Beck olhou para ele com uma rápida e fugaz sensação de inveja, descrença e respeito.

Dez minutos depois, Ahlberg estava sentado diante de sua mesa com a manga da camisa dobrada, como era seu hábito, falando com o laboratório. Larsson entrou na sala, apertou a mão de Martin Beck e ergueu as sobrancelhas de maneira inquisitiva. Ahlberg desligou.

— Havia traços de sangue no colchão e no carpete. Quatorze, muito bem-contados. Estão sendo analisados.

Se esses traços de sangue não houvessem sido encontrados, a teoria sobre a cena do crime se tornaria bem improvável.

O superintendente pareceu não notar o alívio. A comunicação silenciosa entre os dois policiais era estabelecida através de comprimentos de onda com os quais ele não estava familiarizado. Ele ergueu novamente as sobrancelhas:

— Isso é tudo?

— Algumas impressões digitais antigas — respondeu Ahlberg. — Não eram muitas. Devem limpar muito bem a cabine.

— O promotor público está a caminho — disse Larsson.

— É muito bem-vindo, é claro.

O trem que levou Martin Beck partiu às cinco e vinte da tarde, via Mjölby. A viagem durou quatro horas e meia, tempo que usou para preparar uma carta a ser enviada aos Estados Unidos. Quando chegou a Estocolmo, o rascunho estava pronto. Não se sentia completamente satisfeito com o resultado, mas teria que servir assim mesmo. Para economizar tempo, pegou um táxi até a delegacia de Nikolai, pediu uma sala emprestada e datilografou a carta. Enquanto lia a versão final, ouviu barulhos e xingamentos por perto e a voz de um guarda que dizia: "Calma, garotos, calma."

Pela primeira vez em muito tempo, lembrou-se de seus tempos de patrulha e de como detestava os acontecimentos das noites de sábado.

Eram onze e quinze da noite quando chegou à caixa de correio na Vasagatan. A tampa metálica fechou-se com um ruído.

Caminhou na direção sul, sob chuva fina; passou pelo hotel Continental e por algumas lojas de departamentos novas e grandes. Ao descer a escada rolante do metrô, pensou em Kafka e perguntou-se se aquele homem, um desconhecido para ele, entenderia seu ponto de vista.

Estava cansado e dormiu assim que entrou no metrô, tranquilo, pois não sairia antes da estação terminal.

12

Dez dias depois, Martin Beck recebeu uma resposta dos Estados Unidos. Viu-a em sua mesa quando chegou pela manhã, antes mesmo de fechar a porta da sala. Enquanto pendurava o casaco, olhou seu rosto no espelho. Estava pálido, amarelado e tinha olheiras profundas. Isso não se devia à gripe, e sim ao fato de que vinha dormindo pouco. Rasgou o grande envelope marrom e encontrou duas transcrições de depoimentos, uma carta datilografada e um cartão com dados biográficos. Passou os olhos nos papéis com curiosidade, mas refreou o impulso de lê-los imediatamente. Em vez disso, foi até a área administrativa e pediu uma tradução rápida, com três cópias.

Em seguida, subiu um lance de escadas, abriu uma porta e entrou na sala de Kollberg e Melander. Estavam trabalhando em suas mesas, de costas um para o outro.

— Mudaram os móveis de lugar?

— Só assim conseguimos trabalhar — disse Kollberg.

Estava tão pálido e tinha os olhos tão vermelhos quanto Martin Beck. O imperturbável Melander parecia o mesmo.

Uma cópia do relatório, em papel amarelo e fino, estava diante de Kollberg, que o acompanhava linha por linha com o dedo indicador e lia em voz alta:

"A Sra. Lise-Lotte Jensen, de 61 anos, disse à polícia de Vejle, Dinamarca, que a viagem foi maravilhosa, que o *smörgåsbord* estava divino, que choveu durante um dia inteiro e uma noite inteira, que o barco se atrasou e que ficou enjoada na noite que choveu sobre o lago, a segunda noite. Ainda assim, a viagem foi maravilhosa e os outros passageiros foram *muito* gentis. Não consegue se lembrar da moça mostrada na foto. De todo modo, não se sentaram na mesma mesa, mas o capitão era charmoso, e seu marido disse que não conseguia comer toda aquela comida maravilhosa e era possível que nem todos os passageiros fizessem todas as refeições. O tempo esteve ótimo, exceto nos dias em que choveu. Ela e o marido não tinham ideia de que a Suécia era tão bonita!"

— Droga, nem eu! — observou Kollberg, interrompendo o relatório.

"...Na maior parte do tempo jogaram bridge com aquele simpático senhor sul-africano e sua esposa, a Sra. Hoyt, de Durban. É claro que as cabines eram um tanto pequenas e que, na segunda noite..."

— Temos algo aqui...

"Havia um aracnídeo grande e peludo na cama e que seu marido teve um trabalhão para retirá-lo da cabine."

— Bem, será que aracnídeo em dinamarquês significa maníaco sexual?

— Uma aranha — disse Melander, sem tirar o cachimbo da boca.

— Adoro os dinamarqueses — continuou Kollberg. — Não viram nada nem ouviram nada e, "finalmente", escreve o policial Toft, de Vejle, que tomou o depoimento, "não há nada no testemunho desse simpático casal idoso que possa trazer luz sobre o caso". Sua capacidade de dedução é impressionante.

— Vamos ver, vamos ver — vociferou Melander consigo mesmo.

— Viva nossos irmãos dinamarqueses! — exclamou Kollberg.

Martin Beck debruçou-se sobre a mesa, folheou os papéis e murmurou algo inaudível. Após dez dias de trabalho, haviam localizado dois terços das pessoas a bordo do *Diana* naquela viagem. De um jeito ou de outro, contataram mais de quarenta pessoas e tinham 23 depoimentos transcritos. Os resultados eram pífios. Entre os entrevistados, ninguém se lembrava de qualquer coisa relacionada a Roseanna McGraw, a não ser de tê-la visto a bordo em algum momento da viagem.

Melander tirou o cachimbo da boca e disse:

— Karl-Åke Eriksson, um dos tripulantes. Encontramos essa pessoa?

Kollberg verificou em uma de suas listas.

— Foguista. Não, mas sabemos um pouco sobre ele. Partiu da Casa do Marinheiro em Gotemburgo há três semanas. Embarcou num cargueiro finlandês.

— Sei... — disse Melander. — E tem 22 anos?

— Sim, e o que você quer dizer com esse "sei"?

— O nome dele me lembrou alguma coisa. Você deve se lembrar também. Mas o nome dele não era esse na época.

— Bem, se você se lembra de alguma coisa, deve estar certo — disse Kollberg, resignado. — Esse diabo tem a memória de um elefante de circo — comentou, virando-se para Martin Beck. — É como dividir a sala com um computador.

— Eu sei.

— Um computador que fuma o pior tabaco do mundo — continuou Kollberg.

— E vou fumar de novo daqui a um minuto — retrucou Melander.

— É claro, eu sei. Droga, estou cansado — respondeu Kollberg.

— Você não dorme o suficiente — disse Melander.

— É verdade.

— Você precisa dormir bastante. Eu durmo oito horas por dia. Caio no sono no momento em que ponho a cabeça no travesseiro.

— E o que sua mulher tem a dizer sobre isso?

— Nada. Ela dorme mais rápido ainda. Às vezes, a gente nem chega a apagar a luz.

— Sério? De qualquer forma, eu não tenho dormido bem ultimamente.

— Por que não?

— Não sei. Simplesmente não consigo.

— E o que você faz?

— Fico deitado, pensando no quanto você é terrível.

Kollberg agarrou sua cesta de cartas. Melander bateu seu cachimbo para eliminar as cinzas e olhou para o teto. Martin Beck, que o conhecia bem, percebeu que ele acabava de fazer um novo registro em sua preciosa memória, onde armazenava tudo o que havia visto, lido ou ouvido na vida.

Trinta minutos depois do almoço, uma moça do setor administrativo chegou com as traduções. Martin Beck tirou o paletó, trancou a porta e começou a ler.

Primeiro a carta, que dizia o seguinte:

Caro Martin,

Acho que entendi o que quis dizer. As transcrições dos depoimentos foram datilografadas diretamente das fitas. Não fiz qualquer mudança ou abreviação. Você poderá avaliar o material por si mesmo. Se desejar, posso procurar outras pessoas que a conheceram, mas acho que esses dois depoimentos são os melhores. Espero que você pegue o demônio que fez isso. Se pegar, castigue-o por mim também. Estou incluindo uma coletânea de todos os dados biográficos que consegui coletar e um comentário sobre as transcrições.

Cordialmente,

Elmer.

Pôs a carta de lado e pegou as transcrições. A primeira folha continha o seguinte cabeçalho: "Depoimento de Edgar M. Mulvaney, na sala do promotor público de Omaha, Nebraska, em 11 de outubro de 1964. Oficial responsável pelo depoimento: tenente-detetive Kafka. Testemunha: sargento Romney.

KAFKA: Seu nome é Edgar Moncure Mulvaney, tem 33 anos e vive no número 12 da East Street, nesta cidade. É engenheiro e trabalhou durante um ano como subchefe de um departamento da Northern Electric Company, em Omaha. Correto?
MULVANEY: Sim, está correto.
K: Você não está sob juramento e seu depoimento não será registrado em cartório. Algumas perguntas que farei envolvem detalhes íntimos de sua vida e talvez considere-as desagradáveis. Você está sendo interrogado para obtenção de informações, então nada do que disser será tornado público ou usado contra você. Não posso forçá-lo a responder, mas devo declarar que, se responder a todas as perguntas de forma franca e verdadeira e com a maior clareza possível, estará contribuindo para capturar e punir a pessoa ou as pessoas responsáveis pelo assassinato de Roseanna McGraw.
M: Farei meu melhor.
K: Você vivia em Lincoln até 11 meses atrás. E trabalhava lá.
M: Sim, como engenheiro do Departamento de Serviços Públicos, na seção responsável pela iluminação das ruas.
K: Onde você morava?
M: Num prédio na Greenrock Road, número 83. Dividia um apartamento com um colega. Na época, éramos solteiros.
K: Quando conheceu Roseanna McGraw?
M: Há quase dois anos.
K: Em outras palavras, no outono de 1962?
M: Sim, em novembro.
K: Em que circunstâncias vocês se conheceram?
M: Na casa de um colega, Johnny Matson.
K: Numa festa?
M: Sim.
K: Esse Matson era próximo de Roseanna McGraw?

M: É pouco provável. Havia muita gente. Johnny a conhecia superficialmente, da biblioteca onde trabalhava. Havia convidado todo tipo de gente. Sabe Deus onde conheceu todo aquele povo.
K: Como você conheceu Roseanna McGraw?
M: Sei lá. A gente simplesmente se esbarrou, foi só isso.
K: Você foi à festa especificamente em busca de companhia feminina?
(Pausa.)
K: Pode, por favor, responder à pergunta?
M: Estou tentando me lembrar. É possível. Eu não tinha namorada na época, mas é mais provável que tenha ido porque não tinha nada melhor para fazer.
K: E o que aconteceu?
M: Roseanna e eu nos conhecemos por acaso. Conversamos um pouco, depois dançamos.
K: Quantas vezes?
M: Nas duas primeiras músicas. A festa mal tinha começado.
K: Então se conheceram logo no início?
M: Sim, acho que sim.
K: E?
M: Sugeri que fôssemos embora juntos.
K: Depois de dançar apenas duas músicas?
M: Mais precisamente durante a segunda música.
K: E o que a Srta. McGraw respondeu?
M: Ela disse: "Sim, vamos."
K: Sem qualquer comentário?
M: Sim.
K: Como você se animou a fazer essa sugestão?
M: Preciso responder a esse tipo de pergunta?
K: Se não responder, essa conversa não tem sentido.
M: Muito bem. Percebi que ficou excitada enquanto dançávamos.
K: Excitada? Em que sentido? Sexualmente?
M: Sim, naturalmente.

K: Como percebeu?

M: Não posso... (pausa) Explicar em detalhes. De qualquer forma, era óbvio. Foi o comportamento dela. Não posso ser mais preciso.

K: E você? Estava sexualmente excitado?

M: Sim.

K: Havia bebido alguma coisa?

M: Um martini, no máximo.

K: E a Srta. McGraw?

M: Roseanna nunca bebeu nada alcoólico.

K: Então vocês saíram da festa? O que aconteceu depois?

M: Nenhum dos dois tinha ido de carro, então pegamos um táxi até a casa onde ela morava, na rua 2, número 116. Ela ainda mora lá... Quero dizer, morava.

K: E ela deixou você ir com ela, simplesmente?

M: Bem, a gente conversou um pouco. A mesma coisa de sempre, você sabe. Não me lembro das palavras. Na verdade, acho que ela achou a conversa chata.

K: Vocês fizeram alguma coisa no táxi?

M: Nós nos beijamos.

K: E ela fez objeção?

M: Não, de modo algum. Enfim, como eu disse, nós nos beijamos. (Pausa.)

K: Quem pagou o táxi?

M: Roseanna. Não tive tempo de detê-la.

K: E então?

M: Entramos no apartamento. Era muito bonito. Lembro que fiquei surpreso. Ela tinha muitos livros.

K: E o que vocês fizeram?

M: Bem...

K: Tiveram relações sexuais?

M: Sim.

K: Em que momento?
M: Quase imediatamente.
K: Pode relatar, com o máximo de detalhes, o que aconteceu?
M: Mas o que diabos está tentando fazer? Isso é algum tipo de pesquisa sobre sexo, um Relatório Kinsey privado?
K: Desculpe-me. Devo lembrá-lo daquilo que eu disse no início de nossa conversa. Isso pode ser importante.
(Pausa.)
K: Está tendo dificuldade para lembrar?
M: Não, não.
(Pausa.)
M: É uma sensação estranha estar aqui e falar sobre uma pessoa que não fez mal a ninguém e que, de qualquer forma, está morta.
K: Compreendo seus sentimentos. Se insisto, é justamente porque precisamos de sua ajuda.
M: Está bem. Pode perguntar.
K: Vocês entraram no apartamento. O que aconteceu em seguida?
M: Ela tirou os sapatos.
K: E depois?
M: Nós nos beijamos.
K: E depois?
M: Ela entrou no quarto.
K: E você?
M: Eu a segui. Quer detalhes?
K: Sim.
M: Ela se despiu e se deitou.
K: Na cama?
M: Debaixo dos cobertores.
K: Estava totalmente nua?
M: Sim.
K: Ela pareceu tímida?

M: De jeito nenhum.
K: Apagou as luzes?
M: Não.
K: E você?
M: O que acha?
K: E aí vocês tiveram relações sexuais?
M: O que acha que fizemos? Que fomos ver a coleção de borboletas dela? Desculpe, mas...
K: Quanto tempo você ficou no apartamento?
M: Não sei ao certo, até uma ou duas horas da manhã. Depois, fui para casa.
K: E essa foi a primeira vez que você viu a Srta. McGraw?
M: Sim, foi a primeira vez.
K: E o que você pensou dela quando foi embora? E no dia seguinte?
(Pausa.)
M: Pensei... Primeiro, pensei que fosse só uma vagabunda barata, embora não tenha transmitido essa impressão de modo algum. Depois, pensei que fosse ninfomaníaca. Uma ideia mais louca do que a anterior. Agora, aqui, e principalmente porque está morta, me parece absurdo que essas coisas tenham sequer passado pela minha cabeça.
(Pausa.)
K: Escute, meu amigo, garanto que é tão penoso para mim ter que fazer essas perguntas quanto é para você respondê-las. Eu jamais faria esse interrogatório se não houvesse um propósito. E a pior parte é que ainda não terminamos. Estamos muito longe disso.
M: Desculpe por ter ficado nervoso. É que não consigo me acostumar com essa situação e com esse ambiente. Parece loucura estar aqui e falar coisas sobre Roseanna, coisas que eu nunca disse a ninguém, com detetives circulando e com o gravador rodando e com o sargento sentado ali, me encarando. Infelizmente não sou um cínico, especialmente quando tem a ver com...

K: Jack, feche as persianas, por favor. Depois, espere lá fora. (Pausa.)

ROMNEY: Até logo.

M: Desculpe.

K: Não é preciso se desculpar. O que aconteceu entre você e a Srta. McGraw? Depois do primeiro encontro?

M: Telefonei dois dias depois. Naquele momento, ela não queria me ver e disse isso de forma bem direta. Mas disse para eu ligar de novo depois, se quisesse. Quando telefonei novamente, se não me engano, mais ou menos uma semana depois, ela me convidou para ir à sua casa.

K: E vocês...

M: Sim, dormimos juntos. E continuou assim. Uma ou duas vezes por semana. Sempre nos encontrávamos no apartamento dela. Quase sempre aos sábados. E aí passávamos o domingo juntos, se estivéssemos livres.

K: Quanto tempo durou?

M: Oito meses.

K: E por que terminou?

M: Eu me apaixonei por ela.

K: Acho que não entendi.

M: Na verdade, é bem simples. Para ser sincero, eu estava apaixonado havia um bom tempo. Eu realmente a amava. Mas nunca falamos de amor, portanto eu não dizia nada.

K: Por que não?

M: Porque eu queria ficar com ela. E quando me declarei... Bem, acabou.

K: Como aconteceu?

M: Quero que entenda que Roseanna foi a pessoa mais correta que já conheci. Ela gostava muito de mim, e gostava principalmente de dormir comigo, mas nunca escondeu que não queria um relacionamento sério. Sabíamos exatamente por que nos encontrávamos.

K: Como ela reagiu quando você disse que a amava?

M: Ficou triste. E disse: "Vamos dormir juntos mais uma vez. Amanhã você vai embora e acabou. Não vamos nos magoar."

K: E você aceitou?

M: Sim. Se você a conhecesse como eu, teria entendido que não havia nada a fazer.

K: E quando isso aconteceu?

M: Em 3 de julho do ano passado.

K: E depois disso vocês não tiveram qualquer contato?

M: Não.

K: Ela se encontrava com outros homens no período em que vocês ficaram juntos?

M: Sim e não.

K: Em outras palavras, você tinha a impressão de que ela se encontrava com outros homens?

M: Não era uma questão de "impressão". Eu sabia. Em março, fiz um curso de quatro semanas na Filadélfia. Antes que eu viajasse, ela me disse que eu não deveria contar com sua... fidelidade por tanto tempo. Quando retornei, perguntei se havia acontecido alguma coisa, e ela me disse que uma vez, após a terceira semana.

K: Ela tinha feito sexo?

M: Sim. Que forma direta de falar! Fui burro o bastante para perguntar com quem.

K: E o que ela respondeu?

M: Que não era da minha conta. E não era mesmo, principalmente do ponto de vista dela.

K: Durante os oito meses que estiveram juntos, vocês tiveram intimidade... Enfim, dormiram juntos regularmente? Correto?

M: Sim.

K: E nas noites em que não ficavam juntos? O que ela fazia?

M: Ficava sozinha. Ela gostava de ficar sozinha. Lia muito e trabalhava à noite, às vezes. Escrevia também, mas não sei o quê.

Nunca me contou. Sabe, Roseanna era muito independente. E, na verdade, não tínhamos os mesmos interesses. Com uma exceção. Mas nos dávamos bem, e essa é a verdade.
K: Como você pode ter certeza de que a Srta. McGraw ficava sozinha quando você não estava com ela?
M: Eu... Eu tinha ciúmes, às vezes. Uma vez ou outra, quando ela não queria me ver, eu montava guarda do lado de fora do prédio. Umas duas vezes cheguei a ficar ali desde a hora em que ela chegou em casa até a hora em que saiu para o trabalho, pela manhã.
K: Alguma vez você deu dinheiro a ela?
M: Nunca.
K: Por quê?
M: Ela não precisava de dinheiro e me disse isso desde o início. Nas vezes em que saíamos, ela sempre pagava sua parte.
K: E quando vocês pararam de se ver? O que ela fez?
M: Não sei. Nunca mais a vi. Pouco tempo depois, consegui um novo emprego e me mudei para cá.
K: Como você descreveria o caráter dela?
M: Era muito independente, como eu disse. Honesta. Completamente natural em todos os aspectos. Por exemplo, nunca usava maquiagem ou joias. Parecia calma e relaxada na maior parte do tempo, mas, uma vez, disse que não queria me ver com muita frequência porque sabia que aquilo lhe daria nos nervos. Disse que acontecia com todo mundo e que, no nosso caso, isso era desnecessário.
K: Vou fazer algumas perguntas um pouco íntimas agora.
M: Tudo bem. A essa altura, respondo qualquer coisa.
K: Tem ideia de quantas vezes vocês se encontraram?
M: Quarenta e oito vezes.
K: Tem certeza? Precisamente?
M: Sim. Posso até dizer por quê. Todas as vezes que nos encontramos e que dormimos juntos, fiz um pequeno círculo vermelho em

torno da data no calendário do escritório. Antes de jogá-lo fora, contei os dias.

K: Você diria que o comportamento sexual dela era normal?

M: Ela era muito sexualizada...

K: E você tinha experiência suficiente para julgar?

M: Tinha 31 anos quando nos conhecemos. Passei por algumas experiências antes disso.

K: Ela tinha orgasmos?

M: Sim, sempre.

K: Vocês transavam muitas vezes por noite?

M: Não. Nunca. Não era necessário.

K: Vocês usavam contraceptivos?

M: Roseanna tomava algum tipo de pílula. Todas as manhãs.

K: Vocês costumavam discutir sobre sexo?

M: Não, nunca. Sabíamos o que precisávamos saber.

K: Ela costumava falar sobre casos anteriores?

M: Nunca.

K: E você?

M: Só uma vez. Ela demonstrou total falta de interesse e nunca mais toquei no assunto.

K: E falavam sobre o quê?

M: Sobre qualquer coisa. Em geral, coisas do dia a dia.

K: E com quem mais ela se encontrava, além de você?

M: Ninguém. Tinha uma amiga, uma colega da biblioteca, mas raramente se viam fora do trabalho. Roseanna gostava de ficar sozinha, como eu disse.

K: Mas foi àquela festa onde vocês se conheceram...?

M: Para encontrar alguém com quem dormir. Ela estava... em abstinência por um longo tempo na época.

K: Como assim, longo?

M: Mais de seis semanas.

K: E como você sabe?

M: Ela me disse.
K: Era difícil satisfazê-la?
M: Não para mim, pelo menos.
K: Ela era exigente?
M: Queria o que toda mulher normalmente quer. Que um homem a tome até que não tenha mais forças, se é que entendi sua pergunta.
K: Tinha hábitos particulares?
M: Na cama?
K: Sim.
M: A Lei Harrison não é válida em Nebraska, é?
K: Não, não precisa se preocupar.
M: Não importa, na verdade. Roseanna tinha apenas um hábito que poderia ser considerado especial. Ela gostava de arranhar.
K: Em que momento?
M: De modo geral, o tempo todo. Especialmente quando tinha orgasmos.
K: Como?
M: Como?
K: Sim, como ela arranhava?
M: Ah, entendi. Bem, com as duas mãos e com todos os dedos. Como se a mão se transformasse numa garra. Arranhava a partir dos quadris, pelas costas e subia até o pescoço. Ainda tenho marcas. Acho que nunca desaparecerão.
K: Demonstrava muita variedade em seus esforços sexuais?
M: Que expressões inacreditáveis você usa! Não, de jeito nenhum. Sempre se deitou da mesma forma: de costas, com um travesseiro sob os quadris, as pernas abertas e levantadas. Era completamente natural, direta e aberta no sexo, como em tudo o mais. Queria fazer sexo, queria muito e queria de uma vez só, sem divagações ou desvios, da única forma natural para ela.
K: Entendo.

M: A essa altura, você deve entender mesmo.
(Pausa.)
K: Só mais uma coisa. Pelo que disse, tive a impressão de que foi você quem tomou a iniciativa durante o tempo que passaram juntos. Você telefonava e ela dizia se deveria ir visitá-la ou que não queria vê-lo ou que você deveria ligar outro dia. Era sempre ela quem decidia quando e se vocês se encontrariam?
M: Acredito que sim.
K: Alguma vez ela ligou e pediu que você fosse à casa dela?
M: Sim, umas quatro ou cinco vezes.
(Pausa.)
K: Foi difícil para você quando terminaram?
M: Sim.
K: Você foi muito prestativo. E muito honesto. Obrigado.
M: Espero que entenda que essa conversa deve permanecer em sigilo. Conheci uma garota aqui, no último Natal, e nós vamos nos casar em fevereiro.
K: Naturalmente. Eu lhe garanti sigilo desde o começo.
M: Muito bem, agora talvez o senhor possa desligar o gravador.
K: É claro."

Martin Beck pousou o relatório encadernado sobre a mesa e secou cuidadosamente o suor em sua testa e nas palmas das mãos com um lenço amarrotado. Antes de relê-lo, foi ao banheiro, lavou o rosto e bebeu um copo d'água.

13

O segundo relatório de Kafka não era tão longo quanto o primeiro. O tom também era um pouco diferente.

Depoimento de Mary Jane Peterson, tomado na delegacia de polícia em Lincoln, Nebraska, em 10 de outubro de 1964. Oficial responsável pelo depoimento: tenente-detetive Kafka. Testemunha: sargento Romney.

ROMNEY: Essa é Mary Jane Peterson. Solteira, 28 anos e residente na South Street, número 62. Trabalha na Biblioteca Pública de Lincoln.
KAFKA: Sente-se, Srta. Peterson.
PETERSON: Obrigada. O que está acontecendo?
K: Farei apenas algumas perguntas.
P: É sobre Roseanna McGraw?
K: Exatamente.
P: Não sei nada além do que eu disse anteriormente. Recebi um cartão-postal dela. É tudo. O senhor fez com que eu faltasse ao trabalho e viesse até aqui só para eu repetir a mesma coisa?
K: Você e a Srta. McGraw eram amigas?
P: Sim, é claro.
K: Viveram juntas antes que a Srta. McGraw tivesse seu próprio apartamento?
P: Sim, durante 14 meses. Quando ela chegou de Denver, não tinha onde morar. Deixei que morasse comigo.
K: Dividiam as despesas do apartamento?
P: Naturalmente.

K: Quando se separaram?

P: Há mais de dois anos. Em algum momento da primavera de 1962.

K: Mas continuaram a se ver?

P: Nós nos encontrávamos todos os dias na biblioteca.

K: Costumavam se ver à noite?

P: Não com muita frequência. Já nos víamos o suficiente no trabalho.

K: O que pensava do caráter da Srta. McGraw?

P: *De mortuis nihil nisi bene.*

K: Jack, assuma aqui. Volto em um instante.

R: O tenente-detetive Kafka perguntou o que você pensava do caráter da Srta. McGraw.

P: Eu ouvi e respondi: *De mortuis nihil nisi bene.* É uma frase em latim que significa: "Não se deve falar mal dos mortos."

R: A pergunta era sobre o caráter dela.

P: Pode perguntar a outra pessoa. Posso ir?

R: Tente e verá.

P: Você é um idiota. Alguém já te disse isso?

R: Se eu estivesse no seu lugar — Deus me livre — teria muito cuidado antes de falar esse tipo de coisa.

P: Por quê?

R: Talvez porque eu não goste.

P: Há!

R: Como era o caráter da Srta. McGraw?

P: Acho melhor perguntar a outra pessoa, seu idiota.

K: Tudo bem, Jack. E, então, Srta. Peterson?

P: O quê?

K: Por que você e a Srta. McGraw se separaram?

P: A casa era pequena. De qualquer forma, não vejo como isso pode ser da sua conta.

K: Eram boas amigas, não eram?

P: Sim, é claro.

K: Tenho aqui um relatório da polícia do 3º Distrito, extraído de um registro de 8 de abril de 1962. Às duas e dez da madrugada, vários inquilinos do edifício da South Street 62 reclamaram de gritos, discussões em voz alta e barulhos contínuos vindos de um apartamento no quarto andar. Quando os policiais Flynn e Richardson chegaram ao local, dez minutos mais tarde, não foram admitidos no apartamento e precisaram pedir que o zelador abrisse a porta com uma chave mestra. Você e a Srta. McGraw estavam no apartamento. A Srta. McGraw usava um roupão, e você, sapatos altos e um vestido que o policial Flynn descreveu como um traje de festa branco. A Srta. McGraw sangrava em consequência de um arranhão na testa. O quarto estava em desordem. Não houve queixa, a ordem foi restabelecida — pelo menos é o que diz aqui — e os policiais foram embora.

P: O que pretende ao desencavar esse fato?

K: No dia seguinte, a Srta. McGraw mudou-se para um hotel e, uma semana depois, alugou seu próprio apartamento na mesma rua, a algumas quadras.

P: Vou perguntar novamente. O que pretende ao desencavar esse fato? Como se eu já não tivesse aborrecimentos suficientes por causa disso...

K: Estou tentando convencê-la da necessidade de responder às nossas perguntas. É uma boa ideia dizer a verdade.

P: Muito bem, eu a botei pra fora. Por que não? A casa era minha!

K: E por que você a "botou pra fora", como diz?

P: Que diferença faz? Quem estaria interessado numa velha briga, três anos atrás, entre duas amigas?

K: Tudo o que tem a ver com Roseanna McGraw nos interessa neste momento. Parece — como pode ver nos jornais — que não há muita informação disponível sobre ela.

P: Está querendo dizer que pode contar essa história aos jornais se quiser?
K: Esse relatório policial é um documento público.
P: Neste caso, é estranho que ainda não tenham tido acesso a ele.
K: Deve-se, em parte, ao fato de que o sargento Romney teve acesso a ele em primeira mão. No momento em que o devolver ao arquivo central, qualquer um poderá copiá-lo.
P: E se ele não devolver?
K: Aí e outra história
P: Este depoimento também ficará disponível para o público?
K: Não.
P: Posso contar com isso?
K: Sim.
P: Muito bem, o que quer saber? Seja rápido; assim eu posso sair daqui antes de ficar histérica.
K: Por que obrigou a Srta. McGraw a deixar seu apartamento?
P: Porque ela me envergonhou.
K: Em que sentido?
P: Roseanna não valia nada. Estava no cio como uma cadela. E eu disse isso a ela.
K: E que resposta ela lhe deu?
P: Meu caro tenente, Roseanna não respondia a observações comuns como essa. Achava-se acima dessas coisas. Continuou deitada na cama, nua como sempre, lendo algum filósofo. E olhou para mim. Com seus olhos grandes, desentendidos e indulgentes.
K: Era muito temperamental?
P: Nem um pouco.
K: Qual foi a causa específica desse rompimento súbito entre vocês?
P: Pode tentar descobrir por si mesmo. Até o senhor deve ter imaginação suficiente.
K: Um homem?

P: Um qualquer com quem ela quis transar enquanto eu o esperava, sentada, a uns cinquenta quilômetros daqui. Por algum motivo, ele não entendeu direito — até porque era bastante burro — e pensou que deveria me buscar em casa. E quando chegou, eu já havia saído. Roseanna estava em casa, naturalmente. Ela sempre estava em casa. Então, o que quer que tenha acontecido, aconteceu. Por sorte, aquele porco já tinha ido embora quando retornei ou eu poderia estar atrás das grades em Sioux City.
K: E como você descobriu o que aconteceu?
P: Pela própria Roseanna. Ela sempre dizia a verdade. Perguntei por que tinha feito aquilo e ela respondeu: "Ah, Mary Jane, porque eu *quis* fazer." E ainda usou a lógica: "Ah, Mary Jane, isso só mostra que ele não vale o investimento."
K: Ainda diria que você e a Srta. McGraw eram amigas?
P: Sim, por mais estranho que pareça. Se Roseanna teve uma amiga, fui eu. As coisas melhoraram depois que ela foi morar sozinha e não tínhamos de nos ver todos os dias. Quando ela chegou aqui, depois de ter se formado na faculdade, ficava sempre sozinha. Seus pais faleceram em Denver praticamente na mesma época. Não tinha irmãos nem irmãs, nem qualquer outro parente ou amigo. E não tinha dinheiro. Havia algo confuso em relação à sua herança, um problema que se arrastava ano após ano sem solução. Por fim, acabou recebendo o dinheiro. Logo depois conseguiu o apartamento.
K: Como era o caráter dela?
P: Acho que sofria de algum tipo de "complexo de independência" que expressava de formas inusitadas. Vestia-se de qualquer jeito. Orgulhava-se um pouco de parecer feia. Na melhor das hipóteses, usava calças largas e um moletom. Era difícil para ela colocar um vestido para trabalhar. Tinha muitas ideias estranhas. Quase nunca usava sutiã — e precisava deles mais do que a maioria das mulheres. Odiava sapatos. De modo geral, dizia que não

gostava de usar roupas. Quando estava em casa, era comum passar o dia inteiro nua. Nunca usou camisola ou pijamas. Era algo que me irritava profundamente.

K: Era muito desorganizada?

P: Só com a aparência, mas tenho certeza de que era intencional. Fingia não saber que existiam coisas como cosméticos, cabeleireiros ou meias finas. Com outras coisas, era quase meticulosa, principalmente com seus livros.

K: Do que ela gostava?

P: Lia muito. Escrevia um pouco, mas não me pergunte o que, porque não sei. No verão, passava horas fora de casa. Dizia que gostava de caminhar. E de homens. Mas, fora isso, não se interessava por muita coisa.

K: A Srta. McGraw era uma mulher atraente?

P: Nem um pouco. Pelo que eu disse, o senhor deveria ter deduzido isso. Mas era louca por homens, o que contava muito.

K: Ela teve algum relacionamento estável?

P: Quando se mudou, saiu ocasionalmente com um homem que trabalhava no setor de iluminação pública durante uns seis meses. Encontrei-o algumas vezes. Deus sabe quantas vezes o *traiu*; provavelmente centenas.

K: Quando moravam juntas, ela costumava levar homens para casa com frequência?

P: Sim.

K: O que você quer dizer com "frequência"?

P: O que *você* quer dizer?

K: Várias vezes por semana?

P: Ah, não. Era preciso alguma moderação.

K: Com que frequência? Responda!

P: Não use esse tom de voz!

K: Uso o tom de voz que eu quiser! Com que frequência ela levava homens para o apartamento?

P: Uma ou duas vezes ao mês.
K: Eram sempre homens diferentes?
P: Não sei. Eu nem sempre os via. Para dizer a verdade, em geral não os via. Às vezes, ela guardava esses assuntos para si. Levava pessoas para casa quando eu estava fora, dançando ou em outro lugar.
K: A Srta. McGraw nunca saiu com você?
P: Nunca. Nem sei se ela sabia dançar.
K: Pode me dar os nomes de alguns homens com quem Roseanna saiu?
P: Havia um estudante alemão que conhecemos na biblioteca. Eu os apresentei. Lembro-me de que o nome dele era Mildenberger, Uli Mildenberger. Ela o levou para casa três ou quatro vezes.
K: Durante quanto tempo?
P: Quatro ou cinco semanas. Mas ele telefonava todos os dias e certamente se encontravam em outros lugares. O rapaz viveu em Lincoln por vários anos, mas voltou para a Europa na última primavera.
K: Como ele era?
P: Bonito. Alto, louro e com ombros largos.
K: Você teve algum relacionamento íntimo com esse Mildenberger?
P: O que o senhor tem a ver com isso?
K: Quantos homens você acha que ela levou para casa durante o tempo que vocês dividiram o apartamento?
P: Ah, uns seis ou sete.
K: A Srta. McGraw se sentia atraída por algum tipo específico?
P: Nesse ponto, ela era perfeitamente normal. Gostava de homens bonitos. Do tipo que pelo menos parecem homens de verdade.
K: E o que você sabe sobre a viagem dela?
P: Só sei que vinha planejando isso há muito tempo. Queria pegar o barco na Suécia e viajar pela Europa durante um mês, para

conhecer o máximo possível. Depois cogitou ficar num lugar só durante o resto da viagem — Paris, Roma ou outro lugar. Por que está perguntando tantas coisas, afinal? A polícia matou o homem que a assassinou.

K: Infelizmente, essa informação está incorreta. Houve um mal-entendido.

P: Posso ir agora? Tenho mesmo muito trabalho a fazer.

K: Como você reagiu quando soube o que aconteceu à Srta. McGraw?

P: No início, foi um grande choque, mas não fiquei tão surpresa.

K: Por que não?

P: E o senhor ainda pergunta? Depois de saber como ela vivia?

K: Bem, isso é tudo por enquanto. Até logo, Srta. Peterson.

P: O senhor não vai esquecer o que me prometeu?

K: Não prometi nada. Pode desligar o gravador, Jack.

Martin Beck recostou-se novamente na cadeira, pôs a mão esquerda na boca e mordeu o nó do dedo indicador. Depois, pegou o último entre os papéis que havia recebido de Lincoln, Nebraska, e leu distraidamente a explanação de Kafka.

"Roseanna Beatrice McGraw. Nascida em Denver, Colorado, em 18 de maio de 1937. O pai era um pequeno produtor rural. A fazenda ficava a aproximadamente 32 quilômetros de Denver. Formação: iniciou a faculdade em Denver e depois cursou três anos na Universidade do Colorado. Os pais morreram no outono de 1960. A herança, em torno de 20 mil dólares, foi paga em julho do mesmo ano. A Srta. McGraw não deixou testamento e, até onde se sabe, não tem herdeiros.

"Com relação à confiabilidade das testemunhas, minha impressão é que, em certos aspectos, Mary Jane Peterson alterou a realidade e ocultou certos detalhes — obviamente aqueles que podem ser potencialmente desvantajosos para ela. Tive a oportunidade de verificar o depoimento de Mulvaney em vários pontos. A afirmação de que Roseanna McGraw esteve com apenas um homem durante o período entre novembro de 1962 e julho de 1963 parece estar correta. Consegui essa informação numa espécie de diário que encontrei no apartamento da vítima. Nas anotações do dia 22 de março, encontrei as iniciais U.M. (seria Uli Mildenberger?). A Srta. McGraw fazia anotações sobre seus relacionamentos sempre da mesma forma, com uma espécie de código, usando a data e as iniciais. Não consegui encontrar qualquer inverdade ou mentira no relato de Mulvaney.

"Com relação às testemunhas: Mulvaney mede aproximadamente 1,80m, é bastante forte e tem olhos azuis e cabelo louro escuro. Parece ser honesto, mas um tanto ingênuo. Mary Jane Peterson é uma garota e tanto: atraente, bem-vestida, incrivelmente esbelta e articulada. As testemunhas não têm passagem pela polícia, desconsiderando a ridícula história sobre a confusão no apartamento das moças em 1962.

(assinatura)

Martin Beck vestiu o paletó e fechou a porta. Depois, voltou à sua mesa. Espalhou os papéis de Kafka à sua frente e sentou-se, completamente imóvel, com os cotovelos sobre a mesa e a testa apoiada nas mãos.

14

Martin Beck ergueu os olhos dos depoimentos quando Melander abriu a porta de sua sala. Era algo que não acontecia com muita frequência.

— Karl-Åke Eriksson-Stolt — disse Melander. — Lembra-se dele?

— Você quer dizer o foguista do *Diana*? Era esse o nome dele?

— Ele se autodenomina Eriksson. Há dois anos e meio, chamava-se Eriksson-Stolt. Nessa época o condenaram a um ano de prisão por seduzir uma garota que ainda não tinha 13 anos. Não se lembra? Um cara forte, de cabelos longos, vigoroso.

— Sim, acho que me lembro. Tem certeza de que é o mesmo cara?

— Verifiquei com a Associação de Marinheiros. É o mesmo cara.

— Não me lembro direito do que aconteceu. Ele não morava em Sundyberg?

— Não, em Hagalund, com a mãe. Aconteceu enquanto a mãe dele estava no trabalho. Ele não foi trabalhar e levou a filha do zelador para casa. A menina ainda não havia completado 13 anos e, mais tarde, ficou comprovado que ela tinha algum tipo de deficiência mental. O cara deu álcool a ela. Acho que era *aquavit* com suco e, quando a garota estava devidamente bêbada, transou com ela.

— Os pais dela o acusaram?

— Sim, e eu o prendi. Durante o depoimento, tentou bancar o durão e disse que pensou que a garota tinha 18 anos e que ela queria. Na verdade, ninguém daria à menina mais do que 11 anos, ela parecia mais nova do que realmente era. O médico que a examinou afirmou que ela deve ter passado por um trauma, mas eu não sei. De qualquer forma, Eriksson foi condenado a um ano de trabalhos forçados.

Martin Beck sentiu um arrepio quando se deu conta de que aquele homem esteve a bordo do *Diana* com Roseanna.

— Onde ele está? — perguntou.

— Num cargueiro finlandês chamado *Kalajoki*. Vou descobrir onde está a embarcação. — Quando Melander fechou a porta atrás de si, Martin Beck pegou o telefone e ligou para Ahlberg.

— Temos de localizá-lo — concluiu Ahlberg. — Ligue para mim assim que falar com a empresa proprietária do barco. Quero esse cara aqui, mesmo que eu tenha de buscá-lo a nado. O outro foguista do *Diana* também está embarcado, mas logo vou saber o nome do barco. Além disso, preciso falar com o engenheiro-chefe novamente. Ele abandonou a vida no mar e agora trabalha na Electrolux.

Desligaram. Martin Beck levou alguns minutos para decidir o que deveria fazer. De repente, ficou nervoso, deixou sua sala e dirigiu-se ao andar de cima.

Melander tinha acabado de concluir um telefonema quando Martin Beck entrou na sala. Kollberg não estava.

— Aquele barco, o *Kalajoki*. Está prestes a deixar Holmsund. Está preso em Söderhamn esta noite. A empresa de navegação confirmou que o cara está a bordo.

Martin Beck voltou à sua sala e ligou novamente para Ahlberg.

— Levarei um homem comigo; vou em meu carro e pego ele — disse Ahlberg. — Ligo quando ele estiver conosco.

Ficaram em silêncio por um momento. Depois, Ahlberg disse:

— Acha que foi ele?

— Não sei. É claro que há uma possibilidade. Eu o vi uma vez, há mais de dois anos, pouco antes de ser condenado. Um tipo bem estranho.

Martin Beck passou o resto da tarde em sua sala. Não estava com cabeça para trabalhar, mas concluiu várias tarefas rotineiras. Pensava no cargueiro finlandês que estava a caminho de Söderhamn. E em Roseanna McGraw.

Quando foi para casa, tentou trabalhar em seu barco em miniatura, mas, depois de algum tempo, estava apenas sentado com os cotovelos sobre a mesa e as mãos unidas à sua frente. Tinha pouca expectativa de ter alguma notícia de Ahlberg antes da manhã seguinte e finalmente deitou-se. Teve um sono intermitente e acordou às cinco horas.

Quando o jornal bateu no chão em frente à sua porta com uma baque surdo, ele já estava barbeado e vestido. Lia a página de esportes quando Ahlberg ligou.

— Estamos com ele. Está resistindo; não diz nada. Não posso dizer que gosto dele. A propósito, falei com o promotor; ele diz que precisamos de um especialista em interrogatórios e que eu deveria convocar você. Acho que é necessário.

Martin Beck consultou o relógio. Àquela altura, havia decorado os horários dos trens para Motala.

— Muito bem. Consigo pegar o trem das sete e meia. Até lá. Nos vemos mais tarde.

Pediu que o taxista passasse por Kristineberg, onde pegou seu arquivo com os registros dos interrogatórios. Às sete e vinte e cinco, estava no trem.

Karl-Åke Eriksson-Stolt nascera nos limites da paróquia de Katarina há 22 anos. Seu pai morreu quando ele tinha 6 anos e, no ano seguinte, a mãe se mudou para Hagalund. Era filho único. A mãe, costureira, sustentou-o até terminar o ensino médio.

O único professor que se lembrava dele disse que tinha QI dentro da média e que era barulhento e insubordinado. Quando saiu da escola, teve diversos empregos, a maior parte como mensageiro ou operário na construção civil. Quando completou 18 anos, foi trabalhar como marinheiro e, depois, como foguista. A Associação dos Marinheiros não teve nada a declarar sobre ele. Após um ano, voltou para a casa da mãe, que o sustentou por mais um tempo até o estado se encarregar dele. Foi solto há um ano e meio.

Martin Beck havia estudado esses registros no dia anterior, mas releu-os com a máxima atenção. Na pasta, havia também uma declaração do psiquiatra que o examinara. Era um tanto concisa e falava basicamente sobre libido, letargia e frigidez. E declarou que Karl-Åke Eriksson-Stolt tinha tendências psicopatas e um impulso sexual fortemente desenvolvido — combinação que poderia ser expressa de formas anormais.

Da estação ferroviária, seguiu para a delegacia e bateu na porta da sala de Ahlberg às dez e cinquenta. O superintendente Larsson estava ali. Ambos pareciam cansados e preocupados; demonstraram alívio ao passar aquele problema para outra pessoa. Nenhum dos dois havia obtido sucesso em extrair uma palavra que fosse de Eriksson, salvo alguns xingamentos.

Ahlberg correu os olhos pelos arquivos rapidamente. Quando fechou a pasta, Martin Beck disse:

— Conseguiu encontrar o outro foguista?

— Sim, de certa forma. Está trabalhando num barco alemão que está em Hoek van Holland. Telefonei para Amsterdã pela manhã e falei com o superintendente de polícia, que sabia um pouco de alemão. Você precisa me ouvir falando alemão! Se entendi corretamente, alguém em Haia fala dinamarquês e pode se encarregar do interrogatório oficial. Agora, se ele *me* entendeu corretamente, devemos ter alguma notícia amanhã.

Ahlberg pediu café. Depois de tomar duas xícaras, Martin Beck disse:

— Muito bem, acho que podemos começar. Onde vamos trabalhar?

— Na sala ao lado. Temos um gravador e tudo o que você precisar.

Eriksson continuava praticamente como Martin Beck se lembrava. Em torno de 1,80m, magro e forte. O rosto longo e fino, olhos azuis sob cílios compridos e curvos e sobrancelhas espessas e retas. Nariz reto e boca pequena, com lábios finos e queixo curto. Martin Beck não se recordava de vê-lo com as costeletas longas e o pequeno bigode negro que usava agora. Tinha má postura e ombros arredondados. Vestia-se com calças jeans velhas, uma camisa azul, colete de couro e sapatos pretos, com ponteiras.

— Sente-se — disse Martin Beck, indicando uma cadeira do outro lado da mesa. — Aceita um cigarro?

Eriksson aceitou o cigarro, acendeu-o e sentou-se. Colocou o cigarro no canto da boca, afundou na cadeira e pousou o pé direito sobre o joelho esquerdo. Em seguida, enfiou os polegares no cós da calça e ficou batendo o pé esquerdo enquanto olhava a parede acima da cabeça de Martin Beck.

Martin Beck observou-o por um momento, ligou o gravador, que estava posicionado numa mesa baixa ao seu lado, e começou a ler alguns papéis de seu arquivo.

— Eriksson, Karl-Åke. Nascido em 23 de novembro de 1941. Marinheiro e atualmente empregado no cargueiro finlandês *Kalajoki.* Endereço residencial: Hagalund, Solna. Está correto? — Eriksson apenas assentiu com um leve movimento de cabeça. — Eu fiz uma pergunta: está correto? A informação está correta? Responda sim ou não.

E: Sim, droga.

B: Quando você começou a trabalhar no *Kalajoki*?

E: Há umas três ou quatro semanas.
B: O que fazia antes?
E: Nada especial.
B: E onde você fazia nada especial?
E: O quê?
B: Onde você vivia antes de trabalhar no barco finlandês?
E: Com um amigo em Gotemburgo.
B: Quanto tempo ficou em Gotemburgo?
E: Alguns dias. Talvez uma semana.
B: E, antes, onde vivia?
E: Na casa da minha velha... Da minha mãe.
B: E nessa época você trabalhava?
E: Não, eu estava doente.
B: O que você tinha?
E: Estava doente. Eu me sentia mal e tinha febre.
B: Onde trabalhou antes de ficar doente?
E: Num barco.
B: Qual era o nome do barco?
E: *Diana.*
B: Que tipo de trabalho você fazia no *Diana*?
E: Foguista.
B: Quanto tempo ficou a bordo?
E: Todo o verão.
B: A partir de...?
E: De 1º de julho até meados de setembro. Depois, fomos dispensados. E recolheram o barco, porque essas embarcações só circulam no verão. Vão e voltam com um monte de turistas bregas. Um tédio. Eu queria sair, mas meu colega queria ficar... E eu precisava da grana.

Depois dessa exibição de seus atributos de oratória, Eriksson parecia completamente exausto e afundou ainda mais em sua cadeira.

B: Como se chama seu colega? E qual era seu trabalho no *Diana*?

E: Foguista. Éramos três na casa de máquinas: eu, meu colega e o engenheiro.

B: Você conhecia algum tripulante?

Eriksson inclinou-se para frente e depôs o cigarro no cinzeiro.

E: Que interrogatório é esse? Eu não fiz nada. Arrumo um emprego e uns malditos policiais chegam e...

Enquanto falava, afundou-se novamente na cadeira.

B: Você vai responder às minhas perguntas. Conhecia outro tripulante?

E: Quando cheguei, não. Só meu colega. Mas depois a gente vai conhecendo. Tinha um cara engraçado que trabalhava no convés.

B: Conheceu alguma garota nas viagens?

E: Só uma garota era interessante, mas ela namorava o cozinheiro. As outras eram velhas e feias.

B: E as passageiras?

E: Quase não víamos os passageiros. Não conheci nenhuma garota.

B: Vocês trabalhavam em turnos?

E: Sim.

B: Lembra-se de alguma coisa fora do comum acontecer durante o verão?

E: Não. O que quer dizer com "fora do comum"?

B: Se alguma viagem foi diferente. O navio teve problemas em algum momento?

E: Sim, é verdade. Uma tubulação rompeu. Tivemos de ir até Söderköping para consertar. Levou um tempo enorme. Mas não foi minha culpa.

B: Você se lembra quando aconteceu?

E: Logo depois que passamos por Stegeborg.

B: Sim, mas em que dia?

E: Quem vai saber? Que besteira é essa? O defeito não foi culpa minha. De qualquer modo, eu não estava trabalhando nesse dia. Não era meu turno.

B: Mas era seu turno quando vocês deixaram Söderköping?
E: Sim, era, e no dia anterior também foi. Nós três tivemos de trabalhar muito para o barco voltar a navegar. Trabalhamos a noite toda e no dia seguinte, o engenheiro e eu.
B: Que horas terminou seu turno?
E: No dia seguinte a Söderköping? No final da tarde, eu acho.
B: E o que você fez depois?

Eriksson lançou um olhar vazio em direção a Martin Beck e não respondeu.

B: O que você fez quando terminou seu turno?
E: Nada.
B: Deve ter feito alguma coisa. O que você fez?

(O mesmo olhar vazio.)

B: Onde o barco estava quando começou sua folga?
E: Não sei. Em Roxen, eu acho.
B: O que você fez quando terminou seu turno?
E: Nada, eu já disse.
B: Deve ter feito *alguma coisa*. Conheceu alguém?

Eriksson parecia entediado e alongou o pescoço.

B: Pense. O que você fez?
E: Quanta bobagem. O que acha que alguém pode fazer naquele maldito barco? Jogar futebol? O barco estava no meio do canal. Escuta: as únicas coisas que se podia fazer naquele barco eram comer e dormir.
B: Conheceu alguém naquele dia?
E: Claro, conheci a Brigitte Bardot! Como posso saber se conheci alguém? Faz alguns anos.
B: Muito bem. Vamos começar novamente. No verão passado, quando você trabalhava no *Diana*, conheceu algum passageiro?
E: Não conheci nenhum passageiro. Não conhecíamos os passageiros, de qualquer forma. E ainda que tivéssemos conhecido,

eu não estava interessado. Um bando de turistas arrogantes. Danem-se eles.

B: Como se chama seu colega?

E: Por quê? Para que tudo isso, aliás? Ele não fez nada.

B: Como se chama?

E: Roffe.

B: Nome e sobrenome.

E: Roffe Sjöberg.

B: Onde ele está?

E: Num barco alemão. Não sei onde está... Talvez em Kuala Lumpur. Não sei.

Martin Beck desistiu. Desligou o gravador e levantou-se. Eriksson começou a se erguer, devagar, pretendendo levantar-se da cadeira.

— Sente-se — rugiu Martin Beck. — Fique sentado até eu dizer para você se levantar.

Ele havia chamado Ahlberg, que, cinco segundos depois, estava na porta da sala.

— Pode se levantar — disse Martin Beck, deixando a sala do interrogatório antes de Eriksson.

Quando Ahlberg voltou à sua sala, Martin Beck estava sentado ao lado de sua mesa. Ele ergueu os olhos em sua direção e deu de ombros.

— Vamos comer — disse ele. — Tento novamente mais tarde.

15

Às nove e meia, Martin Beck mandou chamar Eriksson pela terceira vez. O interrogatório prosseguiu por mais duas horas, com resultados igualmente pífios.

Quando Eriksson deixou a sala, desajeitado e escoltado por um jovem guarda, Martin Beck rebobinou a fita no gravador e chamou Ahlberg. Os dois ouviram tudo num silêncio quebrado apenas ocasionalmente por breves comentários.

Algumas horas mais tarde, estavam sentados na sala de Ahlberg.

— Bem, o que você acha?

— Não foi ele — disse Martin Beck. — Estou quase certo. Em primeiro lugar, não é inteligente o bastante para manter a farsa. Simplesmente não tem ideia do que está acontecendo. E não está fingindo.

— Talvez você esteja certo — concordou Ahlberg.

— Em segundo lugar, é apenas instinto. Já sabemos um pouco sobre Roseanna McGraw, não?

Ahlberg assentiu.

— É difícil acreditar que tenha dormido com Karl-Åke Eriksson por livre e espontânea vontade — continuou Martin Beck.

— É, era uma mulher disponível, mas não para qualquer um. Mas quem disse que teria sido por livre e espontânea vontade?

— Mas deve ter sido assim. Provavelmente conheceu alguém e, quando percebeu o erro, era tarde demais. Mas essa pessoa não é Karl-Åke Eriksson.

— Pode ter acontecido de outra forma — duvidou Ahlberg.

— Como? Naquela cabine minúscula? Alguém teria forçado a porta e se atirado em cima dela? Roseanna teria resistido e gritado como uma louca. E as pessoas a bordo a ouviriam.

— Talvez tenha sido ameaçada. Com uma faca ou com uma pistola.

Martin Beck balançou a cabeça devagar. Em seguida, levantou-se rapidamente e foi até a janela. Ahlberg o seguiu com os olhos.

— O que faremos com ele? — perguntou Ahlberg. — Não posso retê-lo aqui por muito tempo.

— Gostaria de conversar com ele mais uma vez; acho que realmente não sabe por que está aqui. Vou contar a ele.

Ahlberg levantou-se, vestiu o paletó e saiu.

Martin Beck continuou sentado por algum tempo, pensando. Em seguida, mandou chamar Eriksson, pegou sua pasta e entrou na sala de interrogatório ao lado.

— O que está acontecendo, afinal? — perguntou Eriksson. — Não fiz nada. Vocês não podem me manter aqui porque não fiz nada. Que droga...

— Fique calado até que eu diga que pode falar. Você está aqui para responder as minhas perguntas.

Então, Martin Beck tirou o retrato retocado de Roseanna McGraw de uma pasta e segurou-o em frente a Eriksson.

— Reconhece essa mulher?

— Não. Quem é?

— Olhe bem para a foto e responda. Você já viu a mulher que está nesta fotografia?

— Não.

— Tem certeza?

Eriksson pousou o cotovelo no encosto da cadeira e passou o indicador pelo nariz.

— Tenho. Nunca pus os olhos nela.

— Roseanna McGraw. Esse nome significa algo para você?

— Que nome é esse? É alguma brincadeira?

— Já ouviu o nome Roseanna McGraw alguma vez?

— Não.

— Então vou te contar uma coisa. Roseanna McGraw é a mulher que aparece nessa foto. Era americana e estava entre os passageiros da primeira viagem do *Diana* no verão passado; o barco saiu de Estocolmo em 3 de julho. O *Diana* sofreu um atraso de 12 horas naquela viagem devido a um nevoeiro ao sul de Oxelösund e a uma pane no motor. Você já disse que estava nessa viagem. Quando o barco chegou a Gotemburgo, com dez horas de atraso, Roseanna McGraw não estava a bordo. Foi morta na noite de 4 de julho, e o corpo foi encontrado, três dias depois, na câmara de uma comporta em Borenshult.

Eriksson endireitou-se na cadeira. Agarrou-se ao apoio do braço e mordeu o canto da boca.

— Então é por isso que...? Você acha que...?

Ele apertou as palmas das mãos, colocou-as entre os joelhos e inclinou-se de tal modo que seu queixo quase tocou a mesa. Martin Beck viu a pele do interrogado empalidecer subitamente.

— Não matei ninguém! Nunca vi essa mulher! Juro!

O policial não disse nada; olhou fixamente para o rosto do homem e viu o medo crescer em seus olhos esbugalhados.

Quando falou, sua voz estava seca e sem qualquer inflexão.

— Onde você estava e o que fez na noite de 4 para 5 de julho?

— Na minha cabine, juro! Estava dormindo na minha cabine! Não fiz nada! Nunca vi essa mulher! Não é verdade!

Sua voz falhou, tornando-se mais aguda, e ele se recostou novamente na cadeira. Levou a mão direita à boca e mordeu o polegar enquanto olhava fixo para a fotografia diante de si. Depois, semicerrou os olhos e sua voz tornou-se fina e histérica.

— Está tentando me enganar. Acha que pode me assustar, não é? Essa história sobre a garota é mentira. Você falou com

Roffe e o desgraçado disse que fui eu. Ele me dedurou. Mas foi ele, não eu. Não fiz nada. Estou falando a verdade. Não fiz nada. Roffe disse que fui eu, não disse? Ele disse.

Martin Beck não tirou os olhos do rosto do homem.

— Aquele infeliz. Ele deu um jeito na fechadura e roubou o dinheiro.

Eriksson inclinou o corpo para a frente e sua voz tornou-se ansiosa. As palavras jorravam dele.

— Ele me forçou a ir. Ele tinha trabalhado naquele maldito prédio; foi ideia dele. Eu não queria ir e disse isso a ele. Eu me recusei. Não queria ter nada a ver com aquilo. Mas ele me forçou, o desgraçado. E me dedurou, aquele idiota...

— Tudo bem. Roffe falou. Agora é melhor você me contar tudo.

Uma hora mais tarde, Martin Beck apertava o play da fita para Larsson e Ahlberg, que ouviram uma confissão completa de um roubo que Karl-Åke Eriksson e Roffe Sjöberg haviam cometido, um mês antes, numa garagem em Gotemburgo.

Quando Larsson saiu para telefonar à polícia local, Ahlberg disse:

— De qualquer forma, sabemos onde ele estará por enquanto.

Permaneceu sentado por algum tempo, tamborilando na mesa, antes de continuar.

— Agora falta investigar uns cinquenta suspeitos. Se partirmos da premissa de que o assassino estava entre os passageiros.

Martin Beck permaneceu em silêncio e olhou para Ahlberg, que tinha a cabeça baixa e, aparentemente, estudava as próprias unhas. Parecia tão deprimido quanto ele ao perceber que o interrogatório de Eriksson não estava levando a lugar algum.

— Desapontado? — perguntou Martin Beck.

— Sim, tenho de admitir. Por algum tempo, achei que havíamos conseguido, mas agora tenho a impressão de que ainda temos muito a fazer.

— Ainda assim, fizemos algum progresso. Graças a Kafka.

O telefone tocou e Ahlberg atendeu. Ouviu por muito tempo, com o fone colado ao ouvido. De repente, gritou:

— *Ja, ja, ich bin hier.* Ahlberg *hier.* Amsterdã — disse a Martin Beck, que saiu discretamente da sala.

Enquanto lavava as mãos, pensou nas palavras *an, auf, hinter, in, neben, über, unter, vor, zwischen* e lembrou-se do cheiro estranho de uma sala de aula, muitos anos atrás, de uma mesa redonda coberta com uma flanela verde-escura e de uma professora de alemão idosa com uma pequena gramática entre os dedos gordos. Quando retornou, Ahlberg desligava o telefone.

— Mas que língua! — disse ele. — Roffe Sjöberg não estava no barco. Inscreveu-se em Gotemburgo, mas nunca embarcou. Bem, essa dor de cabeça é do pessoal de Gotemburgo agora.

Martin Beck dormiu no trem e não acordou até chegar a Estocolmo. Na verdade, só acordou quando chegou à sua própria cama, em casa.

16

Às cinco e dez da tarde, Melander bateu levemente na porta. Passaram-se cinco segundos antes que seu rosto comprido e fino se esgueirasse pela fresta da porta e ele dissesse:

— Estou pensando em ir. Tudo bem?

Não havia motivo para perguntar aquilo, mas ele o fazia todos os dias. Por outro lado, nunca se preocupou em anunciar sua chegada pela manhã.

— É claro que sim — respondeu Martin Beck. — Até logo. Obrigado por sua ajuda hoje.

Martin Beck ficou mais um pouco e ouviu o escritório silenciar-se gradualmente. Os telefones foram os primeiros a emudecer; em seguida, as máquinas de escrever. Depois, as vozes desapareceram. Até que, por fim, nem os passos eram ouvidos nos corredores. Às cinco e meia, telefonou para casa.

— Devemos esperar você para o jantar?

— Não, podem comer.

— Vai demorar muito?

— Não sei. É possível.

— Você não vê as crianças há séculos.

É claro que não apenas tinha visto as crianças como também as ouvira havia menos de nove horas, mas sua mulher sabia disso tão bem quanto ele.

— Martin?

— Sim?

— Sua voz está estranha. Aconteceu alguma coisa?

— Não, nada. Temos muito serviço aqui.

— É só isso mesmo?

— Sim, é claro.

Agora tinha voltado a ser ela mesma. O momento havia passado. Após algumas de suas frases habituais, a discussão terminou. Martin Beck continuou segurando o fone e ouviu o clique quando ela desligou. Um clique, um silêncio vazio, e era como se sua mulher estivesse a mil quilômetros dali. Muitos anos haviam se passado desde a última conversa de verdade entre eles.

Martin Beck franziu a testa, suspirou e olhou para os papéis sobre sua mesa. Cada um tinha algo a dizer sobre Roseanna McGraw e sobre os últimos dias da vida dela. Estava certo disso. Ainda assim, os papéis não lhe diziam nada.

Parecia inútil ler aquilo tudo de novo, mas ele provavelmente deveria fazê-lo de qualquer forma, e logo. Decidiu começar.

Estendeu a mão para pegar um cigarro, mas o maço estava vazio. Jogou-o no cesto de lixo e procurou outro maço no bolso do paletó. Nas últimas semanas, tinha fumado duas vezes mais do que o de costume e sentia os efeitos disso em sua carteira e em sua garganta. Parecia que havia esgotado seu estoque, porque a única coisa que encontrou nos bolsos foi um objeto que não reconheceu de imediato.

Era um cartão-postal que tinha comprado em uma tabacaria em Motala. A foto mostrava a câmara das comportas de Borenshult, vista de cima. O lago e o quebra-mar estavam ao fundo, e dois homens abriam os portões da eclusa para um barco de passageiros, que se erguia em primeiro plano. A foto era muito antiga, porque o barco retratado não existia mais. Chamava-se *Astrea* e sucumbira havia muito aos guinchos e maçaricos.

A foto, porém, fora tirada no verão e, de repente, ele se lembrou do cheiro fresco das flores e dos arbustos molhados.

Martin Beck abriu uma gaveta e pegou sua lente de aumento. Tinha a forma de uma grande colher, com uma bateria no cabo. Quando apertou o botão, seu objeto de estudo foi iluminado por uma pequena lâmpada. Era uma boa fotografia, e ele pôde discernir com clareza o comandante, no lado do passadiço que dava para o porto, e passageiros que circulavam pela amurada. O convés dianteiro estava abarrotado de carga — outro sinal de que a foto não era recente.

Tinha acabado de desviar o olhar ligeiramente para a direita quando Kollberg esmurrou a porta e entrou.

— Oi. Você se assustou?

— Quase morri de susto — respondeu Martin Beck, sentindo seu coração parar por um momento.

— Ainda não foi embora?

— É claro que fui. Estou sentado confortavelmente em minha casa, comendo frango.

— A propósito, quando receberemos o pagamento?

— Amanhã, espero.

Kollberg desabou em uma cadeira.

Ficaram em silêncio por um tempo. Finalmente, Kollberg disse:

— Aquilo foi um fracasso, não foi? Interrogar aquele cara durão que você levou a nocaute?

— Não foi ele.

— Tem certeza?

— Não.

— Mas *sente* que não foi ele?

— Sim.

— Para mim, basta. Pensando bem, existe uma considerável diferença entre seduzir uma menina de 12 anos e matar uma mulher.

— Sim.

— Além do mais, ela nunca se envolveria com um tipo daqueles. Não se eu li direitinho o meu Kafka.

— Não — concordou Martin Beck, convicto. — É claro que não se envolveria.

— E o que o cara de Motala acha? Ficou desapontado?

— Ahlberg? Sim, um pouco. Mas é teimoso. A propósito, o que Melander disse?

— Nada. Conheço esse cara desde nossos tempos de treinamento, e a única coisa que já o deprimiu foi o racionamento de tabaco.

Kollberg puxou um bloco de anotações de capa preta e folheou-o com toda a atenção.

— Enquanto você esteve fora, repassei tudo de novo. Tentei fazer um resumo.

— E?

— Eu me perguntei o que Hammar certamente nos perguntará amanhã: "Afinal, o que sabemos até agora?"

— E qual foi sua resposta?

— Espere um minuto. É melhor que você responda. O que sabemos sobre Roseanna McGraw?

— Um pouco. Graças a Kafka.

— Exatamente. Eu até arriscaria dizer que conhecemos todos os aspectos importantes a respeito dela. Bem, fui adiante e me perguntei: "O que sabemos sobre o assassinato?"

— Temos a cena do crime. Sabemos mais ou menos como e quando aconteceu.

— Mas a gente de fato sabe onde aconteceu?

Martin Beck tamborilou os dedos no topo da mesa.

— Sim. Na cabine A7, a bordo do *Diana*.

— De acordo com o tipo do sangue encontrado, está correto. Mas essa hipótese não se sustentaria como prova.

— Não, mas *nós* sabemos que foi assim — disse, apressadamente, Martin Beck.

— Está certo. Vamos fingir que sabemos. E quando?

— Na noite de 4 de julho. Em algum momento depois do jantar, encerrado às oito horas. Presume-se que tenha ocorrido entre nove horas e meia-noite.

— Como? Sim, nesse ponto, temos o laudo da autópsia. Também podemos deduzir que ela tirou a própria roupa, por livre e espontânea vontade ou, possivelmente, sob ameaça. Mas essa segunda hipótese não parece provável.

— Não.

— E, por último, mas não menos importante, o que sabemos sobre o culpado?

Kollberg respondeu à sua própria pergunta vinte segundos depois:

— Que é um sádico e pervertido sexual.

— Que é um homem — acrescentou Martin Beck.

— Sim, é provável. E muito forte. Não foi tão simples quanto empurrar a vítima de um trem em movimento.

— Sabemos que o culpado estava a bordo do *Diana*.

— Sim, se partirmos do pressuposto de que nossa teoria anterior está correta.

— E que era, necessariamente, passageiro ou tripulante.

— É algo que realmente sabemos?

Fez-se silêncio na sala. Martin Beck massageou a raiz dos cabelos com as pontas dos dedos. Finalmente, disse:

— Deve ser.

— Deve?

— Sim.

— Muito bem, digamos que sim. Por outro lado, não temos a mínima ideia da aparência do assassino nem de sua nacionalidade. Não temos impressões digitais nem algo que possa ligá-lo ao crime. Não sabemos se ele conhecia Roseanna McGraw. Não sabemos de onde veio, para onde foi nem onde podemos encontrá-lo.

Agora, Kollberg estava muito sério.

— Sabemos pouco, Martin. Sequer temos certeza de que Roseanna McGraw *não* desembarcou em Gotemburgo sã e salva. Alguém pode tê-la matado depois, não? Alguém que sabia de onde ela tinha vindo e que poderia transportar seu corpo a Motala para atirá-lo na água?

— Pensei nisso também. Mas é absurdo demais. As coisas não acontecem assim.

— Como ainda não recebemos o relatório das atividades do navio para aquelas datas, essa hipótese é possível, ainda que alimente a imaginação. E mesmo que a gente consiga realmente provar que Roseanna McGraw nunca chegou a Gotemburgo, ainda existe outra possibilidade: ela pode ter desembarcado enquanto o barco estava em Borenshult, e encontrado um doido que estivesse vagando por ali, na mata.

— Nesse caso, deveríamos ter encontrado alguma coisa.

— Sim, mas "deveríamos" é um conceito fraco. Há coisas nesse caso que quase me levam à loucura. Como ela pôde desaparecer durante a viagem sem ninguém notar, nem a arrumadeira ou o garçom do salão de jantar?

— A pessoa que a matou provavelmente permaneceu a bordo e garantiu que a cabine parecesse normal, como se estivesse em uso. Era apenas por uma noite.

— E onde foram parar os lençóis? E os cobertores? Devia haver sangue neles. O assassino não podia simplesmente lavar a roupa ali. E se jogou tudo na água, onde conseguiu roupas de cama limpas?

— Aparentemente não havia tanto sangue; foi o que a autópsia revelou. E se a pessoa que a matou conhecesse o barco, poderia ter conseguido roupas de cama limpas no armário em que são guardadas.

— E um passageiro se sentiria tão "à vontade" num barco? Ninguém perceberia?

— Ah, não é tão difícil. Já esteve num desses barcos à noite?

— Não.

— Todo mundo vai dormir. O barco fica completamente silencioso e vazio. Quase todos os guarda-roupas e armários são mantidos destrancados. Quando o barco passou pelo lago Vättern, durante o plantão noturno, apenas três pessoas deviam estar acordadas: dois funcionários no passadiço e outro na casa de máquinas.

— Mas ninguém notaria que Roseanna McGraw não desembarcou em Gotemburgo?

— Não existe um procedimento-padrão para o desembarque. Todos os barcos atracam no píer de Lilla Bommen; em geral, os passageiros reúnem seus pertences e saem correndo pelo passadiço. E nessa viagem, em especial, as pessoas tinham pressa por causa do atraso do barco. Além disso, ao contrário do que normalmente acontece, estava escuro quando o barco chegou.

Martin Beck olhou para a parede durante algum tempo.

— O que mais me irrita é que os passageiros da cabine do lado não perceberam nada — observou ele.

— Isso tem explicação: descobri, há apenas duas horas, que um casal de holandeses ocupava a cabine A3. Ambos tinham mais de 70 anos e eram praticamente surdos.

Kollberg virou a página e coçou a cabeça.

— Nossa chamada teoria sobre "como, quando e onde" o crime aconteceu foi construída basicamente em cima de probabilidades, de pressupostos lógicos e da aplicação de alguns princípios de psicologia. Como prova, com certeza é fraca. Precisamos nos agarrar a ela porque é tudo o que temos no momento, mas também devemos avaliar as estatísticas com o mesmo rigor, certo?

Martin Beck recostou-se em sua cadeira e cruzou os braços.

— Então vamos avaliá-las — disse ele.

— Sabemos os nomes de 86 pessoas a bordo; 68 passageiros e 18 tripulantes. Até agora, localizamos ou tivemos algum contato com quase todos, com exceção de 11 pessoas. Mas sabemos a nacionalidade, o sexo e — com três exceções — a idade de todos. Então, podemos adotar um processo de eliminação. A primeira eliminada é a própria Roseanna McGraw. Sobram 85 pessoas. Em seguida, eliminamos as mulheres: oito tripulantes e 37 passageiras. Sobram quarenta pessoas. Dentre essas, há quatro meninos com menos de 10 anos e sete homens acima de 70 anos. Sobram 29. Além disso, temos o capitão e o piloto. Ambos estavam de plantão entre oito horas e meia-noite. São o álibi um do outro, mal teriam tempo para matar alguém. Em relação ao pessoal da casa de máquinas, a certeza é menos evidente. Então, subtraímos apenas esses dois e ficamos com um total de 27 pessoas. Temos, porém, os nomes de 27 pessoas do sexo masculino, com idades entre 14 e 68 anos. Entre 12 suecos, sete são tripulantes. Temos cinco americanos, três alemães, um dinamarquês, um sul-africano, um inglês, um francês, um escocês, um turco e um holandês. A dispersão geográfica é assustadora. Um americano vive no Texas, outro em Oregon; o inglês vive em Nassau, nas Bahamas; o sul-africano, em Durban; e o turco, em Ankara. Será uma viagem infernal para quem for escalado para interrogá-los. Além disso, não conseguimos localizar quatro entre os 27 homens: um dinamarquês e três suecos. Não há indícios de que qualquer um deles já tenha viajado nos barcos que passam pelo canal, apesar de Melander ter vasculhado as listas de passageiros dos últimos 25 anos. Minha teoria é de que nenhum passageiro pode ter cometido o crime. Somente quatro viajavam em cabines individuais. Os outros foram mais ou menos observados por suas mulheres ou por seus companheiros de quarto. Nenhum, na verdade, sabia se orientar dentro do barco nem conhecia a rotina a ponto de realizar essa façanha. Restam os oito homens da tripulação: o piloto, os dois foguistas, o cozinheiro e três ajudantes que trabalhavam no convés. Havíamos eliminado o engenheiro-chefe em função da idade. E acho que nenhum tripulante pode ter cometido o crime. Estavam sob estrita vigilância, e a possibilidade de travarem conhecimento com os passageiros era muito limitada. Portanto, minha teoria diz que ninguém matou Roseanna McGraw. E deve estar errada. Minhas teorias estão sempre erradas. Ah, os perigos do raciocínio.

Após um silêncio de trinta segundos, Kollberg continuou:

— Agora, se não foi aquela criatura, o Eriksson... Poxa, foi muita sorte você conseguir prendê-lo... Está me ouvindo? Você ouviu alguma coisa do que eu disse?

— Sim, é claro — respondeu Martin Beck distraidamente. — É claro que estou ouvindo.

E era verdade. Martin Beck estava ouvindo. A voz de Kollberg, porém, tornava-se cada vez mais distante nos últimos dez minutos. Duas coisas totalmente diferentes lhe ocorreram: lembrou-se de algo que ouvira alguém dizer e que penetrara imediatamente as profundezas de seus pensamentos incompletos e esquecidos e — essa, mais tangível — teve uma ideia para um novo plano de ataque que poderia ser posto em prática.

— Ela deve ter conhecido alguém a bordo — disse consigo mesmo.

— A menos que tenha sido suicídio — retrucou Kollberg, com um tom de ironia.

— Alguém que não pretendia matá-la, ao menos no início, e que não tinha qualquer razão para se esconder...

— É claro, é o que pensamos, mas que diferença faz se a gente não...

Martin Beck viu claramente uma cena que havia acontecido em seu último dia de julho em Motala: o navio feio, *Juno*, que contornava a draga e se movimentava devagar em direção à câmara do porto.

Então endireitou-se, pegou o velho cartão-postal e examinou-o atentamente.

— Lennart — disse a Kollberg —, quantas câmeras fotográficas foram usadas durante aqueles dias? Ao menos 25; é mais provável que tenham sido trinta, talvez até quarenta. A cada comporta, as pessoas desciam para tirar fotos do barco e entre si. Deve haver fotos daquela viagem coladas em vinte ou trinta álbuns de família. Todos os tipos de fotos. As primeiras provavelmente foram tiradas no píer, em Estocolmo, e as últimas, em Gotemburgo. Digamos que, entre vinte pessoas, cada uma tirou trinta fotos naqueles três dias: é uma média de um rolo de filme por pessoa; algumas podem ter usado até mais do que um rolo. Lennart, deve haver pelo menos seiscentas fotografias... Você entende? Seiscentas fotografias. Talvez até mil.

— Sim — disse Kollberg, devagar. — Entendo o que você quer dizer.

17

— Será um trabalho terrível, é claro — disse Martin Beck.

— Não será pior do que aquele que já estamos fazendo — retrucou Kollberg.

— Talvez seja só uma ideia louca. Posso estar completamente errado.

Era um velho jogo, repetido muitas vezes: Martin Beck duvidava e precisava que sua ideia fosse apoiada. Ele sabia qual seria a reação de Kollberg, e Kollberg sabia que ele sabia. Ainda assim, mantinham esse ritual.

— Pode nos trazer alguma coisa — disse Kollberg obstinadamente. E acrescentou, após alguns segundos: — De qualquer forma, temos um bom começo. Sabemos onde as pessoas estão, com poucas exceções, e tivemos algum contato com a maior parte delas.

Dar a impressão de que estava convencido era uma especialidade de Kollberg. Após algum tempo, Martin Beck perguntou:

— Que horas são?

— Sete e dez.

— Alguém na lista mora nessas redondezas?

Kollberg consultou seu caderno de anotações.

— Mais perto do que imagina — disse ele. — Em Norr Mälarstrand. Um coronel aposentado e sua mulher.

— Quem esteve com eles? Você?

— Não, Melander. Disse que é um casal simpático.

— Só isso?

* * *

A rua estava molhada e escorregadia; Kollberg praguejou quando as rodas traseiras do carro patinaram. Três minutos depois, estavam no local.

A esposa do coronel abriu a porta.

— Axel, há dois senhores da polícia aqui — disse ela, em direção à sala de estar e em voz muito alta.

— Convide-os a entrar — gritou o coronel. — Ou prefere que eu saia e os receba na porta?

Martin Beck sacudiu as gotas de chuva que caíram em seu chapéu e entrou. Kollberg limpou os pés energicamente.

— O tempo está difícil — vociferou o coronel. — Por favor, cavalheiros, peço desculpas por não me levantar.

Na mesa baixa à frente dele estavam uma partida de dominó interrompida, uma taça de conhaque e uma garrafa de Rémy Martin. Perto dali, a televisão fazia um barulho ensurdecedor.

— Tempo difícil, como eu disse. Os senhores aceitam um conhaque? É a única coisa que ajuda.

— Estou dirigindo, obrigado — gritou Kollberg, embora olhasse seriamente para a garrafa.

O sentimento de solidariedade de Martin Beck esgotou-se em menos de dez segundos. Negou a oferta com a cabeça.

— Você fala — disse ele a Kollberg.

— O que foi? — berrou o coronel.

Martin Beck improvisou um sorriso e um gesto indiferente. Estava convencido de que a menor tentativa de entrar na discussão naquele momento arruinaria sua voz por uma semana. E a conversa continuou.

— Fotos? Não, não tiramos fotos. Enxergo muito mal, e Axel sempre se esquece de rodar o filme depois que tira a foto. Aquele jovem simpático que esteve aqui há duas semanas perguntou a mesma coisa. Um ótimo rapaz.

Martin Beck e Kollberg trocaram um olhar, não apenas de espanto, após essa notável observação sobre Melander.

— No entanto, curiosamente — disparou o coronel —, o major Jentsch... É claro, naturalmente que os senhores não sabem quem é. Sentamo-nos à mesa com Jim e a esposa durante a viagem. Oficial de suprimentos, um homem muito agradável. Na verdade, entramos no serviço no mesmo ano, mas o complicado fim da campanha contra os bolcheviques colocou um ponto final na carreira dele. Sabe, as promoções chegavam depressa quando estávamos em guerra, mas praticamente acabaram depois de 1945. De qualquer forma, não foi tão grave no caso de Jentsch. Era oficial de suprimentos, e eles valeram seu peso em ouro depois da guerra. Lembro que ele conquistou um cargo de diretor numa empresa alimentícia em Osnabrück. Sim, tínhamos algumas coisas em comum, e o tempo passou rapidamente. Aliás, rápido demais. Durante nove meses — na verdade, podem ter sido 11 meses, mas não importa — ele foi o oficial de ligação com a Divisão Azul. Conhecem a Divisão Azul? A tropa de elite que Franco montou contra a oposição. E, devo dizer, é comum destruirmos os italianos, os gregos, os espanhóis e outros aqui... Sim, normalmente acabamos com eles, mas devo dizer, como já disse, que esses rapazes da Divisão Azul, em outras palavras, eles realmente podiam...

Martin Beck virou-se, desesperado, para a tela da televisão, que mostrava um programa que fora feito havia pelo menos um mês sobre a colheita de beterrabas no sul da Suécia. A esposa do coronel assistia-o com muita atenção e parecia ignorar o que se passava à sua volta.

— Entendo — gritou Kollberg. Então, respirou fundo e, com uma voz admiravelmente potente, continuou: — O que o senhor dizia sobre as fotografias?

— O quê? Ah, sim! Eu dizia que, curiosamente, o major Jentsch é especialista em manusear a câmera, embora não ouça ou enxergue melhor do que nós. Tirou muitas fotos durante a viagem, e há poucos dias recebemos um envelope cheio de fotografias. Achei muito gentil. Deve ter sido caro revelar tantas fotos para nos mandar. São ótimas fotos. Lembranças muito agradáveis, de qualquer forma.

Martin Beck andou até a televisão e abaixou um pouco o volume. Foi algo instintivo, um gesto de autodefesa, sem que ele tivesse real consciência de seu ato. A esposa do coronel encarou-o, sem entender.

— O quê? Sim, naturalmente. Missan, pode pegar as fotografias que recebemos da Alemanha? Quero mostrá-las a esses senhores.

Martin Beck observou a mulher, que atendia pelo nome de Missan, levantar-se de sua cadeira em frente à TV.

As fotos eram coloridas, de 7 por 10 centímetros. Havia umas 15 fotografias no envelope. O homem sentado na poltrona segurou-as entre o polegar e o indicador.

Martin Beck e Kollberg ficaram de pé, inclinados, em ambos os lados da poltrona.

— Aqui estamos nós; esta é a esposa do major Jentsch; ah, sim, aqui vocês podem ver minha esposa... Sim, e aqui estou eu. Esta fotografia foi tirada no passadiço. No primeiro dia. Estou falando com o capitão, como vocês podem ver. E aqui... Infelizmente não enxergo muito bem... Pode me dar a lente de aumento, querida...?

O coronel limpou a lente de aumento devagar e com cuidado.

— Sim, aqui estamos nós. Agora vocês podem ver o major Jentsch, depois eu e minha mulher... Essa foto deve ter sido tirada pela esposa do major Jentsch. Está um pouco mais escura do que as outras. E aqui estamos nós, no mesmo lugar, mas o ângulo é ligeiramente diferente. E... Deixe-me ver... A senhora com quem estou falando é *Frau* Liebeneiner, também alemã. Sentava-se à nossa mesa. Uma mulher muito cativante e educada, mas, infelizmente, um pouco idosa. Perdeu o marido em El Alamein.

Martin Beck olhou com mais atenção e viu uma mulher muito velha usando um vestido florido e um chapéu cor-de-rosa. Estava de pé ao lado de um bote salva-vidas, segurando uma xícara de café e um doce.

A inspeção continuou. As imagens eram praticamente iguais. Martin Beck começou a sentir dor nas costas. Agora, pelo menos, sabia, sem a menor dúvida, como era a esposa do major Jentsch.

A última foto estava sobre a mesa de mogno, em frente ao coronel. Era do tipo que Martin Beck havia previsto: mostrava o *Diana* visto diretamente da popa, atracado no píer em Estocolmo, com o prédio da prefeitura ao fundo e dois táxis.

Provavelmente foi feita assim que o barco zarpou, porque havia muita gente a bordo. Na extremidade do bote salva-vidas, na cobertura do convés, via-se a esposa do major Jentsch, de Osnabrück. E, logo abaixo, Roseanna McGraw inclinada para frente, com os braços apoiados na amurada e os pés afastados, usando sandálias e óculos escuros. Seu vestido era amarelo, com alças finas. Martin Beck inclinou-se ao máximo sobre a foto e tentou identificar as pessoas próximas a ela. Ao mesmo tempo, ouviu Kollberg assobiar entre os dentes.

— É claro, é claro — disse o coronel, imperturbável. — Este é o barco, aqui em Riddarholm. Este é o prédio da prefeitura. E aqui está Hildegard Jentsch, antes de nos encontrarmos. Ah, sim, é estranho. Esta jovem se sentou em nossa mesa algumas vezes. Era inglesa ou holandesa, eu acho. Imagino que a transferiram para outra mesa para que nós, mais velhos, tivéssemos mais espaço para nossos cotovelos.

Um dedo indicador forte e enrugado, com pelos brancos ampliados pela lupa, apontava para a garota que usava sandálias e um vestido amarelo largo.

Martin Beck tomou fôlego para dizer algo, mas Kollberg foi mais rápido.

— O quê? — perguntou o coronel. — Se tenho certeza? É claro que tenho certeza. Sentou-se em nossa mesa pelo menos quatro ou cinco vezes. Nunca disse nada, se me lembro bem.

— Mas...

— Sim, é claro que seu colega me mostrou o retrato, mas, entenda, não foi o rosto que reconheci. Foi o vestido. Ou, melhor, não exatamente o vestido.

Virou-se para a esquerda e encostou seu poderoso dedo indicador no peito de Martin Beck.

— Foi o decote — disse, num sussurro forte.

18

Eram onze e quinze da noite, e ainda estavam na delegacia em Kristineberg. Uma brisa fresca soprava e pequenos pingos de chuva golpeavam as janelas.

Vinte fotos estavam espalhadas sobre a mesa diante de Martin Beck. O detetive afastara 19 fotografias e se concentrava em estudar a foto de Roseanna McGraw pela quinquagésima vez com a ajuda do círculo de luz da lente de aumento. A moça parecia ser exatamente como a imaginara; tinha o olhar direcionado para cima, provavelmente para a torre de Riddarholm. Parecia saudável, esperta e alheia ao fato de que tinha apenas mais 36 horas de vida. À sua esquerda, estava a cabine A7. A porta estava aberta, mas a foto não mostrava o interior.

— Você tem consciência de que tivemos sorte hoje? — perguntou Kollberg. — Foi a primeira vez desde que começamos a investigar este maldito caso. Em geral, a sorte aparece mais cedo ou mais tarde. Dessa vez, porém, foi bem mais tarde.

— Também tivemos um pouco de má sorte.

— Você se refere a Roseanna ter se sentado à mesa com dois velhos surdos e três mulheres quase cegas? Isso não é má sorte. É apenas a lei das probabilidades. Vamos, eu te deixo em casa. Ou prefere pegar aquele grande presente à humanidade chamado metrô?

— Primeiro precisamos mandar um telegrama a Kafka. O restante das informações pode seguir numa carta amanhã.

Trinta minutos depois haviam concluído tudo. Kollberg dirigia afobada e descuidadamente em meio à chuva, mas Martin Beck não parecia nervoso, embora geralmente se sentisse desconfortável em um carro. Não conversaram durante o trajeto. Quando pararam em frente à casa de Martin Beck, Kollberg finalmente disse:

— Agora você pode ir pra cama e pensar nisso tudo. Até logo.

O apartamento estava escuro e silencioso, mas, ao passar pelo quarto de sua filha, Martin Beck ouviu o som do rádio. Era bem provável que a garota estivesse deitada, com o pequeno rádio debaixo do travesseiro. Ele, quando era garoto, lia romances de aventuras no mar com uma lanterna escondida debaixo dos cobertores.

Sobre a mesa da cozinha, encontrou pão, manteiga e queijo. Fez um sanduíche e procurou uma garrafa de cerveja na geladeira, mas não encontrou. Em pé diante da pia, fez sua frugal refeição acompanhada por meio copo de leite.

Depois, entrou no quarto e deitou-se com muito cuidado. Sua mulher virou-se em sua direção, parcialmente adormecida, e tentou dizer alguma coisa. Martin Beck permaneceu em silêncio e prendeu a respiração. Após alguns minutos, ela voltou a dormir, respirando suavemente. Martin Beck relaxou, fechou os olhos e começou a pensar.

Roseanna McGraw estava em uma das primeiras fotos tiradas na viagem. Essas fotos identificavam claramente cinco outras pessoas: dois casais de militares aposentados e a viúva Liebeneiner. Martin Beck esperava receber 25 a trinta pacotes com fotos, muitos contendo mais fotografias do que tinha o coronel. Todos os negativos seriam cadastrados e todas as fotos seriam minuciosamente estudadas para que se pudesse descobrir quem a vítima conhecia. O método precisaria funcionar. Assim, poderiam recriar a última viagem de Roseanna McGraw. Esperavam que essa viagem se descortinasse como um filme diante de seus olhos.

O sucesso da operação dependia, em grande parte, de Kafka e do que ele conseguisse obter com as oito famílias espalhadas pelo continente norte-americano. Os americanos não economizavam filmes. Afinal, não ficaram famosos por isso? E se alguém, além do assassino, teve contato com a mulher de Lincoln, não é provável que tenha sido um compatriota seu? Talvez devessem buscar o assassino entre os americanos a bordo. Ou talvez, num dia desses, ouvisse Kafka dizer, por telefone, a seguinte frase: "Sim, matei o desgraçado."

Em meio a esses pensamentos, Martin Beck adormeceu de repente e sem esforço.

No dia seguinte, mais chuva fina e tempo cinzento. As últimas folhas amarelas do outono amanheceram tristemente grudadas nas paredes da casa e nos vidros das janelas.

Como se os pensamentos noturnos de Martin Beck houvessem chegado até Lincoln, Kafka enviou-lhe um telegrama lacônico: "Mande o máximo possível de material."

Dois dias depois, Melander, que nunca esquecia nada, tirou o cachimbo da boca e disse tranquilamente:

— Uli Mildenberger está em Hamburgo. Passou o verão inteiro na cidade. Gostaria que ele fosse interrogado?

Martin Beck pensou por cinco segundos e respondeu:

— Não.

Esteve a ponto de acrescentar algo como "Anote o endereço dele", mas se deteve no último instante, deu de ombros e continuou a trabalhar.

Em dias assim, de modo geral, tinha pouco a fazer. O caso havia chegado a um ponto em que andava sozinho, ao mesmo tempo em que se espalhava por todo o mundo. Havia uma linha de comunicação entre ele e Ahlberg, em Motala. Dali em diante, o caso se irradiava por todos os continentes — desde o Cabo Norte, na Noruega, até Durban, na África do Sul, e Ankara, na Turquia. A linha de contato mais importante certamente levava ao escritório de Kafka, em Lincoln, Nebraska, EUA, mais de 9 mil quilômetros a oeste. Dali ramificava-se para meia dúzia de lugares distantes no continente americano.

Com tantos informantes espalhados pelo mundo e à sua disposição, eles não tinham condições de atrair e pegar o assassino? A resposta lógica, infelizmente, era "não". Martin Beck tinha lembranças dolorosas de outro caso que envolvera um assassinato de cunho sexual. Acontecera numa adega, em um bairro da periferia de Estocolmo. O corpo tinha sido encontrado quase imediatamente, e a polícia chegou à cena do crime em menos de uma hora. Várias pessoas viram o assassino e forneceram descrições detalhadas. O homem tinha deixado pegadas, guimbas de cigarro, fósforos e outros objetos. Além disso, tratara o corpo de forma particularmente perversa. Mas a polícia não conseguiu pegá-lo. Diante da impotência da equipe, o otimismo inicial se transformou lentamente em frustração. Todas as pistas levaram a nada. Sete anos depois, o homem foi flagrado numa tentativa de estupro e preso. Durante o interrogatório, em uma crise de choro, admitiu o assassinato anterior.

Aquele crime e sua solução, atrasada em sete anos, haviam sido apenas um pequeno incidente colateral para Martin Beck, mas tiveram extrema importância para um de seus colegas mais velhos. Lembrava-se muito bem de como aquele homem tinha ficado no escritório até tarde, meses e meses, ano após ano, repassando todas as informações e conferindo os depoimentos pela quingentésima ou, possivelmente, pela milésima vez.

Havia encontrado o colega várias vezes em circunstâncias ou locais inesperados, em seus momentos de folga ou de férias, sempre em busca de novos ângulos para o caso que tinha se tornado a tragédia de sua vida. Com o tempo, adoeceu e se aposentou precocemente, mas mesmo assim não abandonou as buscas. Um dia, finalmente, o caso foi esclarecido quando alguém que nunca fora preso ou sequer suspeito de um assassinato rompeu em prantos diante de um policial atônito, em Halland, e confessou ser responsável pelo estrangulamento ocorrido sete anos antes. Martin Beck se perguntava se essa solução, que chegou tão tarde, teria trazido alguma paz ao velho detetive.

Podia acontecer o mesmo neste caso. Contudo, a mulher da adega havia sido tudo o que Roseanna McGraw não fora: uma pessoa sem raízes, errante, que não era parte da sociedade e em quem ninguém estava interessado.

Martin Beck pensou muito sobre tudo isso enquanto esperava que algo acontecesse.

Enquanto isso, em Motala, Ahlberg ocupava-se em irritar as autoridades, insistindo para que cada centímetro quadrado do fundo do canal fosse dragado e inspecionado por mergulhadores. Raramente contatava Martin Beck, mas vivia à espera de que o telefone tocasse.

Uma semana depois, chegou um novo telegrama de Kafka. A mensagem era misteriosa e surpreendente: "Você terá uma boa surpresa a qualquer momento."

Martin Beck ligou para Ahlberg.

— Kafka diz que teremos uma boa surpresa a qualquer momento.

— Provavelmente sabe que estamos precisando — retrucou ele.

Kollberg acrescentou sua opinião:

— Esse cara não enxerga longe. Está sofrendo de uma doença que chamamos de intuição.

Melander não disse absolutamente nada.

Dez dias depois, chegaram cinquenta fotos e uma quantidade três vezes maior de negativos. Muitas das fotografias tinham péssima qualidade, e só conseguiram encontrar Roseanna McGraw em duas, ambas tiradas no píer de Riddarholm; estava parada, sozinha, no convés A, não muito distante de sua cabine. Em uma das fotos, estava curvada, coçando o tornozelo direito. E nada mais. Por outro lado, identificaram outros 23 passageiros, o que elevou para 28 o total de pessoas identificadas.

Melander analisou todas as fotos. Quando terminou seu serviço, enviou-as para Kollberg, que tentou organizá-las em algum tipo de ordem cronológica. Martin Beck estudou-as por horas e horas, em silêncio.

Nos dias seguintes, chegaram mais algumas dezenas de fotos, mas Roseanna McGraw não aparecia em nenhuma.

Por outro lado, finalmente chegou uma carta postada em Ankara. Estava na mesa de Martin Beck na manhã do décimo terceiro dia, mas a embaixada turca demorou dois dias para entregar-lhe uma tradução. Contrariando todas as expectativas, o conteúdo daquela carta parecia representar o maior progresso no caso em muito tempo.

Um passageiro turco, um estudante de medicina de 22 anos chamado Günes Fratt, disse que reconheceu a mulher da foto, mas que não sabia seu nome ou nacionalidade. Depois de um "interrogatório enérgico", conduzido por um oficial de alta patente cujo comprido nome parecia ser escrito apenas com letras "o", "u" e "z", a testemunha admitiu que tinha achado a mulher atraente e que fez duas "abordagens verbais" em inglês no primeiro dia da viagem, mas não foi encorajado, pois a mulher não lhe respondeu. Mais tarde, durante a viagem, ele a viu com um homem e chegou à conclusão de que era casada e de que somente aparentara estar sozinha. A única coisa que a testemunha conseguiu dizer sobre a aparência do homem era que ele era "presumivelmente alto". A testemunha não viu a mulher durante a parte final da viagem. O tio de Günes Fratt, que foi interrogado "informalmente" pelo oficial com aquele nome impossível de ser pronunciado, declarou que ficou de olho no sobrinho durante toda a viagem e que o rapaz não ficou sozinho por mais de dez minutos.

A embaixada acrescentou o comentário de que os dois viajantes pertencem a famílias ricas e muito respeitadas.

A carta não surpreendeu Martin Beck; ele sempre soube que uma carta contendo tais informações apareceria mais cedo ou mais tarde. Haviam dado um passo à frente, e, enquanto reunia as informações para enviá-las a Motala, pensava em como seria passar por um "interrogatório enérgico" conduzido por um oficial de alta patente da polícia turca.

No andar de cima, Kollberg recebeu a notícia tranquilamente.

— Os turcos? Sim, já ouvi falar de seus métodos.

E repassou suas listas.

— Fotos 23, 38, 102, 109...

— Chega.

Martin Beck remexeu a pilha de fotografias até encontrar uma que mostrava claramente os dois homens. Olhou por um momento para o bigode branco do tio e depois direcionou os olhos para Günes Fratt, que era baixo, estava elegantemente vestido, tinha belos traços e um bigode pequeno e escuro. Não lhe pareceu ser tão desinteressante assim.

Infelizmente, a opinião de Roseanna McGraw fora diferente.

Era o décimo quinto dia desde que tiveram a ideia de coletar as fotografias. A essa altura, haviam identificado 41 passageiros. Além disso, duas outras fotos em que Roseanna aparecia tinham sido adicionadas à coleção. Ambas foram tiradas enquanto o barco estava no canal Södertälje. Roseanna McGraw estava no último plano de uma delas, fora de foco e de costas para a câmera, mas era vista de perfil na outra, apoiada na amurada, com uma ponte ferroviária atrás. Estava três horas mais perto da morte; havia tirado os óculos escuros e contraía os olhos diante do sol. O vento tinha desfeito o penteado de seu cabelo negro e a boca estava parcialmente aberta, como se estivesse a ponto de dizer alguma coisa ou tivesse acabado de bocejar.

Martin Beck olhou-a por um longo tempo pela lente de aumento. Finalmente, disse:

— Quem tirou esta foto?

— Uma dinamarquesa — respondeu Melander. — Vibeke Amdal, de Copenhague. Viajava sozinha em uma cabine simples.

— Descubra o que puder sobre ela.

Trinta minutos depois, a bomba explodiu.

— Um telegrama chegou dos Estados Unidos — disse a mulher do outro lado da linha. — Devo ler para o senhor?

Encontrei uma mina de ouro ontem. Dez rolos de filmes em 8 milímetros e 150 instantâneos. Você verá muita coisa de Roseanna McGraw. Um desconhecido parece estar com ela. Pan American garante entrega em Estocolmo quinta-feira.

Kafka.

— Devo tentar traduzir?

— Não, obrigado. É suficiente.

Martin Beck afundou na cadeira. Friccionou a raiz dos cabelos e olhou para o calendário sobre a mesa. Era quarta-feira, 25 de novembro.

Chovia e fazia frio. Logo começaria a nevar.

19

Projetaram o filme num estúdio que ficava bem em frente à delegacia Norte. A sala de projeção estava cheia e, mesmo num momento como aquele, Martin Beck teve dificuldade para superar sua aversão a aglomerações.

Seu chefe estava ali, assim como o superintendente de polícia regional e o promotor público, além do superintendente Larsson e de Ahlberg, que tinham vindo de Motala de carro. Kollberg, Stenström e Melander também estavam presentes.

Até Hammar, que vira mais crimes do que todos os outros juntos, parecia quieto, tenso e atento.

As luzes foram apagadas.

O projetor começou a rodar.

— Ah, agora sim, agora sim...

Como sempre, Kollberg tinha dificuldades para ficar quieto.

O filme começou com uma imagem da Guarda Real em Estocolmo. A câmera passou pela Gustav Adolfs Torg, girou em direção à Norrbro e, numa imagem panorâmica, dirigiu-se à ópera.

— Não há estilo — disse Kollberg. — Esta gente parece a polícia militar.

— Shhh! — murmurou o superintendente de polícia regional.

Depois, vieram as cenas de belas garotas suecas de nariz empinado, sentadas ao sol nas escadas do teatro. Dos prédios altos no centro da cidade. De um pôster turístico na frente do quiosque de um lapão no Skansen. Do castelo Gripsholm, com um grupo de dança folclórica em primeiro plano. De algumas americanas de meia-idade, usando batom roxo e óculos escuros. Do hotel

Reisen, da Skeppsbron, da proa do *Svea Jarl*, de uma viagem de barco a Djurgården e de um grande navio de passageiros ancorado em Estocolmo, visto de um barco de turismo.

— Que navio é este? — perguntou o superintendente de polícia regional.

— O *Brazil*, da Moore-McCormack — respondeu Martin Beck. — Vem para cá todos os verões.

— Que prédio é este? — perguntou, mais tarde, o superintendente de polícia regional.

— É um lar para idosos — respondeu Kollberg. — Haile Selassie saudou-o, certa vez, quando esteve aqui antes da guerra. Pensou que era o palácio real.

Gaivotas batem graciosamente suas asas. Imagens do bairro de Farsta, filas de pessoas entrando em um ônibus com teto de acrílico. Pescadores olhando para a câmera de modo sinistro.

— Quem tirou as fotos? — perguntou o superintendente de polícia regional.

— Wilfred S. Bellamy Jr., de Klamath Falls, Oregon — respondeu Martin Beck.

— Nunca ouvi falar.

Mais imagens. Svartsmangatan. O coração da Brunkebergsgatan, com pouca exposição à luz.

— Agora — disse o superintendente de polícia regional.

O *Diana* no píer de Riddarholm. Visto diretamente da popa. E Roseanna McGraw em uma sua pose habitual, olhando para cima.

— Aí está ela — continuou ele.

— Meu Deus — disse Kollberg.

A mulher de batom roxo surgiu a partir da esquerda, com um sorriso dentuço. Via-se tudo, exceto a bandeira da empresa de navegação e a torre da prefeitura. Pontos brancos. Tremulações. Sombras vermelho-escuras. Escuridão.

As luzes foram acesas, e o homem que vestia o jaleco branco olhou para a porta.

— Um segundo, por favor. Há um pequeno problema com o projetor.

Ahlberg virou-se e olhou para Martin Beck.

— Aposto que pegou fogo e queimou o filme — disse o detetive-assistente Lennart Kollberg, especialista em leitura da mente.

No mesmo instante, as luzes se apagaram.

— Pessoal, vamos manter o foco — disse o superintendente.

Algumas imagens adicionais da cidade, as costas dos turistas, a Västerbron, uma vista panorâmica da ponte. Ondas espumando na superfície da água, a bandeira sueca, alguns veleiros disputando uma prova. Uma longa sequência em que a Sra. Bellamy aparece no convés, com os olhos fechados, bronzeando-se numa espreguiçadeira.

— Prestem atenção ao fundo — disse o superintendente de polícia regional.

Martin Beck reconheceu várias pessoas: nenhuma era Roseanna McGraw.

As comportas de Södertälje, uma ponte rodoviária e uma ponte ferroviária. O mastro visto de baixo, com a bandeira da empresa de navegação tremulando levemente à brisa contra um céu azul. Um barco a motor aproximando-se, com pilhas de peixe no convés. Alguém acenando. O mesmo barco a motor visto da popa, o perfil enrugado da Sra. Bellamy à direita.

Oxelösund vista a partir da água. A moderna torre da igreja contra o céu. A usina siderúrgica, com suas chaminés que cospem fogo. O filme subia e descia, acompanhando o movimento lento e suave do barco e adquirindo uma tonalidade cinza-esverdeada.

— O tempo está pior — disse o superintendente de polícia regional.

Toda a tela parecia levemente acinzentada. Uma virada rápida da câmera mostrou um pedaço vazio do convés. A bandeira da cidade de Gotemburgo ao longe, molhada e frouxa no mastro à frente. O piloto equilibrando uma bandeja ao descer uma escada.

— E agora? — perguntou o superintendente de polícia regional.

— Acabaram de sair de Hävringe — disse Martin Beck. — Mais ou menos às cinco ou seis horas da manhã. Pararam por causa do nevoeiro.

Imagens da parte coberta do convés a partir da popa. Espreguiçadeiras vazias; dia cinzento e úmido. Ninguém à vista.

A câmera se move para a direita, gira suavemente e volta à posição inicial. Roseanna McGraw aparece na escada do convés A; ainda tem as pernas nuas e usa sandálias, mas veste também uma fina capa de chuva de plástico sobre o vestido e tem uma echarpe cobrindo a cabeça. Ao passar pela área de botes salva-vidas, lança um olhar rápido e indiferente para a câmera; o rosto calmo e relaxado se desloca para a direita, saindo do enquadramento. Virada rápida da câmera: Roseanna McGraw de costas, na ponta dos pés, com os cotovelos apoiados na amurada, o peso do corpo sobre a perna direita, coçando o tornozelo esquerdo com a mão direita.

Apenas 24 horas antes de morrer. Martin Beck prendeu a respiração. Ninguém na sala abriu a boca. Roseanna esmaeceu na tela enquanto pontinhos brancos tomavam seu lugar. Fim do filme.

O nevoeiro havia desaparecido. Um sorriso forçado surge nos lábios violeta. Imagens de um casal idoso em espreguiçadeiras, com cobertores sobre os joelhos. Não havia sol, mas não chovia.

— Quem são eles? — perguntou o superintendente de polícia regional.

— Dois americanos — respondeu Kollberg. — De sobrenome Anderson.

O barco em uma das comportas. Uma tomada do convés dianteiro feita do passadiço; muitas pessoas de costas. Um membro da tripulação em terra, inclinado para a frente, girando as engrenagens para abrir os portões da comporta. A câmera desloca-se no momento em que os portões se abrem. Surge o queixo duplo e enrugado da Sra. Bellamy, visto de baixo, com o passadiço e o nome do barco ao fundo.

Outras imagens feitas no passadiço. Uma nova comporta. O convés dianteiro cheio de gente. Mudança de cenário: aparece um homem usando um chapéu de palha e falando com entusiasmo.

— Cornfield, outro americano. Viajava sozinho — esclareceu Kollberg.

Martin Beck pensou se teria sido o único a enxergar Roseanna McGraw na cena anterior. Estava de pé junto à amurada a estibordo, apoiada sobre os cotovelos, como sempre, com calças compridas e um suéter escuro.

Imagens das comportas continuaram a desfilar na tela, mas Roseanna não aparecia em nenhuma.

— Onde eles estão? — perguntou o superintendente.

— Karlsborg — respondeu Ahlberg. — Mas não no lago Vättern. Um pouco mais a oeste de Söderköping, de onde o barco partiu às nove e quarenta e cinco. Essa cena deve ter sido filmada por volta das onze da manhã.

Uma nova comporta. Outra imagem do convés dianteiro. Lá estava ela novamente. O suéter era preto, com gola rulê. Havia muita gente ao seu lado. Virou o rosto para a câmera e pareceu rir. Rápida mudança de cena. Uma imagem da água. Uma longa sequência com a Sra. Bellamy e os Anderson. Em determinado ponto, o coronel de Norr Mälarstrand passou pela cena.

O pescoço de Martin Beck suava. Apenas dez horas de vida. Ela tinha rido?

Uma rápida tomada do convés dianteiro, com apenas três ou quatro pessoas. O barco navegava num lago. Pontos brancos. Fim do rolo.

O superintendente virou-se.

— Roxen?

— Não, Asplången — disse Ahlberg.

Uma ponte móvel. Edifícios na margem. Pessoas na margem, acenando e olhando.

— Norsholm — disse Ahlberg. — Às três e quinze da tarde.

A câmera se fixou obstinadamente na margem. Árvores, vacas, casas. Uma garotinha de 7 ou 8 anos andava pela trilha ao longo do canal. Um vestido de algodão azul, duas marias-chiquinhas e tamancos. Alguém a bordo jogou uma moeda na trilha. A garota pegou, agradeceu timidamente com um gesto e pareceu confusa. Mais moedas foram atiradas, e a garota as pegou. Teve de apressar-se para dar conta. A mão de uma mulher com uma moeda de cinquenta centavos de dólar brilhando entre dois dedos fortes, com as unhas pintadas de vermelho. A câmera voltou mais uma vez. A Sra. Bellamy atirando moedas, com uma expressão exaltada. A garota na margem, com a mão direita absolutamente cheia de dinheiro, totalmente confusa, com seus olhos azuis e atônitos.

Martin Beck não viu, mas ouviu Ahlberg respirar profundamente e Kollberg se contorcer na cadeira. Atrás da mulher de Klamath Falls, Oregon, eles viram Roseanna McGraw cruzar a parte coberta do convés da esquerda para a direita. Não estava sozinha. Ao seu lado, colado nela, estava outra pessoa. Um homem de boné. Era um palmo mais alto do que ela e seu perfil era visível por um breve décimo de segundo contra o fundo claro.

Dessa vez, todos viram.

— Pare o filme — ordenou o superintendente de polícia regional.

— Não, não — disse Ahlberg.

A câmera não voltou ao barco. Margens verdes deslizaram pela tela: campos, árvores, gramas altas ondeando à brisa até a região campestre esmaecer atrás de muitos pontos brancos.

Martin Beck tirou o lenço que estava no bolso da camisa, amassou-o e enxugou o suor em seu pescoço.

A imagem que cobria a tela era nova e surpreendente. O canal estava diante deles: serpenteava por um trajeto longo e suave entre as margens cobertas de árvores. Ao longo do lado esquerdo, havia uma trilha e, mais à frente, à esquerda, alguns cavalos pastavam atrás de uma cerca. Um grupo de pessoas caminhava pela trilha.

Ahlberg falou antes que o superintendente de polícia regional tivesse a chance de fazê-lo.

— Estão a oeste de Roxen. O barco passou pelas comportas de Berg. A pessoa que fez essas imagens provavelmente se adiantou até Ljungsbro. Essa é a última comporta antes de Borensberg. São mais ou menos sete horas da noite.

O mastro branco ostentando a bandeira de Gotemburgo aparecia em primeiro plano bem mais adiante. As pessoas na trilha se aproximaram.

— Graças a Deus — disse Ahlberg.

Somente Martin Beck sabia o que ele queria dizer. O operador de câmera tinha uma alternativa: poderia ter desembarcado e contratado um guia que costumava levar as pessoas até um mosteiro em Vreta enquanto o barco ficava na câmara da comporta.

Agora havia uma cena do barco inteiro, que se movia lentamente ao longo do canal, inerte, com uma pluma acinzentada de fumaça que se refletia contra a luz da tarde.

Mas ninguém na sala de projeção olhou para o barco. O grupo de passageiros na trilha fora filmado tão de perto que era possível discernir cada indivíduo separadamente. Martin Beck identificou Günes Fratt de imediato, o estudante de medicina de 22 anos vindo de Ankara. Caminhava à frente, acenando para a pessoa que o seguia.

Foi então que a viu.

Uns dez metros atrás do grupo principal havia duas figuras: Roseanna McGraw, ainda usando as calças claras e o suéter escuro, e, ao lado dela, dando longas passadas, o homem de boné.

Ainda estavam distantes.

"Tomara que ainda haja bastante filme", pensou Martin Beck.

Aproximaram-se. A posição da câmera não mudou.

Será que conseguiriam ver os rostos?

Ele viu o homem alto pegar Roseanna pelo braço, como que para ajudá-la a pular uma poça d'água.

Viu-a parar e olhar para o barco, que passou e tirou-os do campo de visão. Sumiram. Porém, o Sr. Bellamy, de Klamath Falls, estava mais determinado do que nunca e manteve a posição de sua câmera. O barco passou, e Roseanna McGraw pôde ser vista um pouco mais abaixo, na trilha. Parou e fez um gesto com a cabeça, estendendo o braço direito em direção à pessoa que ainda permanecia oculta, mas que, naquele momento, apareceu. Ali.

A cena que se seguiu foi um verdadeiro choque. O portão da comporta em último plano; à volta e ao redor, as pernas dos observadores. Martin Beck pensou ter visto um par de calças claras e dois pés com sandálias próximos a um par de sapatos baixos.

A imagem sumiu após tremer ligeiramente. Várias pessoas suspiraram. Martin Beck torceu o lenço entre os dedos.

Mas ainda não havia acabado. Um rosto com lábios violeta e óculos escuros encheu a tela e, em seguida, desapareceu à direita. No lado do convés A mais próximo ao porto, uma garçonete de blusa branca bateu em um gongo. Roseanna McGraw aparece atrás dela, vinda do salão de jantar. Ela franze a testa, olha para cima, ri e vira-se para uma pessoa parcialmente oculta. Era possível ver um braço e parte de um ombro cobertos com tweed. Em seguida, os pontos brancos, e o filme esmaece em cinza, cinza, cinza.

Ela havia rido. Martin Beck tinha certeza. Às sete horas da noite de 4 de julho. Dez minutos depois, Roseanna McGraw comeu bife, batatas, morangos e leite enquanto um coronel sueco e um major alemão trocavam impressões sobre o cerco de Stalingrado.

A tela encheu-se de luz. Mais comportas. Um céu azul com nuvens. O capitão com a mão apoiada sobre o telégrafo.

— Sjötorp — disse Ahlberg. — Meio-dia. Logo chegarão ao lago Vänern.

Martin Beck rememorou todos os detalhes. Uma hora depois, tinha parado de chover. Roseanna McGraw já estava morta. Seu corpo nu e violado misturado à lama, próximo ao quebra-mar em Borenshult, por quase 12 horas.

No convés do barco, as pessoas conversavam e riam, estiradas em espreguiçadeiras, olhando o sol. Uma mulher enrugada e rica, de Klamath Falls, Oregon, abriu um sorriso violeta para a câmera.

Estavam no lago Vänern. As pessoas se movimentam aqui e ali. O jovem repulsivo que havia sido interrogado em Motala esvazia um saco de cinzas no lago. Seu rosto estava sujo e olhava para a câmera com raiva.

Nenhuma mulher usando suéter escuro, calças claras e sandálias.

Nenhum homem alto usando agasalho de tweed e boné.

Rolos e rolos de filme se sucederam na tela. Vänersborg ao sol do fim da tarde. O *Diana* atracado no píer. Uma cena de um ajudante de convés pisando em terra firme. O canal Tröllhatten.

— Há uma motocicleta no convés dianteiro — disse Ahlberg.

O barco estava atracado no píer de Lilla Bommen, em Gotemburgo, sob o agradável sol da manhã, atrás do *Viking*, um navio alto. Uma imagem do convés dianteiro, com pessoas descendo pelo passadiço. A motocicleta tinha sumido.

Outra cena mostra a mulher com lábios violeta sentada num barco de turismo de Gotemburgo e uma imagem panorâmica das flores da Associação de Jardinagem. Pontos brancos percorrem verticalmente a tela.

Fade-out. Fim. Luzes acesas.

Depois de 15 segundos de total silêncio, o comissário Hammar levantou-se de sua cadeira e dirigiu o olhar ao superintendente de polícia regional, ao promotor público e, por fim, a Larsson.

— Hora do almoço, senhores. Vocês são convidados do governo.

Com um olhar agradável, disse aos outros:

— Creio que desejarão permanecer aqui mais um pouco.

Stenström também foi embora. Na verdade, estava trabalhando em outro caso. Kollberg olhou inquisitivamente para Melander.

— Não, nunca vi aquele homem antes.

Ahlberg ergueu a mão direita em frente ao rosto.

— Um passageiro de convés — disse.

Virou-se e olhou para Martin Beck.

— Lembra-se do homem que nos mostrou o barco em Bohus? Das cortinas que poderiam ser puxadas se algum passageiro de convés quisesse dormir em um dos sofás?

Martin Beck assentiu.

— A motocicleta não estava ali no início da viagem. A primeira vez que a vi foi nas comportas depois de Söderköping — disse Melander. Ele tirou o cachimbo da boca e começou a esvaziá-lo.

— O homem de boné também foi visto ali — acrescentou. — Uma vez, de costas.

Quando assistiram o filme novamente, perceberam que Melander estava certo.

20

Caía a primeira neve do inverno. Batia contra as janelas em grandes flocos brancos que derretiam imediatamente e escorriam pelos vidros, sussurrando como riachos pelas canaletas enquanto pingos pesados se chocavam contra as esquadrias metálicas.

Apesar de ser meio-dia, a sala estava tão escura que Martin Beck teve de acender sua luminária, espalhando uma luz agradável sobre sua mesa e sobre o arquivo aberto à sua frente. O resto da sala continuou imerso na escuridão.

Ele apagou seu último cigarro, esvaziou o cinzeiro e soprou as cinzas que caíram sobre a mesa. Sentia fome e lamentou não ter ido à lanchonete com Kollberg e Melander.

Dez dias haviam se passado desde que viram o filme mandado por Kafka, e ainda estavam à espera de que algo acontecesse. Assim como tudo o mais nesse caso, a nova pista tinha desaparecido sob uma montanha de pontos de interrogação e de depoimentos duvidosos. Praticamente todos os interrogatórios haviam sido conduzidos por Ahlberg e por sua equipe, com muito critério e grande energia, mas os resultados foram irrelevantes. A coisa mais positiva que podia ser dita sobre o caso era que nada contrariava a teoria de que um passageiro de convés havia embarcado em Mem, Söderköping ou Norsholm e que ele permanecera no barco até Gotemburgo. Nada contradizia também o pressuposto de que ele era um homem de estatura mediana, com peso pouco acima da média e que usava boné, paletó de tweed cinza com bolinhas, calças de gabardina cinza e sapatos marrons. E que tinha uma moto azul, da marca Monark.

O primeiro imediato — cujo depoimento ajudou mais do que qualquer outro — achava que havia vendido um bilhete a alguém parecido com o homem do filme. Não sabia quando nem tinha certeza de que fora no último verão. Poderia ter sido num verão anterior. Lembrava-se vagamente, porém, de que o homem — se é que era a mesma pessoa — podia ter embarcado com uma bicicleta ou motocicleta e, além disso, com algum equipamento de pesca e com outras coisas, o que podia significar que praticava pesca esportiva.

Ahlberg havia tomado esse depoimento pessoalmente e explorado a testemunha ao máximo. Martin Beck tinha uma cópia do interrogatório em seu arquivo.

AHLBERG: É comum que o barco leve passageiros de convés durante um cruzeiro?
TESTEMUNHA: Era mais comum nos anos anteriores, mas sempre há alguns desses passageiros.
A: Onde eles costumam embarcar?
T: Onde quer que o barco atraque ou nas comportas.
A: Em que trecho há mais passageiros de convés a bordo?
T: Em qualquer trecho da viagem. Muitos ciclistas ou praticantes de caminhada embarcam em Motala ou em Vadstena para cruzar o lago Vättern.
A: E em outros trechos?
T: Sim, também. Costumávamos levar veranistas de Estocolmo para Oxelösund, e de Lidköping para Vänersborg, mas paramos.
A: Por quê?
T: Porque o barco ficava cheio demais. Os passageiros regulares pagam um bom dinheiro pela passagem. Não devem ficar apertados por causa de um bando de idosos e de jovens indo de um lado para o outro com suas bolsas térmicas e cestas de piquenique.
A: Alguma coisa contradiz a possibilidade de que um passageiro de convés tenha embarcado em Söderköping?

T: Não, absolutamente. Poderia ter embarcado em qualquer lugar. E em qualquer comporta. Há 65 comportas no trajeto. Além disso, atracamos em vários lugares.
A: Quantos passageiros de convés o barco pode acomodar?
T: Ao mesmo tempo? Dificilmente mais do que dez. Na maioria das vezes, apenas dois ou três. Às vezes, nenhum.
A: Que tipo de pessoa usa esse serviço? Suecos, de modo geral?
T: Não, de maneira nenhuma. Em geral, estrangeiros. Pode ser qualquer um, ainda que, em geral, sejam pessoas que adoram viajar de barco e que se dão ao trabalho de consultar a tabela de horários.
A: E os nomes desses passageiros não constam nas listas?
W: Não.
A: Os passageiros de convés podem fazer refeições a bordo?
T: Sim, se desejarem. Em geral, são servidos depois que os passageiros regulares deixam o salão. As refeições têm custo fixo. *À la carte*, por assim dizer.
A: Você disse anteriormente que não se recorda da mulher que está nesta fotografia. No entanto, acha que reconhece esse homem. Não havia um intendente a bordo? Como primeiro imediato, não era sua responsabilidade cuidar dos passageiros?
T: Recolho os bilhetes quando eles embarcam e dou as boas-vindas. Depois, são deixados à vontade. A ideia da viagem não é despejar um monte de informações turísticas em cima dos passageiros. Eles já têm isso de sobra em outros lugares.
A: Não é estranho que você não reconheça essas pessoas? Passou quase três dias com elas.
T: Para mim, todos os passageiros parecem iguais. Lembre-se de que vejo 2 mil passageiros durante cada verão. São 20 mil passageiros em dez anos. E, enquanto estou trabalhando, fico no passadiço. Há apenas dois imediatos para vigilância. E isso significa 12 horas de trabalho por dia.

A: Essa viagem foi especial, porém, com eventos pouco comuns.

T: De qualquer forma, tive plantões de 12 horas no passadiço. E minha mulher estava comigo nessa viagem.

A: O nome dela não consta na lista de passageiros.

T: Não. E por que deveria constar? Os membros da tripulação têm direito de levar dependentes em algumas viagens.

A: Então, a informação de que havia 86 pessoas a bordo naquela viagem não é confiável. Com passageiros de convés e dependentes, esse número poderia chegar a cem, não poderia?

T: Sim, é claro.

A: Muito bem. Quando o homem da motocicleta, o mesmo que aparece nesta foto, deixou o barco?

T: Se não tenho sequer certeza de que o vi, como posso saber quando desembarcou? Muitas pessoas que estavam com pressa para pegar trens, aviões ou outros barcos desembarcaram às três horas da manhã, assim que chegamos ao píer em Lilla Bommen. As outras ficaram, passaram a noite no barco e esperaram para desembarcar pela manhã.

A: Onde sua mulher embarcou?

T: Aqui em Motala. Vivemos aqui.

A: Em Motala? No meio da noite?

T: Não, cinco dias antes, quando o barco subiu até Estocolmo. E desembarcou na viagem seguinte, também na subida, no dia 8 de julho, às quatro horas da tarde. Está satisfeito?

A: Como você reage quando pensa no que aconteceu naquela viagem?

T: Não acredito que as coisas tenham ocorrido como você diz.

A. E por que não?

T: Alguém teria percebido. Pense: cem pessoas num barco pequeno, de 28 metros de comprimento por 5 de largura. Numa cabine pequena como uma ratoeira.

A: Você já teve alguma relação diferente da profissional com passageiros?
T: Sim, com minha mulher.

Martin Beck tirou as três fotografias que guardava no bolso interno do paletó. Duas haviam sido reveladas diretamente do filme; a terceira era uma ampliação parcial de uma foto em preto e branco de um grupo, feita por um fotógrafo amador. Tinha sido enviada por Kafka. Todas tinham algo em comum: mostravam um homem alto de boné e paletó de tweed e eram de péssima qualidade.

A essa altura, centenas de policiais em Estocolmo, Gotemburgo, Söderköping e Linköping haviam recebido cópias dessas fotos. Além disso, foram enviadas a todas as promotorias públicas, a quase todas as delegacias de polícia nos quatro cantos do país e a várias instituições em outros países.

Eram fotos ruins, mas qualquer pessoa que já teve contato com o homem certamente poderia reconhecê-lo.

Talvez. Na última reunião da equipe, porém, Hammar dissera:

— Acho que se parece com Melander.

E também:

— Isso não é um caso: é um concurso de adivinhação. Temos alguma razão sólida para acreditar que esse homem é sueco?

— A motocicleta.

— Que não temos certeza se pertencia a ele.

— Sim.

— Isso é tudo?

— Sim.

Martin Beck guardou as fotos no bolso do paletó. Pegou o registro do interrogatório feito por Ahlberg e repassou várias respostas até encontrar o que estava procurando: "T: Sim, se desejarem. Em geral, são servidos depois que os passageiros regulares deixam o salão."

Martin Beck folheou os papéis e pegou uma lista da tripulação que trabalhou, nos últimos cinco anos, nos barcos que passam pelo canal. Releu-a e fez uma marca diante de um nome: Göta Isaksson, garçonete. Polhemsgatan, 7, Estocolmo. Funcionária do restaurante SHT desde 15 de outubro de 1964. Barcos: *Diana*, 1959-1961; *Juno*, 1962; *Diana*, 1963; *Juno*, 1964.

Não havia registro de que Melander ou Kollberg a tivessem interrogado.

Os telefones de duas empresas de táxi estavam permanentemente ocupados; ao abandonar a ideia de conseguir um carro, Martin Beck envergou o casaco e o chapéu, levantou a gola e caminhou até o metrô em meio à neve semiderretida.

O maître do SHT pareceu incomodado e irritado, mas conduziu-o a uma das mesas servidas pela Srta. Göta, ao lado das portas vaivém que levavam à cozinha. Martin Beck sentou-se na banqueta e abriu o cardápio. Enquanto lia, observava atentamente o restaurante.

Quase todas as mesas estavam ocupadas, e apenas alguns fregueses eram mulheres. Em várias delas havia homens sozinhos, a maioria no final da meia-idade. A julgar pela familiaridade com as garçonetes, pareciam ser frequentadores assíduos.

Martin Beck observou as garçonetes que andavam para cima e para baixo, cruzando várias vezes a porta vaivém. Ficou imaginando qual delas seria a Srta. Göta e levou quase vinte minutos para descobrir.

Ela tinha um rosto redondo e amigável, dentes grandes e cabelo curto e desgrenhado, de uma cor que Martin Beck descreveria simplesmente como "cor de cabelo".

Pediu sanduíches, almôndegas e uma cerveja Amstel. Comeu devagar, à espera de que a agitação da hora do almoço diminuísse um pouco. Terminou a refeição e, quatro xícaras de café depois, percebeu que as outras mesas que a Srta. Göta servia estavam vazias. A garçonete se aproximou.

Martin Beck disse-lhe por que tinha vindo e mostrou a ela a fotografia. A moça observou-a durante algum tempo, colocou-a sobre a mesa e respirou fundo.

— Sim — respondeu. — Eu o reconheço. Não sei quem é, mas viajou várias vezes nos barcos. Acho que no *Juno* e no *Diana*, se não me engano.

Martin Beck pegou a fotografia e colocou-a bem na frente da garçonete.

— Tem certeza? — perguntou. — A foto não é muito nítida. Pode ser outra pessoa.

— Sim, tenho certeza. Ele sempre se vestia assim. Reconheço o paletó e o boné.

— Lembra-se de tê-lo visto no último verão? Você estava no *Juno* dessa vez, não estava?

— Estava. Deixe-me pensar... Não, realmente acho que não. Vejo muita gente. Mas sei que o vi várias vezes no verão anterior. Bem, pelo menos duas vezes. Eu estava no *Diana*, e a moça com quem trabalhei, a outra garçonete, o conhecia. Lembro que conversavam muito. Ele não era um passageiro comum. Acho que esteve a bordo em apenas uma parte do caminho. Era um passageiro de convés. De qualquer forma, não comia com os outros passageiros e não fazia todas as refeições. Mas acho que costumava desembarcar em Gotemburgo.

— Onde vive sua amiga?

— Eu não diria que era minha amiga; só trabalhamos juntas. Não sei onde mora, mas costumava ir para Växjö no fim do verão.

A Srta. Göta transferiu o peso do corpo para a outra perna e cruzou as mãos na altura do estômago enquanto olhava para o teto.

— Sim, é isso. Växjö. Acho que mora lá.

— Sabe até que ponto ela conhecia esse homem?

— Não, não sei. Acho que estava interessada nele. Costumava encontrá-lo às vezes, quando estávamos de folga, embora não devêssemos nos misturar com os passageiros. Ele era bonito. Atraente de alguma forma...

— Pode descrevê-lo? Cor de cabelo, dos olhos, altura, idade etc.?

— Era alto. Mais alto do que você, eu acho. Não era magro nem gordo, mas pode-se dizer que era forte. Tinha os ombros largos e acho que os olhos eram azuis, mas não tenho certeza, é claro. Cabelos claros, num tom louro acinzentado, um pouco mais claros do que os meus. Não vi o cabelo dele muitas vezes porque sempre usava aquele boné. E tinha ótimos dentes, eu me lembro. Olhos redondos... Um pouco saltados, na verdade. Mas era bonito. Tinha entre 35 e 40 anos.

Martin Beck fez mais algumas perguntas, mas não obteve muitas informações. Quando voltou para o escritório, analisou novamente a lista e encontrou o nome que procurava. Não havia endereço, apenas a anotação de que havia trabalhado no *Diana* entre 1960 e 1963.

Levou apenas alguns minutos para encontrar o nome na lista telefônica de Växjö, mas teve de esperar bastante tempo até que ela atendesse. Resistiu muito a se encontrar com ele, mas de fato não tinha como se recusar.

Martin Beck pegou o trem noturno e chegou a Växjö às seis e meia da manhã. Ainda estava escuro, e a temperatura era amena, com alguma névoa. Caminhou pelas ruas e viu a cidade acordar. Às oito e quinze, estava de volta à estação de trem. Esquecera suas galochas, e a umidade começava a penetrar pelas solas finas de seus sapatos. Comprou um jornal e leu-o sentado em um banco da sala de espera, com os pés diante de um aquecedor. Após algum tempo, procurou uma cafeteria que estivesse aberta, tomou um café e esperou.

Às nove horas, levantou-se e pagou a conta. Quatro minutos depois, estava sentado em frente à porta da mulher. O nome Larsson estava grafado numa placa de metal e, acima dele, havia o nome Siv Svensson impresso num estilo floreado.

Uma mulher avantajada, que vestia um roupão de banho azul-claro, abriu a porta.

— Srta. Larsson? — perguntou Martin Beck.

A mulher esboçou um risinho nervoso e desapareceu. Ele ouviu a voz dela, vinda de dentro do apartamento:

— Karin, tem um homem na porta perguntando por você.

Martin Beck não ouviu resposta, mas a mulher voltou e pediu que entrasse e esperasse. Então, sumiu. Ele se manteve de pé na sala pequena e escura, com o chapéu nas mãos. Após vários minutos, uma voz se fez ouvir atrás de uma cortina, que logo foi aberta:

— Entre. Não o esperava tão cedo — disse a mulher.

Tinha mechas grisalhas no cabelo, amarrado de qualquer jeito atrás do pescoço. Seu rosto era fino e parecia pequeno em relação ao corpo. Tinha feições suaves e bonitas, mas a pele era flácida e ela não havia tido tempo para se maquiar. Ainda tinha traços de rímel em torno dos olhos, que eram castanhos e ligeiramente vesgos. Seu vestido de jérsei verde estava apertado no busto e nos quadris, que eram largos.

— Trabalho duro todas as noites, então costumo dormir pela manhã — justificou ela, um tanto aborrecida.

— Peço desculpas — disse Martin Beck. — Vim até aqui para solicitar sua ajuda em um assunto ligado ao seu trabalho no *Diana*. Você trabalhou no barco no último verão?

— Não, no último verão eu estava em outro barco, a caminho de Leningrado — respondeu a mulher.

Ela ainda estava de pé e olhava com cautela para Martin Beck. O detetive sentou-se em uma das poltronas floridas e estendeu-lhe a fotografia, que ela pegou e olhou. Uma mudança de expressão quase imperceptível cruzou seu rosto; seus olhos se arregalaram por uma fração de segundo, mas, quando devolveu a foto a Martin Beck, o rosto estava rígido e dissimulado.

— Sim?

— Você conhece este homem, não conhece?

— Não — respondeu ela, sem o menor sinal de hesitação.

A mulher cruzou a sala e pegou um cigarro em uma caixa de vidro sobre a mesa revestida com pequenos azulejos em frente à janela. Acendeu-o e sentou-se no sofá em frente a Martin Beck.

— Nunca o vi. Por quê?

A voz dela era calma. Martin Beck contemplou-a por um momento.

— Sei que conhece este homem. Vocês se conheceram no *Diana* no penúltimo verão.

— Não, nunca o vi. É melhor o senhor ir. Preciso dormir um pouco.

— Por que está mentindo?

— O senhor não tem o direito de vir aqui e ser impertinente. É melhor ir, como eu disse.

— Srta. Larsson, por que não admite que sabe quem ele é? Sei que não está dizendo a verdade. Se não falar agora, poderão haver complicações para a senhorita no futuro.

— Não conheço este homem.

— Posso provar que você foi vista várias vezes com ele, então é melhor dizer a verdade. Quero saber quem é o homem na fotografia, e você pode me dizer. Seja razoável.

— Está havendo algum engano. O senhor deve estar errado. Não sei quem ele é. Por favor, me deixe em paz.

Durante a conversa, Martin Beck encarava fixamente a mulher, que estava sentada na beirada do sofá e batia o dedo indicador contra o cigarro sem parar, embora não houvesse cinzas para descartar. O rosto dela estava tenso, e ele viu como os maxilares se moviam sob a pele.

Estava assustada.

Martin Beck permaneceu na poltrona florida e tentou convencê-la a falar. No entanto, ela não disse absolutamente nada. Continuou sentada no sofá, absolutamente rígida, descascando o esmalte laranja de suas unhas. Por fim, levantou-se e andou pela sala de um lado para o outro. Depois de algum tempo, Martin Beck também se levantou, pegou o chapéu e despediu-se. A moça não respondeu. Continuou tesa e dissimulada, de costas para ele.

— Você terá notícias minhas — disse ele, deixando seu cartão sobre a mesa antes de sair.

Quando chegou a Estocolmo, era noite. Foi para o metrô e, dali, para casa.

Na manhã seguinte, telefonou para Göta Isaksson. Como só iria trabalhar no turno da tarde, disse que ele poderia encontrá-la em sua casa quando quisesse. Uma hora depois, Martin Beck estava no pequeno apartamento. Göta fez um café na minúscula cozinha e, depois de servi-lo, sentou-se em frente a Martin Beck, que disse:

— Fui até Växjö ontem e conversei com sua colega. Ela negou conhecer o homem e parecia assustada. Você sabe por que ela se recusa a admitir que o conhece?

— Não tenho ideia. Na verdade, sei pouco sobre ela. Não era muito de conversar. Trabalhamos juntas durante três verões, mas ela raramente dizia alguma coisa sobre sua vida particular.

— Lembra-se de ela ter falado sobre homens durante o tempo em que estiveram juntas?

— Só sobre um. Lembro que ela me contou que havia encontrado um homem interessante no barco. Deve ter sido no segundo verão em que trabalhamos juntas.

Göta inclinou a cabeça e fez as contas mentalmente.

— Sim, deve ter sido no verão de 1961.

— Ela falava sempre sobre ele?

— Mencionava-o de tempos em tempos. Ao que parece, ela o via de vez em quando. Ou o sujeito esteve em várias viagens ou se conheceram em Estocolmo ou em Gotemburgo. Talvez fosse um passageiro. Talvez estivesse no barco por causa dela. Mas, afinal, o que eu posso saber sobre isso?

— Ela nunca mostrou quem ele era?

— Não. Na verdade, nunca pensei nisso até o senhor começar a fazer perguntas. *Poderia* ser o mesmo homem da fotografia, embora ela o conhecesse somente há dois verões. E nunca mais disse nada.

— E o que ela disse sobre esse homem naquela época?

— Ah, nada em especial. Que ele era legal. Acho que disse que era refinado. Suspeito que quis dizer que tinha boas maneiras, que era educado e por aí vai, como se pessoas comuns não fossem boas o suficiente para ela. Mas, depois, parou de falar sobre ele. Acho que acabou ou que alguma coisa aconteceu entre eles, porque ela me pareceu um tanto deprimida no final do verão.

— E vocês se encontraram no verão seguinte?

— Não. Ela ainda estava no *Diana* e eu trabalhei no *Juno*. Acho que nos vimos algumas vezes em Vadstena. Os barcos se encontram lá, mas nunca nos falamos. Aceita mais um café?

Martin Beck sentiu que seu estômago reagia, mas não conseguiu negar.

— Ela fez alguma coisa errada? Quero dizer, você está fazendo tantas perguntas...

— Não — disse Martin Beck. — Não fez nada de errado, mas quero encontrar o homem da fotografia. Você se lembra se ela disse ou fez alguma coisa, no penúltimo verão, que possa ter a ver com esse homem?

— Não, não que eu me lembre. Dividíamos uma cabine, e às vezes ela passava a noite fora. Suspeito que se encontrava com algum homem, mas não sou do tipo que se mete na vida dos outros. Sei que não estava particularmente feliz. Quero dizer, se estivesse apaixonada por alguém, pareceria feliz, pelo menos. Mas não. Ao contrário, estava nervosa e triste. Quase estranha, eu diria. Mas podia ser porque estava doente. Demitiu-se antes do fim da temporada, um mês antes, eu acho. Um belo dia, simplesmente não apareceu mais. E eu tive de fazer todo o trabalho sozinha até encontrarem alguém para substituí-la. Disseram que ela estava num hospital, mas ninguém sabia o que tinha acontecido. De qualquer forma, ela não voltou ao trabalho naquele verão. Nunca mais a vi.

Serviu mais café e ofereceu biscoitos a Martin Beck enquanto continuava a falar, com bastante naturalidade, sobre sua rotina de trabalho, seus colegas e alguns passageiros. Uma hora inteira se passou antes que ele fosse embora.

O tempo havia melhorado. As ruas estavam quase secas e o sol brilhava num céu aberto. Martin Beck não se sentia muito bem devido ao excesso de café e foi a pé para seu escritório em Kristineberg. Enquanto caminhava às margens do lago em Norr Mälarstrand, pensou nas informações que tinha conseguido com as duas garçonetes.

Com Karin Larsson não tinha conseguido nada, mas a visita a Växjö o convencera de que ela conhecia o homem, mas não se atrevia a falar sobre o assunto.

Por meio de Göta Isaksson, soubera:

Que Karin Larsson havia conhecido um homem a bordo do *Diana* durante o verão de 1961, provavelmente um passageiro de convés que viajara no barco várias vezes naquele verão.

Que dois verões depois, em 1963, a Srta. Larsson tinha se interessado por um homem, provavelmente também um passageiro de convés que viajava ocasionalmente naquele barco. O homem poderia ser idêntico ao da foto, de acordo com Göta Isaksson.

Que Karin Larsson parecera deprimida e nervosa naquele verão e que se demitira antes do fim da temporada, mais ou menos no início de agosto, e que esteve num hospital.

Não sabia por quê. Nem sabia em que hospital a moça tinha ido parar, nem por quanto tempo. Sua única chance de saber era perguntar a ela.

Discou o número do telefone da Srta. Larsson em Växjö assim que retornou ao escritório, mas não teve resposta. Imaginou que estivesse dormindo ou trabalhando no turno da manhã. Tentou várias vezes durante a tarde e à noite.

Na sétima tentativa, às duas horas da tarde do dia seguinte, uma voz o atendeu. Ele pensou que ela devia pertencer à mulher avantajada que usava o roupão azul:

— Não, viajou.

— Quando?

— Ontem à noite. Quem fala?

— Um grande amigo. Para onde foi?

— Não disse. Mas ouvi quando ela telefonou para perguntar os horários dos trens para Gotemburgo.

— Ouviu mais alguma coisa?

— Parece que estava pensando em trabalhar em algum barco.

— Quando decidiu partir?

— Deve ter decidido de repente. Um homem esteve aqui ontem pela manhã e, depois que ele saiu, ela resolveu partir. Parecia diferente.

— Sabe em que barco ela vai trabalhar?

— Não, não escutei.

— E vai ficar muito tempo fora?

— Não disse. Quer que eu dê algum recado caso ela entre em contato?

— Não, obrigado.

Ela havia ido embora com toda a pressa. Martin Beck tinha certeza de que, àquela altura, já estava em algum barco a caminho de um lugar distante. E também tinha certeza do que antes era apenas uma suspeita: a Srta. Larsson tinha um medo mortal de alguém ou de algo. E Martin Beck precisava descobrir por quê.

21

A administração do hospital em Växjö forneceu a informação rapidamente.

— Larsson, Karin Elisabeth. Sim, está correto. Uma pessoa com esse nome deu entrada na ginecologia em 9 de agosto e permaneceu internada até 1º de outubro, no ano passado. O motivo? O senhor terá de conversar com o médico.

— Sim, é possível que eu me lembre — disse o médico. — Ligo assim que eu der uma olhada nos registros.

Enquanto esperava, Martin Beck examinou as fotografias e releu a descrição do desconhecido que haviam preparado após a conversa com Göta Isaksson. Ainda que imperfeita, era muito melhor do que a que possuíam algumas horas antes.

Altura aproximada: 1,80m. Constituição física: Normal. Cor do cabelo: Louro acinzentado. Olhos: Presumivelmente azuis (verdes ou acinzentados), redondos, ligeiramente projetados. Dentes: brancos e saudáveis.

O telefonema chegou uma hora depois; o médico tinha localizado os registros da paciente Karin Elisabeth Larsson.

— Sim, foi como eu pensei. Chegou aqui sozinha na noite de 9 de agosto. Lembro que eu estava pronto para ir embora quando me chamaram para vê-la. Ela havia sido levada para a sala de exames e sangrava copiosamente nos órgãos genitais. Era óbvio que estava sangrando há um bom tempo, pois tinha perdido muito sangue e estava mal. O quadro não implicava risco de vida imediato, naturalmente. Quando perguntei o que tinha acontecido, recusou-se a responder. Em minha especialidade, é comum uma paciente não querer discutir os motivos de um sangramento. De qualquer forma, a gente pode deduzir. Em geral, o problema vem à tona mais cedo ou mais tarde. Essa paciente, porém, não disse absolutamente nada ao chegar e, durante a internação, optou por mentir. Quer que eu leia o registro? Ou prefere que eu relate em linguagem mais leiga?

— Ah, por favor, faça isso — disse Martin Beck. — Meu latim não é muito bom.

— Nem o meu — disse o médico, que tinha vindo do sul da Suécia e falava calma e metodicamente, com uma voz uniforme. — Como eu disse, ela sangrava profusamente e sentia dores, então aplicamos uma injeção. O sangramento vinha do colo do útero e, parcialmente, de um ferimento na vagina. Havia lesões aparentemente feitas por um objeto duro e afiado. Em torno dos músculos na abertura da vagina havia lacerações que mostravam que o instrumento usado era terrivelmente áspero. Esses ferimentos graves são comuns em mulheres que passaram por um aborto feito precariamente, sem os devidos cuidados, ou que tentaram fazê-lo por conta própria. Mas posso afirmar que nunca vi nada parecido com a condição dessa paciente em conexão com um aborto. Parece-me totalmente impossível que ela seja responsável por um ataque daquelas proporções a si mesma.

— Ela disse que fez aquilo?

— Sim, foi o que alegou quando finalmente disse alguma coisa. Tentei fazer com que me contasse como tudo aconteceu, mas continuou a dizer que tinha sido ela própria. Não acreditei e ela percebeu. Por fim, não tentou mais me convencer e apenas repetia o que já tinha dito: “Fui eu mesma, fui eu mesma”, como um disco arranhado em uma vitrola. A parte mais estranha é que sequer estava grávida. O útero foi danificado, mas, se estivesse grávida, estaria em um estágio tão inicial que ela ainda não teria como saber.

— O que acha que aconteceu?

— Pra mim, foi obra de algum maníaco. Parece loucura, mas tenho quase certeza de que a moça estava protegendo alguém. Fiquei preocupado com o estado dela e, por isso, mantive-a internada até 1º de outubro, mesmo podendo liberá-la antes. Além disso, eu não tinha perdido as esperanças de que talvez falasse e nos contasse toda a história. No entanto, continuou a negar tudo. Por fim, tivemos de liberá-la. Não havia o que eu pudesse fazer. Cheguei a falar sobre o assunto com alguns conhecidos da polícia daqui. Pode ser que tenham feito alguma coisa, mas nunca tive retorno.

Martin Beck permaneceu em silêncio.

— Como eu disse, não sei exatamente o que aconteceu — continuou o médico —, mas foi algum tipo de arma, embora não seja fácil determinar qual. Talvez uma garrafa. Aconteceu alguma coisa com ela?

— Não, eu só queria conversar com ela.

— Isso não será tarefa particularmente fácil.

— Não, não será — concordou Martin Beck. — Muito obrigado pela ajuda.

Recolocou a caneta no bolso sem ter feito uma anotação sequer. Friccionou a raiz dos cabelos com as pontas dos dedos enquanto olhava mais uma vez para a fotografia do homem de boné.

Pensou na mulher de Växjö, cujo medo a obrigara a esconder a verdade de forma tão determinada e com tanto cuidado que ela, agora, optara por fugir de qualquer pergunta. Olhava fixamente para a foto e murmurava entre os dentes: "Por quê?"

Mas sabia de antemão que havia apenas uma resposta para essa pergunta.

O telefone tocou. Era o médico.

— Esqueci uma coisa que talvez seja interessante. A paciente já tinha dado entrada no hospital antes. Para ser exato, em dezembro de 1962. Esqueci esse fato porque eu estava de férias na época e porque ela foi atendida em outro setor do hospital. Mas li as anotações em seu histórico durante o tempo em que cuidei dela. Naquela ocasião, quebrou dois dedos da mão esquerda, o indicador e o médio. E se recusou a informar como o incidente tinha acontecido. Alguém perguntou se havia caído de alguma escada e, no início, respondeu que sim. No entanto, de acordo com o médico que a atendeu na época, aquilo não parecia ser resultado de um tombo. Os dedos quebraram-se para trás, na direção das costas das mãos, e não havia outros ferimentos. Não sei muito mais. Foi tratada conforme o protocolo, com gesso. A mão sarou normalmente.

Martin Beck agradeceu ao médico e desligou. No mesmo instante, pegou novamente o telefone e discou o número do restaurante SHT. Ouviu barulhos vindos da cozinha e o grito de alguém próximo do fone: "Três bifes *à la* Lindström!" Poucos minutos depois, Göta Isaksson atendeu.

— É tão barulhento aqui! — disse ela. — Onde estávamos quando ela adoeceu? Sim, eu me lembro. Em Gotemburgo. Ela não compareceu quando o barco zarpou pela manhã e não conseguiram substituí-la até chegarmos a Töreboda.

— Onde vocês ficavam em Gotemburgo?

— Eu ficava no hotel do Exército de Salvação, na Postgatan, mas não sei onde ela ficava. Presumivelmente no barco ou em qualquer outro hotel. Desculpe, mas tenho de ir agora. Os fregueses estão esperando.

Martin Beck ligou para Motala, e Ahlberg escutou-o em silêncio.

— Deve ter saído de Gotemburgo para o hospital em Växjö — disse ele, por fim. — É melhor descobrirmos onde se hospedou em 8 e 9 de agosto. Deve ter acontecido nesses dias.

— O estado dela era absolutamente lamentável — comentou Martin Beck. — Parece estranho que ela tenha conseguido ir para Växjö naquelas condições.

— Talvez o homem que a agrediu viva em Gotemburgo. Nesse caso, deve ter acontecido na casa dele. — Ahlberg ficou em silêncio por um momento. Depois, prosseguiu: — Se fizer de novo, nós o pegamos. Ainda que ela não dissesse quem ele é, sabia o nome dele.

— Está assustada — disse Martin Beck. — Na verdade, está completamente apavorada.

— Acha que é tarde demais para encontrá-la?

— Acho — respondeu Martin Beck. — Ela sabia o que estava fazendo quando desapareceu. Pode passar anos escondida. Nós também sabemos o que ela fez.

— O que ela fez? — perguntou Ahlberg.

— Fugiu para salvar a própria vida — respondeu Martin Beck.

22

A neve pisoteada e suja se acumulava nas ruas. A neve derretida escorria pelos telhados e pingava da grande estrela amarela que pendia entre os prédios nos dois lados da Regeringsgatan. A estrela tinha sido pendurada há algumas semanas, embora ainda faltasse um mês para o Natal.

Pessoas apressadas lotavam as calçadas e um tráfego regular enchia as ruas. De vez em quando, um carro aumentava a velocidade e se enfiava em algum espaço disponível na fila de automóveis, espalhando a neve lamacenta com as rodas.

O patrulheiro Lundberg parecia ser a única pessoa que não tinha pressa. Com as mãos atrás das costas, caminhava pela rua no sentido sul, perto das fileiras de vitrines decoradas para o Natal. A neve derretida escorria pelos telhados em pingos grossos e caía sobre seu quepe enquanto a lama de neve rangia sob suas galochas. Perto da loja NK, dobrou na Smålandsgatan, onde a multidão e o tráfego não eram tão intensos. Desceu cuidadosamente pela encosta e pela lateral do edifício onde um dia funcionou a delegacia de Jakob. Parou, então, para sacudir a água em seu quepe. Era jovem e novo na corporação e não se lembrava da velha delegacia demolida havia vários anos, cujo distrito estava agora sob a jurisdição da delegacia de Klara.

O patrulheiro Lundberg fazia parte da força policial da delegacia de Klara e ia cumprir um mandado nessa rua. Na esquina da Norrlandsgatan havia um café, onde entrou. Tinha sido orientado a buscar um envelope com uma das garçonetes que trabalhavam ali.

Enquanto esperava, apoiou-se no balcão e olhou ao redor. Eram dez horas e havia apenas três ou quatro mesas ocupadas.

À sua frente estava sentado um homem com uma xícara de café diante de si. Lundberg achou que seu rosto era familiar e vasculhou sua memória. O homem começou a procurar dinheiro no bolso da calça e desviou o olhar.

Lundberg sentiu o ar congelar em torno de seu pescoço.

Era o homem do Canal de Göta!

Tinha quase certeza de que era ele. Vira a fotografia várias vezes na delegacia, e a imagem estava gravada em sua memória. Na ânsia, quase esqueceu o envelope, entregue no segundo em que o homem se levantou e deixou algumas moedas sobre a mesa. Tinha a cabeça descoberta e não usava um sobretudo. Movimentou-se em direção à porta, e Lundberg se assegurou de que ele tinha a altura, a constituição física e a cor de cabelo que constavam na descrição.

Pelas portas de vidro, viu o homem virar à direita; agradeceu à garçonete com um breve aceno e correu atrás dele. Uns dez metros à frente, o homem desapareceu atrás de uma entrada de carros; Lundberg o alcançou a tempo de ver a porta se fechar. Uma placa dizia: J. A. ERIKSSON. EMPRESA DE MUDANÇAS/ESCRITÓRIO. A parte superior da porta era feita de vidro. Lundberg aproximou-se devagar e tentou olhar pela janela, mas viu apenas uma segunda janela de vidro, situada em ângulo reto em relação à porta. Dentro, havia dois caminhões com o nome J. A. ERIKSSON EMPRESA DE MUDANÇAS pintado nas portas.

Passou em frente à porta do escritório novamente, dessa vez mais devagar. Com o pescoço esticado, observou mais atentamente. Atrás das janelas de vidro, havia duas ou três divisórias, cujas portas levavam a um corredor. Na porta mais próxima, que levava ao menor compartimento e que tinha uma abertura no vidro, conseguiu ler a palavra CAIXA. Na porta seguinte, havia uma placa que dizia EXPEDIÇÃO — SR. F. BENGTSSON.

O homem alto estava de pé atrás do balcão, falando ao telefone. Estava na direção da janela, de costas para Lundberg. Havia trocado o paletó por um casaco fino com o logotipo da empresa e enfiara uma das mãos no bolso. Um homem de casaco esportivo e gorro de pele entrou na sala que ficava mais ao fundo do corredor. Tinha alguns papéis na mão. Quando abriu a porta do escritório, olhou em direção à porta principal e viu Lundberg parado calmamente na entrada.

Pela primeira vez, seguira alguém em segredo.

— Droga, agora sim! — disse Kollberg. — Podemos começar.

— O horário de almoço do nosso homem provavelmente é meio-dia — disse Martin Beck. — Se correr, consegue pegá-lo. Esperto, esse Lundberg. Se estiver certo. Ligue quando puder, para que Stenström possa render você esta tarde.

— Acho que posso me virar sozinho. Stenström pode me render à noite. Até mais.

Ao meio-dia e quinze, Kollberg estava em seu posto. Havia um bar do outro lado da rua, em frente à empresa de mudanças, onde ele se acomodou próximo a uma janela. Na mesa à sua frente, havia uma xícara de café e um pequeno vaso vermelho com uma tulipa velha, um galhinho de pinheiro e um Papai Noel empoeirado feito de plástico. Bebeu seu café devagar, sem tirar os olhos da entrada de carros. Achou que as cinco janelas de vidro à esquerda pertenciam à empresa de mudanças, mas não conseguia distinguir qualquer coisa através do vidro, pelo simples fato de que a parte inferior das janelas fora pintada de branco.

Quando um caminhão com o nome da empresa de mudanças surgiu na entrada do estacionamento, Kollberg consultou o relógio: três minutos para o meio-dia. Dois minutos depois, a porta do escritório foi aberta e um homem alto, com um casaco cinza-escuro e chapéu preto, saiu. Kollberg colocou o dinheiro para pagar o café sobre a mesa, levantou-se e pegou seu chapéu enquanto seguia o homem com os olhos. O desconhecido atravessou a rua depois do bar. Ao sair, Kollberg o viu dobrar a esquina e entrar na Norrlandsgatan. Seguiu-o e não precisou ir longe. O homem entrou numa lanchonete dali a poucos metros.

Esperou pacientemente na fila que se formava em frente ao balcão. Quando chegou sua vez, pegou uma bandeja, um pequeno frasco de leite, um pouco de pão e manteiga, fez um pedido, pagou e sentou-se em uma mesa vazia, de costas para Kollberg.

Quando a garçonete gritou "Um salmão!", ele se levantou e buscou seu prato. Comeu vagarosamente, concentrado, e somente erguia os olhos quando bebia o leite. Kollberg pedira uma xícara de café e se colocou numa posição que lhe permitia ver o rosto do homem. Depois de algum tempo, estava ainda mais convencido de que era de fato a pessoa que vira no filme.

Depois de comer, não tomou café e não fumou. Limpou a boca com cuidado, pegou o chapéu e o casaco e saiu. Kollberg o seguiu pela Hamngatan, e o homem atravessou em direção aos jardins reais. Caminhava rápido, e Kollberg manteve-se uns vinte metros atrás dele, seguindo para o leste. Dobrou à direita na fonte Mollin, com neve suja e cinzenta até a metade, e continuou seu caminho, agora a oeste. Kollberg o seguiu, passou pelo café Victoria & Blanche, do outro lado da rua, na direção da loja NK, e pela Hamngatan até a Smålandsgatan, onde desapareceu pela entrada de veículos.

"Ah", pensou Kollberg, "isso sim foi empolgante".

Consultou o relógio. O almoço e a caminhada haviam durado exatamente 45 minutos.

Nada de especial aconteceu durante a tarde. Os caminhões retornaram, todos vazios. Pessoas entravam e saíam pelas portas. Um furgão saiu e voltou. Os dois caminhões saíram novamente e, quando um deles retornou, quase colidiu com o furgão que estava saindo na mesma hora.

Quando faltavam cinco minutos para as cinco horas da tarde, um dos motoristas de caminhão saiu pela porta do pátio de veículos acompanhado por uma mulher gorda e de cabelo grisalho. Às cinco horas em ponto, o outro motorista saiu. O terceiro ainda não tinha voltado com seu caminhão. Três outros homens o seguiram, e todos atravessaram a rua. Entraram num bar, pediram cervejas em alto e bom som, pegaram-nas e beberam em silêncio.

Quando estava vestindo seu casaco, Kollberg ouviu um dos homens dizer:

— Folke está indo para casa.

— O que ele vai fazer em casa se não está com ninguém? É feliz e não sabe. Você devia ter ouvido a minha patroa quando cheguei em casa ontem à noite... Quanta confusão só porque um homem resolve tomar umas cervejas depois do trabalho em vez de ir direto pra casa. Te juro...

Kollberg não ouviu mais nada. O homem alto, que, sem dúvida, chamava-se Folke Bengtsson, havia sumido de seu campo de visão. O detetive o alcançou novamente na Norrlandsgatan. Caminhava em meio à multidão em direção à Hamngatan e prosseguiu até chegar ao ponto de ônibus na calçada oposta, em frente à NK.

Quando Kollberg chegou à fila, havia quatro pessoas atrás de Bengtsson. Torceu para que o ônibus não estivesse muito cheio e os dois conseguissem embarcar. Bengtsson olhava para a frente e parecia observar a decoração de Natal nas vitrines da NK. Quando o ônibus chegou, ele embarcou, e Kollberg mal conseguiu entrar antes que as portas se fechassem.

O homem saltou na St. Eriksplan. O tráfego era intenso, e ele levou alguns minutos para passar por todos os sinais e cruzar a praça. Na Rörstrandsgatan, entrou em um supermercado.

Depois, continuou pela Rörstrand, passou pela Birkagatan, esgueirou-se para o outro lado da rua e entrou por uma porta. Depois de algum tempo, Kollberg o seguiu e leu os nomes nas caixas de correio. Havia duas entradas para o prédio, uma a partir da rua e outra, do jardim. Kollberg se parabenizou e comemorou sua sorte quando viu que Bengtsson morava em um apartamento que dava para a rua, dois andares acima.

Kollberg posicionou-se na entrada de um edifício do outro lado da rua e observou o terceiro andar. Em quatro janelas, viu cortinas com babados de tule e plantas em vasinhos. Graças ao homem do bar, ele sabia que Bengtsson era solteiro e duvidou que aquelas fossem as janelas de seu apartamento. Concentrou sua atenção nas outras duas janelas. Uma estava aberta e, enquanto Kollberg a observava, uma luz se acendeu na outra, presumivelmente na cozinha. Viu o teto e a parte superior das paredes; eram brancos. Algumas vezes conseguiu ver uma pessoa se movimentando lá dentro, mas não conseguiu ter certeza de que era Bengtsson.

Após uns vinte minutos, a cozinha ficou às escuras e uma luz se acendeu em outro cômodo. Pouco depois, Bengtsson apareceu na janela, abriu-a completamente e se debruçou nela. Depois, fechou-a de novo, inclusive as venezianas, que eram amarelas e deixavam passar alguma luz. Kollberg viu a silhueta de Bengtsson desaparecer no cômodo. Deduziu que as janelas provavelmente não tinham cortinas porque, em ambos os lados das venezianas, apareciam largas faixas de luz.

Kollberg telefonou para Stenström.

— Ele está em casa agora. Se eu não ligar antes das nove horas, pode vir me render.

Stenström chegou oito minutos depois das nove horas. Nada tinha acontecido, exceto o fato de que a luz havia sido apagada às oito horas; desde então só era possível ver um tênue facho de luz azul que escapava pelas venezianas.

Stenström tinha um jornal vespertino no bolso e anunciou que o homem provavelmente estava assistindo um longo filme americano que passava na televisão naquele momento.

— Ótimo — disse Kollberg. — Já vi umas dez ou 15 vezes, há alguns anos. O final é maravilhoso. Todos morrem, menos a garota. Vou correr. Talvez eu ainda consiga pegar um pedaço dele. Se você me ligar antes das seis horas, chego aqui.

A manhã estava fria e clara. Dez horas depois, Stenström se apressava em direção à St. Eriksplan. Desde que a luz se apagara no quarto, às dez e meia, nada havia acontecido.

— Cuidado para não congelar — dissera Stenström a Kollberg. Quando a porta se abriu e o homem saiu, Kollberg agradeceu por ter uma chance de se movimentar.

Bengtsson usava o mesmo sobretudo do dia anterior, mas trocara o chapéu por um gorro cinza de estilo russo. Caminhava rapidamente, e sua respiração se condensava em fumaça branca. Na St. Eriksplan, pegou um ônibus até a Hamngatan; alguns minutos antes das oito horas, Kollberg o viu desaparecer pela porta da empresa de mudanças.

Algumas horas depois, saiu novamente, caminhou até o café no prédio ao lado, bebeu uma xícara de café e comeu dois sanduíches. Ao meio-dia, dirigiu-se à mesma lanchonete onde almoçara na véspera e, depois de comer, fez sua caminhada habitual e retornou ao escritório. Poucos minutos depois das cinco, trancou a porta da empresa, pegou o ônibus até a St. Eriksplan, comprou pão e foi para casa.

Às seis e quarenta, saiu novamente pela porta principal. Na St. Eriksplan, virou à direita e seguiu pela ponte. Finalmente dobrou na Kungsholmsgatan, onde entrou em uma porta. Kollberg ficou algum tempo diante dela, a palavra "Boliche" brilhando em grandes letras vermelhas. Em seguida, abriu-a e entrou.

O salão tinha sete pistas e, sobre um local mais elevado, havia um bar com pequenas mesas redondas e algumas cadeiras. Ecos de vozes e risos enchiam o local. Kollberg ouvia, de tempos em tempos, o som das bolas na pista e o barulho dos pinos caindo.

Kollberg não via Bengtsson em lugar algum. Do outro lado, reconheceu imediatamente dois dos três homens que estavam no bar no dia anterior. Sentaram-se a uma mesa enquanto Kollberg virava de costas, de modo a não ser reconhecido. Após algum tempo, o terceiro homem aproximou-se da mesa com Bengtsson. Quando começaram a jogar, Kollberg se retirou.

Após algumas horas, os quatro jogadores saíram. Separaram-se no ponto de ônibus da St. Eriksplan. Bengtsson voltou a pé para casa do mesmo jeito que veio: sozinho.

Às onze horas, tudo ficou escuro no apartamento de Bengtsson, mas, àquela hora, Kollberg já estava em casa, em sua cama, enquanto um colega seu, agasalhado até os dentes, percorria a Birkagatan nos dois sentidos. Stenström estava resfriado.

O dia seguinte, uma quarta-feira, correu praticamente como os anteriores. Stenström curou seu resfriado e passou a maior parte do dia no café, na Smålandsgatan.

Naquela noite, Bengtsson foi ao cinema. Sentado cinco fileiras atrás dele, Kollberg vigiava enquanto um Mister America, louro e sem camisa, lutava com um monstro antigo em cinemascope.

Os dois dias que se seguiram foram semelhantes. Stenström e Kollberg se revezaram para acompanhar a vida sem surpresas e extremamente controlada de Bengtsson. Kollberg visitou o boliche novamente e descobriu que ele jogava bem e que o fazia todas as terças-feiras com seus colegas do trabalho havia anos.

O sétimo dia era um domingo e, de acordo com Stenström, a única coisa que aconteceu foi uma partida de hóquei entre a Suécia e a Tchecoslováquia, à qual compareceu com Bengtsson e 10 mil outras pessoas.

No domingo, Kollberg encontrou uma nova porta onde passar a noite.

Quando, no segundo sábado consecutivo, viu Bengtsson sair do escritório, trancar a porta dois minutos depois do meio-dia e se encaminhar para a Regeringsgatan, pensou: "Agora iremos ao Löwenbräu tomar uma cerveja." Quando Bengtsson abriu a porta do bar, Kollberg manteve-se na esquina da Drottninggatan e odiou o sujeito.

Naquela noite, foi à sua sala em Kristineberg e examinou algumas fotos feitas a partir do filme. Não sabia dizer quantas vezes tinha olhado aquelas fotografias.

Mesmo assim, examinou cada uma por um longo tempo e com muito rigor. E, embora fosse difícil de acreditar, ainda via nelas o homem cuja vida pacata vinha acompanhando há duas semanas.

23

— Deve ser o cara errado — disse Kollberg.

— Está cansado?

— Não me entenda mal. Não tenho nada contra dormir em pé na soleira de uma porta na Birkagatan todas as noites, mas...

— Mas o quê?

— Em dez dos últimos 14 dias, foi exatamente isso o que aconteceu: às sete horas, ele abre as venezianas. Às sete e um, abre a janela. Às sete e trinta e cinco, fecha a janela. Às sete e quarenta, sai pela porta do prédio, caminha até a St. Eriksplan e pega o ônibus 56 até a esquina da Regeringsgatan com a Hamngatan. Caminha até a empresa de mudanças e destranca a porta às sete e cinquenta e nove. Às dez, vai ao City Café, bebe duas xícaras de café e come um sanduíche de queijo. Um minuto depois do meio-dia, escolhe um entre dois restaurantes. E come...

— O que ele come? — perguntou Martin Beck.

— Peixe ou bife. Acaba meio-dia e vinte, faz uma caminhada rápida pelo centro e retorna ao trabalho. Às quatro e cinquenta e cinco, tranca a porta da empresa e vai para casa. Quando o tempo está ruim, pega o ônibus 56. Caso contrário, vai a pé: passa pela Regeringsgatan, Kungsgatan, Drottninggatan, Barnhusgatan, Upplandsgatan e pela Observatoriegatan, atravessa o Vasaparken, cruza a St. Eriksplan e segue pela Birkagatan até chegar em casa. No caminho, faz compras em um supermercado que não esteja cheio. Compra leite e bolo todos os dias e, de tempos em tempos, compra pão, manteiga, queijo e geleia. Ficou em casa e assistiu à televisão em oito noites. Às quartas-feiras, vai à sessão das sete horas no cinema. Nas duas vezes, assistiu a superproduções idiotas. E eu tive que aguentá-los. A caminho de casa, come um salsichão com mostarda e ketchup. Por dois domingos consecutivos, pegou o metrô até o estádio para assistir aos jogos de hóquei no gelo. Stenström teve que vê-los. Às terças-feiras, joga boliche com três homens, colegas da empresa. Aos sábados, trabalha até o meio-dia e vai ao Löwenbräu e toma uma caneca de cerveja; além disso, come uma porção de salada com salsicha. Depois, vai para casa. Não olha para as mulheres na rua. Às vezes, para e olha os cartazes em frente aos cinemas ou observa as vitrines, principalmente de artigos esportivos ou de ferragens. Não compra jornais e também não assina nenhum. Por outro lado, tem o costume de comprar duas revistas: a *Rekord-Magasinet* e uma revista de pesca que esqueci o nome. Lixo! Não há uma motocicleta Monark azul no subsolo do prédio onde mora, mas há uma Svalen vermelha, que é dele. Raramente recebe correspondências. Não se mistura com os vizinhos, mas cumprimenta-os nas escadas.

— Como ele é?

— Como diabos eu posso saber? — perguntou Kollberg.

— Estou falando sério.

— Parece saudável, calmo, forte e desinteressante. Mantém sua janela aberta todas as noites. Movimenta-se com naturalidade e sem problemas, veste-se bem, não parece nervoso. Nunca parece estar com pressa, mas também não anda devagar. Só faltava fumar um cachimbo, mas não fuma.

— Acha que notou sua presença?

— Acho que não.

Ficaram em silêncio por um tempo, vendo a neve cair em flocos grandes e molhados.

— Sabe — disse Kollberg —, tenho a sensação de que as coisas podem continuar assim até as férias do próximo verão. É um espetáculo fascinante, mas será que o país pode se dar ao luxo de destacar dois detetives supostamente capazes... — Interrompeu a frase. — Sim, capazes... Na noite passada, um bêbado passou por mim e gritou "Bu!" enquanto eu estava lá de pé, vigiando o apartamento. Quase tive um ataque cardíaco.

— Mas ele *é* o cara certo?

— Parece ser, a julgar pelas imagens do filme.

Martin Beck se balançou na cadeira.

— Muito bem, vamos trazê-lo aqui.

— Agora?

— Sim.

— E quem...?

— Você. Depois do trabalho. Assim ele não deixa nenhuma pendência lá. Traga-o até sua sala e obtenha as informações pessoais. Quando terminar, me chame.

— Você está pensando em ter uma conversa mais amena?

— Com certeza.

Eram nove e meia da noite de 14 de dezembro. Martin Beck havia suportado bravamente a festa de Natal da Polícia Nacional, com *lussekatts* massudos e crus e um *glögg* quase sem álcool. Tinha convidado o promotor público de Linköping e Ahlberg. Surpreendera-se ao ouvir ambos dizerem o mesmo: "Estarei lá."

Tinham chegado por volta das três da tarde. O promotor público viera por Motala. Trocara algumas palavras com Martin Beck e dirigira-se à sala de Hammar.

Já Ahlberg havia passado duas horas na cadeira de visitas da sala de Martin Beck, mas trocaram apenas alguns comentários. Ele tinha dito:

— Acha que foi ele?

— Não sei.

— Deve ser.

— Penso que sim.

Às cinco horas e cinco minutos, ouviram uma batida na porta. Eram Hammar e o promotor público.

— Estou convencido de que você está certo — dissera o promotor. — Use o método que quiser.

Martin Beck havia assentido.

— Oi — disse Kollberg ao telefone. — Você pode subir? Folke Bengtsson está aqui.

Martin Beck pôs o fone no gancho e subiu. Quando chegou à porta, virou-se e olhou para Ahlberg. Nenhum dos dois disse nada.

Subiu as escadas devagar. Apesar de já ter conduzido milhares de interrogatórios, tinha uma sensação estranha e ruim no estômago e no lado esquerdo do peito.

Kollberg havia tirado o paletó e mostrava-se calmo e jovial, com os cotovelos sobre a mesa. Melander estava sentado de costas para ele, ocupado com sua papelada.

— Este é Folke Bengtsson — disse Kollberg e levantou-se.

— Beck.

— Bengtsson.

Apertaram as mãos. Kollberg vestiu o paletó.

— Bem, preciso me apressar. Até logo.

— Até logo.

Martin Beck sentou-se. Havia uma folha de papel na máquina de escrever de Kollberg. Rodou-a um pouco para cima e leu: "Folke Lennart Bengtsson, gerente de escritório, nascido em 8 de junho de 1926 na paróquia de Gustaf Vasa, em Estocolmo. Solteiro."

Olhou para o homem. Olhos azuis, rosto relativamente comum. Alguns traços grisalhos no cabelo. Nenhum nervosismo. Em termos gerais, nada especial.

— Sabe por que chamamos você aqui?

— Na verdade, não.

— Talvez possa nos ajudar com relação a um assunto.

— E que assunto seria?

Martin Beck olhou pela janela.

— Está começando a nevar bastante.

— Sim, está.

— Você se lembra de onde esteve durante a primeira semana de julho do último verão?

— Com certeza. Eu estava de férias na época. A empresa onde trabalho fecha durante quatro semanas logo depois do solstício de verão.

— E então?

— Estive em vários lugares. Passei duas semanas na costa oeste, entre outras regiões. Em geral, vou pescar quando estou de folga. E no inverno também, pelo menos por uma semana.

— E como chegou na costa oeste? De carro?

O homem sorriu.

— Não, não tenho carro. Nem carteira de motorista. Fui em minha motocicleta.

Martin Beck ficou em silêncio por um segundo.

— Há modos piores de viajar. Tive uma motocicleta também, por alguns anos. Qual era o modelo da sua?

— Eu tinha uma Monark na época, mas comprei uma nova no outono passado.

— Você se lembra de como passou as férias?

— Sim, é claro. Fiquei a primeira semana em Mem. É na costa de Östgöta, exatamente onde começa o Canal de Göta. Depois, fui para Bohuslän.

Martin Beck levantou-se e andou até a jarra com água que ficava em cima de um arquivo perto da porta. Olhou para Melander. Voltou. Tirou a capa do gravador e conectou o microfone. O homem olhou para o aparelho.

— E você foi de Mem para Gotemburgo num barco?

— Não, saí de Söderköping.

— Como se chamava o barco?

— *Diana*.

— E em que dia viajou?

— Não me lembro exatamente. Foi em um dos primeiros dias de julho.

— Aconteceu alguma coisa diferente durante a viagem?

— Não que eu me lembre.

— Tem certeza? Pense um pouco.

— Ah, sim. O barco teve algum problema no motor, mas isso foi antes de eu subir a bordo. Houve um atraso. Caso contrário, eu não teria conseguido embarcar.

— E o que fez quando chegou a Gotemburgo?

— O barco atracou muito cedo. Fui a um lugar chamado Hamburgsünd. Eu tinha reservado um quarto lá.

— Quanto tempo ficou?

— Duas semanas.

— E o que fez nessas duas semanas?

— Pesquei o máximo que pude. O tempo estava ruim.

Martin Beck abriu a gaveta da mesa de Kollberg e pegou as três fotografias de Roseanna McGraw.

— Reconhece essa mulher?

O homem olhou para as fotos, uma por uma. Sua expressão não se alterou.

— O rosto dela me é familiar. Quem é?

— Estava a bordo do *Diana*.

— Sim, acho que me lembro — disse o homem em tom indiferente, olhando de novo as fotografias. — Mas não tenho certeza. Qual era o nome dela?

— Roseanna McGraw. Era americana.

— Agora me lembro. Sim, é isso. Estava a bordo. Conversei com ela algumas vezes, do jeito que pude.

— Desde então não a viu ou ouviu falar sobre ela?

— Não, na verdade não. Quero dizer, não até agora.

Martin Beck encarou o homem e sustentou o olhar. Os olhos dele eram frios, calmos e inquisitivos.

— Por acaso não sabe que Roseanna McGraw foi assassinada durante aquela viagem?

Uma ligeira mudança de expressão cruzou o rosto do homem.

— Não — disse ele finalmente. — Não... Eu realmente não sabia. — Ele franziu a testa. — É verdade? — perguntou de súbito.

— Parece muito estranho que você não tenha ouvido nada a respeito. Para ser sincero, não acredito em você.

Martin Beck teve a sensação de que o homem não o ouvia.

— Naturalmente. Agora entendo por que me trouxeram aqui.

— Escutou o que eu disse? Parece muito estranho que você não tenha ouvido nada sobre o caso, com tudo o que foi publicado na imprensa. Eu simplesmente não acredito em você.

— Se *eu* soubesse de alguma coisa, certamente viria à polícia por livre e espontânea vontade.

— Por livre e espontânea vontade?

— Sim, como testemunha.

— Para quê?

— Para dizer que a conheci. Onde foi morta? Em Gotemburgo?

— Não, no barco, na cabine. Enquanto você estava a bordo.

— Isso não me parece possível.

— E por que não?

— Alguém teria notado. Todas as cabines estavam ocupadas.

— Cada vez me parece mais impossível que você não tenha ouvido nada sobre o caso. Acho muito difícil.

— Espere aí, posso explicar. Não leio jornais.

— Falou-se muito sobre esse caso nas rádios e nos noticiários da televisão. Essa fotografia foi mostrada no *Aktuellt* várias vezes. Não tem televisão?

— Sim, é claro. Mas só assisto documentários sobre a natureza e filmes.

Martin Beck permaneceu sentado, em silêncio, e encarou o homem. Após um minuto, disse:

— Por que não lê jornais?

— Porque nada em seu conteúdo me interessa. Só falam sobre política e... Sim, sobre coisas como essa que acabou de mencionar: assassinatos, acidentes e outras desgraças.

— Nunca lê nada?

— Sim, é claro que leio. Leio revistas sobre esportes, pesca, vida ao ar livre e, às vezes, histórias de aventura.

— Quais revistas?

— *Idrottsbladet*, praticamente todas as edições. Costumo comprar *All-Sport*, *Rekord Magasinet* e *Lektyr*, que leio desde pequeno. Às vezes, compro revistas americanas sobre pesca esportiva.

— Costuma conversar com os colegas sobre os assuntos do dia a dia?

— Não. Eles me conhecem e sabem que não tenho interesse. Falam sobre essas coisas entre eles, é claro, mas eu raramente escuto. É verdade.

Martin Beck permaneceu em silêncio.

— Tenho consciência de que isso soa estranho, mas só posso repetir que é verdade. Você precisa acreditar em mim.

— Você é religioso?

— Não. Por que pergunta?

Martin Beck pegou um cigarro e ofereceu ao homem.

— Não, obrigado. Não fumo — respondeu ele

— Bebe?

— Gosto de cerveja. Em geral, tomo uma ou duas aos sábados, depois do trabalho. Nunca bebo coisas mais fortes.

Martin Beck olhou para ele. O homem não fez qualquer tentativa de desviar o olhar.

— Bem, finalmente nós o encontramos. É o mais importante.

— Sim. Como vocês conseguiram? Como descobriram que eu estava a bordo?

— Ah, por acidente. Alguém o reconheceu. É porque, até agora, você é a única pessoa entre as que contatamos que falou com essa mulher. Como a conheceu?

— Acho que foi... Agora me lembro. Ela estava perto de mim e me perguntou alguma coisa.

— E?

— Eu respondi. Dentro do possível, como eu disse. Meu inglês não é muito bom.

— Mas costuma ler revistas americanas?

— Sim, e por isso costumo aproveitar as oportunidades de conversar com ingleses e americanos. Para praticar. Isso não ocorre com muita frequência. Uma vez por semana, assisto a um filme americano qualquer. E vejo filmes de detetives na televisão com frequência, embora o tema não me interesse.

— Sobre o que falou com Roseanna McGraw?

— Bem...

— Tente se lembrar. Pode ser importante.

— Ela falou um pouco sobre si mesma.

— O que, por exemplo?

— Onde vivia, mas não lembro o que disse.

— Pode ter sido Nova York?

— Não, disse o nome de um estado americano. Nevada, talvez, mas não me lembro.

— E o que mais?

— Disse que trabalhava numa biblioteca. Disso eu me lembro perfeitamente. E que havia estado no Cabo Norte e em Lapland. Que tinha visto o sol da meia-noite. E me perguntou sobre várias coisas.

— Passaram muito tempo juntos?

— Não, eu não diria isso. Falei com ela umas três ou quatro vezes.

— Quando? Em que parte da viagem?

O homem não respondeu imediatamente.

— Deve ter sido no primeiro dia. Na verdade, estivemos juntos entre Berg e Ljungsbro, onde os passageiros costumam sair do navio durante o tempo em que ele permanece nas comportas.

— Você conhece bem a área do canal?

— Sim, bastante bem.

— Já esteve ali antes?

— Sim, várias vezes. Em geral, me programo para fazer parte da viagem em barcos, quando meus planos permitem. Já não existem muitos desses barcos antigos em atividade, e a viagem é realmente agradável.

— Quantas vezes já viajou neles?

— Eu não saberia dizer exatamente. Talvez se eu puder pensar um pouco... mas acho que devo ter viajado nesses barcos umas dez vezes ao longo dos anos. Em trechos diferentes. Fiz o trajeto completo de Gotemburgo a Estocolmo apenas uma vez.

— Como passageiro de convés?

— Sim, as cabines são reservadas com muita antecedência. E é um pouco caro viajar nelas.

— Não é desconfortável viajar sem ter uma cabine?

— Não, de modo algum. Se quiser, o passageiro pode dormir no sofá, no salão abaixo do convés. Na verdade, não sou muito exigente com essas coisas.

— Então você conheceu Roseanna McGraw. E se lembra de ter estado com ela em Ljungsbro. E mais tarde?

— Acho que cheguei a falar com ela em outra ocasião, rapidamente.

— Quando?

— Não me lembro.

— Você a viu durante a última parte da viagem?

— Não que eu me lembre.

— Sabia onde ficava a cabine dela?

Não houve resposta.

— Você ouviu a pergunta? Onde ficava a cabine dela?

— Estou tentando lembrar. Não, acho que nunca soube.

— Nunca esteve na cabine dela?

— Não. As cabines costumam ser extremamente apertadas e duplas.

— Sempre?

— Bem, existem algumas individuais, mas não muitas. E são bastante caras.

— Sabe se Roseanna McGraw viajava sozinha?

— Não pensei nisso. Ela não disse nada a respeito, pelo que me lembro.

— E você nunca foi com ela até a cabine?

— Não, na verdade não.

— E sobre o que conversaram em Ljungsbro?

— Lembro que perguntei se ela desejava ver a igreja do mosteiro de Vreta, que ficava perto dali. Mas ela não quis. Na verdade, nem tenho certeza de que entendeu o que eu disse.

— E sobre o que mais conversaram?

— Não me lembro. Nada especial. Acho que ela não era de falar muito. Caminhamos juntos em parte do trajeto, nas margens do canal. Aliás, muita gente fez isso.

— Você a viu com alguma outra pessoa?

O homem ficou em silêncio. Olhava pela janela sem qualquer expressão no rosto.

— É uma pergunta muito importante — insistiu Martin Beck.

— Entendo. Estou tentando lembrar. Ela deve ter falado com outras pessoas enquanto eu estava ao seu lado, com algum outro americano ou inglês. Não me lembro de ninguém em particular.

Martin Beck levantou-se e andou até onde estava a jarra com água.

— Deseja beber alguma coisa?

— Não, obrigado. Não estou com sede.

Martin Beck bebeu um copo d'água e voltou. Apertou um botão sob a mesa, desligou o gravador e retirou a fita. Um minuto depois, Melander aproximou-se dele.

— Pode cuidar disso, por favor? — pediu Martin Beck.

Melander pegou a fita e saiu.

O homem chamado Folke Bengtsson permanecia sentado em sua cadeira com as costas perfeitamente eretas. Contemplou Martin Beck com seus olhos azuis e inexpressivos.

— Como eu disse, você é a única pessoa que conhecemos que se lembra ou pelo menos admite ter conversado com ela.

— Entendo.

— Não é possível que você tenha matado a Srta. McGraw, é?

— Não, na verdade não fui eu. Acredita em mim?

— Bem, alguém deve ter feito isso.

— Eu nem sabia que ela estava morta. Não sabia sequer o nome dela. Vocês não acreditam que...

— Se eu achasse que você admitiria, não teria feito a pergunta nesse tom de voz — disse Martin Beck.

— Entendo... Quero dizer, acho que entendo. Você estava brincando?

— Não.

O homem ficou em silêncio.

— E se eu te dissesse que sei que você esteve na cabine dela, o que diria?

O homem demorou uns dez segundos para responder.

— Que deve estar enganado. Mas você não diria isso se não tivesse certeza, não é?

Martin Beck não respondeu.

— Neste caso, devo ter estado na cabine sem saber o que estava fazendo.

— Você costuma saber o que está fazendo?

O homem ergueu ligeiramente a sobrancelha.

— Sim, em geral costumo saber — disse ele. Em seguida, continuou, com segurança: — Não estive na cabine.

— Você entende, não? — perguntou Martin Beck. — Esse caso é altamente confuso.

— Compreendo.

"Ainda bem que isso não está sendo gravado", pensou Martin Beck, acendendo um cigarro.

— É casado?

— Não.

— Tem alguma relação permanente com uma mulher?

— Não. Sou um solteiro convicto. Estou acostumado a viver sozinho.

— Tem irmãos ou irmãs?

— Não, sou filho único.

— E foi criado por seus pais?

— Pela minha mãe. Meu pai morreu quando eu tinha 6 anos. Lembro muito pouco dele.

— Não tem relacionamentos com mulheres?

— Naturalmente. Não sou totalmente inexperiente. Estou chegando aos 40 anos.

Martin Beck olhou com firmeza para ele.

— Quando precisa de companhia feminina, costuma recorrer a prostitutas?

— Não, nunca.

— Pode citar o nome de alguma mulher com quem se relacionou por algum tempo?

— Talvez eu possa, mas não desejo fazer isso.

Martin Beck abriu um pouco mais a gaveta de sua mesa e olhou para seu interior. Passou rapidamente o dedo indicador pelo lábio inferior.

— Seria melhor se fornecesse um nome — disse ele, hesitante.

— A pessoa em quem estou pensando no momento, com quem tive um relacionamento mais... mais duradouro... está casada e não temos mais nenhum contato. Seria doloroso para ela.

— Ainda assim, seria melhor — disse Martin Beck, sem levantar os olhos.

— Não quero causar qualquer constrangimento a ela.

— Não será constrangedor. Como se chama?

— Se você me garante... O nome dela de casada é Siv Lindberg, mas peço...

— Onde vive?

— Em Lidingö. O marido é engenheiro. Não sei o endereço. Em algum lugar de Bodal, acho.

Martin Beck deu uma última olhada na fotografia da mulher que morava em Växjö. Depois, fechou a gaveta e disse:

— Muito obrigado. Peço desculpas por fazer perguntas desse tipo, mas infelizmente faz parte do meu trabalho.

Melander entrou e sentou-se a sua mesa.

— Você se incomoda de esperar alguns minutos? — pediu Martin Beck.

Em uma sala no andar de baixo, o gravador reproduzia as últimas respostas. Martin Beck ficou de pé, encostado contra a parede, e escutou.

Deseja beber alguma coisa? Não, obrigado. Não estou com sede.

O promotor público foi o primeiro a falar.

— Bem, e aí?

— Vamos liberá-lo.

O promotor olhou para o teto, Kollberg olhou para o chão e Ahlberg olhou para Martin Beck.

— Você não o pressionou muito — disse o promotor. — Não foi um interrogatório muito longo.

— Não.

— E se o mantivermos aqui? — perguntou o promotor.

— Seremos obrigados a liberá-lo na quinta-feira, a essa hora — esclareceu Hammar.

— Não sabemos...

— Não.

— Está bem — disse o promotor.

Martin Beck assentiu. Saiu da sala e subiu as escadas. Ainda se sentia mal, com algum desconforto no lado esquerdo do peito.

Melander e Folke Bengtsson pareciam não ter feito qualquer movimento.

— Peço desculpas por incomodá-lo. Posso lhe oferecer transporte para casa?

— Vou pegar o metrô, obrigado.

— Talvez seja até mais rápido.

— Sim, na verdade é.

Como rotina, Martin Beck levou-o até o térreo.

— Até logo, então.

— Até logo.

Um aperto de mão protocolar.

Kollberg e Ahlberg ainda estavam sentados, olhando para o gravador.

— Devemos continuar a segui-lo? — perguntou Kollberg.

— Não.

— Acha que foi ele? — perguntou Kollberg.

Martin Beck parou no meio da sala e olhou para sua mão direita.

— Sim — respondeu. — Tenho certeza de que foi ele.

24

Aquele edifício fazia-o lembrar do próprio prédio onde morava, localizado na parte sul de Estocolmo. Tinha lances estreitos de escadas, placas padronizadas com os nomes dos moradores nas portas e rampas entre os andares. Ficava em Bodalsvägen. Para chegar, Martin Beck tomou o trem para Lidingö.

Havia escolhido cuidadosamente o horário. À uma e quinze da tarde, as pessoas que trabalham em escritórios na Suécia estão sentadas em suas mesas, e as crianças pequenas estão tirando suas sonecas. As donas de casa ligam o rádio para ouvir música e fazem uma pausa nos afazeres para tomar uma xícara de café com adoçante.

A mulher que abriu a porta era pequena e loura, com olhos azuis. Tinha pouco menos de 30 anos e era bonita. Agarrou-se à maçaneta ansiosamente, como se estivesse preparada para fechar a porta.

— Polícia? Aconteceu alguma coisa? Meu marido...

Tinha uma expressão assustada e confusa. "E atraente", pensou Martin Beck. Mostrou sua identificação, o que pareceu acalmá-la.

— Não entendo como posso ajudar, mas, por favor, entre.

A mobília era impessoal, sombria e limpa, mas a vista era maravilhosa. Um pouco mais adiante do prédio ficava o píer de Lilla Värtan, onde dois barcos-reboque atracavam um cargueiro. Com certeza Martin Beck daria tudo para trocar seu apartamento pelo dela.

— A senhora tem filhos? — perguntou, para amenizar um pouco a situação.

— Sim, uma garotinha de 10 meses. Ela está no berço.

Martin Beck pegou algumas fotografias.

— Conhece esse homem?

A moça corou imediatamente, olhou em outra direção e assentiu, hesitante.

— Sim, eu o conheci. Mas... Foi há muitos anos. O que ele fez?

Martin Beck não respondeu.

— O senhor entende que isso é muito desagradável. Meu marido... — disse ela enquanto buscava as palavras certas.

— Por que não nos sentamos? — perguntou Martin Beck. — Desculpe-me por sugerir.

— Sim, sim, é claro. — Ela sentou-se no sofá, tensa e ereta.

— A senhora não tem motivo para ter medo ou se preocupar. A situação é a seguinte: estamos interessados neste homem como testemunha de um crime, entre outras razões. Essas razões não têm nada a ver com a senhora, mas é importante que tenhamos algumas informações gerais sobre o caráter dele, vindas de alguém que, de um modo ou de outro, teve uma relação próxima com ele.

Essas palavras não pareceram acalmá-la.

— Isso é terrivelmente desagradável — repetiu ela. — Meu marido... O senhor entende? Estamos casados há quase dois anos e ele não sabe... sobre Folke. Nunca contei a ele sobre esse homem... Naturalmente, ele sabe que tive outra pessoa... antes...

Estava cada vez mais confusa e vermelha.

— Nunca falamos sobre essas coisas — concluiu ela.

— Pode ficar tranquila. Só vou lhe pedir para responder algumas perguntas. Seu marido não saberá o que a senhora disse, aliás, ninguém saberá. Bom, pelo menos ninguém que a senhora conheça.

A moça assentiu, mas continuou a não encará-lo.

— A senhora conheceu Folke Bengtsson? Onde e quando?

— Eu... Nós nos conhecemos há mais de quatro anos... Na empresa em que ambos trabalhávamos.

— Na empresa de mudanças Eriksson?

— Sim, eu trabalhava lá como caixa.

— E tiveram um relacionamento?

A mulher concordou, com a cabeça voltada para a direção contrária à de Martin Beck.

— Por quanto tempo?

— Um ano — respondeu ela, baixinho.

— E foram felizes?

A moça se virou, com uma expressão desconfiada, e ergueu os braços num gesto que denotava desamparo. Martin Beck olhou para a janela, por cima do ombro dela, e contemplou o céu de inverno, cinzento e triste.

— Como tudo começou?

— Bem... Nós nos víamos todos os dias. Depois, começamos a lanchar juntos; depois, a almoçar juntos. E... Ele me acompanhou várias vezes até em casa.

— E onde você morava?

— Na Upplandsgatan.

— Sozinha?

— Ah, não. Naquela época eu vivia com meus pais.

— Alguma vez chegou a subir com você?

A moça negou enfaticamente com a cabeça, ainda sem olhar para Martin Beck.

— E o que aconteceu depois?

— Ele me convidou para ir ao cinema algumas vezes. E depois... Sim, me convidou para jantar.

— Na casa dele?

— Não, não nas primeiras vezes.

— Em que época foi?

— Em outubro.

— Quando ele a convidou para jantar, vocês já saíam juntos há quanto tempo?

— Vários meses.

— E aí começaram um relacionamento?

A moça ficou em silêncio durante um longo tempo. Finalmente, disse:

— Tenho de responder a essa pergunta?

— Sim, é importante. É melhor você responder aqui, agora. Evitaria muitos aborrecimentos.

— O que o senhor quer saber? O que quer que eu diga?

— Vocês tiveram relacionamento íntimo, não tiveram?

A moça concordou com a cabeça.

— Quando começou? Na primeira vez que você foi à casa dele?

Ela o encarou, desesperada.

— Com que frequência? — continuou Martin Beck.

— Não com muita frequência, eu acho.

— Mas todas as vezes em que você ia à casa dele?

— Ah, não. Não, mesmo.

— O que faziam quando estavam juntos?

— Bem... Tudo. Comíamos alguma coisa, conversávamos, assistíamos à televisão e olhávamos os peixes.

— Peixes?

— Ele tinha um grande aquário.

Martin Beck respirou fundo.

— Ele te fazia feliz?

— Eu...

— Tente responder.

— O senhor... O senhor faz umas perguntas tão difíceis! Sim, acho que sim.

— Alguma vez ele foi violento?

— Não entendi.

— Quando estavam juntos. Ele bateu na senhora?

— Ah, não.

— Ou machucou-a de alguma outra forma?

— Não.

— Nunca?

— Não, nunca. Por que me machucaria?

— Alguma vez falaram em se casar ou morar juntos?

— Não.

— Por que não?

— Ele nunca disse nada sobre o assunto, nem uma palavra.

— A senhora não tinha medo de engravidar?

— Sim, mas sempre fomos muito cuidadosos.

Martin Beck a observou atentamente. Ainda estava sentada, completamente reta, na beirada do sofá, com os joelhos apertados e os músculos das pernas contraídos. O rosto e o pescoço estavam vermelhos. E havia gotículas de suor na raiz de seus cabelos.

Hora de voltar às perguntas.

— Que tipo de homem ele era? Sexualmente, quero dizer?

Essa pergunta foi uma surpresa para ela, que moveu as mãos, preocupada, até finalmente responder:

— Gentil.

— O que quer dizer com "gentil"?

— Ele... Quero dizer que acho que ele precisava de muita ternura. E eu... Eu sou... Eu era igual.

Mesmo sentado a menos de 2 metros dela, Martin Beck teve de se esticar para ouvir o que ela tinha dito.

— A senhora o amava?

— Acho que sim.

— Ele a satisfazia?

— Não sei.

— Por que pararam de se ver?

— Não sei. Acabou, simplesmente.

— Quero que responda apenas mais uma pergunta. Quando vocês tinham relações, era sempre ele quem tomava a iniciativa?

— Bem... O que quer que eu diga... Acho que sim, mas, em geral, é assim que acontece. E eu sempre concordei.

— Quantas vezes você diria que aconteceu?

— Cinco — sussurrou ela.

Martin Beck ficou em silêncio e a observou novamente. Devia ter perguntado coisas como "Ele foi o primeiro homem com quem dormiu?", "A senhora tirava toda a roupa?", "A luz ficava acesa?", "Alguma vez ele...".

— Até logo — disse, levantando-se. — Perdoe-me por tê-la incomodado.

Fechou a porta atrás de si. A última coisa que ouviu a moça dizer foi:

— Desculpe-me. Sou um pouco tímida.

Martin Beck andava para lá e para cá sobre a neve suja e molhada da plataforma enquanto esperava o trem. Mantinha as mãos nos bolsos do casaco, encolhia os ombros e assobiava distraidamente e fora de tom.

Finalmente sabia o que fazer.

25

Enquanto escutava, Hammar desenhava bonequinhos em um pedaço de papel. Supostamente, era um bom sinal. Então, disse:

— Onde vocês vão achar a garota?

— Deve haver alguém na corporação...

— É melhor encontrá-la primeiro.

Dois minutos depois, Kollberg disse:

— Onde vocês vão achar a garota?

— Foi você ou fui eu quem passou 18 anos indo de mesa em mesa e conhecendo todo mundo?

— Não adianta escolher qualquer pessoa.

— Ninguém conhece a corporação melhor do que você.

— Bem, é claro que posso procurar.

— Certo.

Melander parecia totalmente desinteressado. Sem se virar ou tirar o cachimbo da boca, disse:

— Vibeke Amdal vive na Toldebodgade, tem 59 anos e é viúva de um cervejeiro. Não consegue se lembrar de ter visto Roseanna McGraw senão na foto que tirou em Riddarholm. Karin Larsson fugiu do barco em que viajava em Roterdã, mas a polícia local diz que ela não está na cidade. É possível que tenha pegado outro barco, usando documentação falsa.

— Um barco estrangeiro, naturalmente — disse Kollberg. — Ela sabe tudo sobre eles. Podemos demorar até um ano para encontrá-la. Ou cinco. Ainda assim, ela pode não falar absolutamente nada. Kafka já respondeu?

— Ainda não.

Martin Beck subiu e telefonou para Motala.

— Sim — disse Ahlberg, calmamente. — Creio que é a única maneira, mas onde você vai achar a garota?

— Dentro da corporação. Com você, por exemplo.

— Não, acho que não temos nada.

Martin Beck desligou e, a seguir, o telefone tocou. Era um dos homens da patrulha regular da delegacia de Klara.

— Fizemos exatamente o que você disse.

— E?

— O homem parece bem confiante, mas, acredite, está totalmente alerta. Age com cautela, olha em torno, para com frequência. Seria difícil segui-lo sem ser notado.

— Ele pode ter reconhecido algum de vocês?

— Não. Éramos três e estávamos parados. Não o seguimos; apenas ficamos por ali e o deixamos circular à vontade. Afinal, é nosso trabalho não sermos reconhecidos. Há algo mais que eu possa fazer por você?

— Por enquanto, não.

O telefonema seguinte veio da delegacia de Adolf Fredrik.

— Aqui é Hansson, da 5ª. Fiquei de olho nele na Bråvallagatan essa manhã e agora, quando voltou para casa.

— Como ele se comportou?

— Calmamente, mas tive a sensação de que agia com cautela.

— Ele percebeu alguma coisa?

— Sem chance. Pela manhã, fiquei no carro; na segunda vez, havia uma multidão em torno. O único momento em que estive perto dele foi na banca de jornal da St. Eriksplan, pouco tempo atrás. Eu era a terceira pessoa na fila depois dele.

— E o que ele comprou?

— Jornais.

— Quais?

— Um monte. Os quatro matutinos e duas edições vespertinas vagabundas.

Melander bateu levemente na porta e passou a cabeça pela fresta.

— Acho que vou pra casa agora. Tudo bem? Tenho que comprar uns presentes de Natal — explicou.

Martin Beck assentiu, pôs o fone no gancho e pensou: "Meu Deus, os presentes de Natal." E esqueceu imediatamente no que estava pensando um minuto antes.

Foi para casa tarde, mas, mesmo assim, não conseguiu evitar a multidão. A correria de Natal estava no auge, e todas as lojas permaneciam abertas até mais tarde.

Em casa, a mulher disse que ele parecia ausente, mas Martin Beck não a ouviu e não a respondeu.

Durante o café da manhã, ela perguntou:

— Você vai estar de folga durante as festas de fim de ano?

Nada aconteceu antes das quatro e quinze, quando Kollberg irrompeu em sua sala e disse:

— Acho que encontrei uma que vai servir.

— Na corporação?

— Trabalha na Bergsgatan. Virá aqui amanhã, às nove e meia. Se servir, Hammar pode dar um jeito de consegui-la emprestada para a nossa delegacia.

— Como ela é?

— Acho que, até certo ponto, se parece com Roseanna McGraw. É mais alta, mais bonita e presumivelmente mais esperta.

— Ela sabe de alguma coisa?

— Está na polícia há vários anos. Garota calma, gente boa. Saudável e forte.

— Até que ponto você a conhece?

— Até ponto nenhum.

— E não é casada?

Kollberg tirou um pedaço de papel do bolso.

— Aqui está tudo o que precisa saber sobre ela. Estou saindo agora. Compras de Natal.

"Presentes de Natal", pensou Martin Beck e consultou o relógio. Quatro e meia da tarde. De repente, teve uma ideia. Telefonou para a mulher de Bodal.

— Ah, é o senhor. Sim...

— Estou ligando em uma hora ruim?

— Não, não... Meu marido não chega em casa antes das seis horas.

— É uma pergunta simples. O homem sobre o qual falamos ontem recebeu algum presente seu? Uma lembrança ou algo assim?

— Não, presentes não. Nunca demos nada um ao outro. O senhor entende...

— Ele era avarento?

— Econômico, eu diria. Eu também. A única...

Silêncio. Martin Beck quase a ouvia corar.

— O que a senhora deu a ele?

— Um... Um pequeno amuleto... Um berloque. Uma coisa baratinha...

— E quando?

— Quando terminamos... Ele queria ficar com aquilo... Eu costumava usar.

— Ele tomou o objeto?

— Bem, tive prazer em dá-lo a ele. A pessoa sempre quer uma lembrança... Mesmo se... Principalmente se...

— Muito obrigado. Até logo.

Em seguida, telefonou para Ahlberg.

— Falei com Larsson e com o comissário. O promotor está doente.

— E o que disseram?

— Entenderam que não há outro jeito. Está certo que é pouco ortodoxo, mas...

— Já foi feito muitas vezes, mesmo na Suécia. O que eu quero sugerir agora é bem menos ortodoxo.

— Parece bom.

— Avise à imprensa que o assassinato está prestes a ser resolvido.

— Agora?

— Sim, imediatamente. Hoje. Entende o que quero dizer?

— Sim, como se houvesse sido um estrangeiro.

— Certo. Algo assim, por exemplo: "Conforme anunciado recentemente, o homem que era procurado pela Interpol há algum tempo pelo assassinato de Roseanna McGraw finalmente foi preso pela polícia norte-americana."

— E que todos sabíamos que o assassino não estava na Suécia?

— É só um exemplo. O importante é soltar a informação, e rápido.

— Entendi.

— Depois, acho melhor vir para cá.

— Imediatamente?

— Mais ou menos.

Um mensageiro entrou na sala. Martin Beck pressionou o fone contra o ombro esquerdo e abriu o telegrama. Era de Kafka.

— O que diz? — perguntou Ahlberg.

— Só três palavras: "Monte a armadilha."

26

De fato, a policial Sonja Hansson não era muito diferente de Roseanna McGraw. Kollberg estava certo.

Ela se sentou na sala de Martin Beck com as mãos levemente cruzadas sobre o colo e contemplou-o com olhos calmos e acinzentados. O cabelo escuro era curto e liso, e a franja caía suavemente sobre a sobrancelha esquerda. O rosto era saudável; a expressão, aberta. Aparentemente, não usava maquiagem. Não parecia ter mais de 20 anos, mas Martin Beck sabia que ela tinha 25.

— Primeiro, quero que entenda que sua participação é voluntária — esclareceu ele. — Pode recusar, se quiser. Decidimos convidá-la para essa missão porque tem as melhores qualificações para realizá-la, sobretudo por causa de sua aparência.

A jovem sentada à sua frente afastou a franja da testa e olhou-o inquisitivamente.

— E — continuou Martin Beck — porque você mora no centro da cidade, não é casada nem vive com ninguém, como se diz tão civilizadamente hoje em dia. Essas informações estão corretas?

Sonja Hansson assentiu.

— Espero poder ajudá-lo — disse ela. — Mas o que há de errado com minha aparência?

— Lembra-se de Roseanna McGraw, a garota americana assassinada no Canal de Göta no verão passado?

— Se me lembro? Imagina! Trabalho no Departamento de Pessoas Desaparecidas e estudei o caso por algum tempo.

— Já sabemos quem cometeu o crime. E o assassino está na cidade. Eu mesmo o interroguei. Admitiu que estava no barco quando tudo aconteceu e que conheceu a garota, mas diz que sequer teve conhecimento do crime.

— Não lhe parece um pouco improvável? Quero dizer, saiu tanta coisa nos jornais...

— Ele alega que não lê jornais. Não conseguimos tirar nada dele. Agiu de forma totalmente aberta e, aparentemente, respondeu a todas as perguntas de maneira honesta. Não pudemos mantê-lo detido e paramos de segui-lo. Nossa única chance é que ele, provavelmente, fará a mesma coisa outra vez. E é aí que você entra. Se estiver disposta e achar que pode aguentar, é claro, você deverá ser a próxima vítima.

— Que ótimo... — disse Sonja Hansson, buscando um cigarro em sua bolsa.

— Você é um pouco parecida com Roseanna e queremos que atue como isca. A ideia é a seguinte: ele é gerente de uma empresa de mudanças que fica na Smålandsgatan. Você vai até o lugar e diz que precisa transportar alguns móveis, flerta com ele e garante que ele tenha seu endereço e número de telefone. Precisa deixá-lo interessado em você. Depois, teremos de esperar.

— Você disse que o interrogou. Será que ele não vai ficar em alerta?

— Vazamos uma informação que deve tê-lo acalmado.

— Devo seduzi-lo? Como diabos isso vai funcionar? E se eu conseguir?

— Não precisa ter medo. Estaremos sempre por perto, mas antes você precisa se inteirar de todos os detalhes do caso. Leia todo o material de que dispomos. Você precisará ser Roseanna McGraw. Quero dizer, ser como ela.

— Claro que já participei de teatrinhos no colégio, mas quase sempre eu fazia o papel de um anjinho ou de um cogumelo.

— Muito bem. Então você vai dar conta.

Martin Beck ficou em silêncio por alguns segundos. Depois, disse:

— É nossa única chance. Ele só precisa de um empurrão, e podemos dá-lo.

— Tudo bem, vou tentar. Espero que eu consiga. Mas não vai ser fácil.

— É melhor você começar a ver tudo o que temos: relatórios, filmes, registros de interrogatórios, cartas, fotos. Depois disso, podemos conversar novamente.

— Agora?

— Sim, hoje. O comissário Hammar vai tomar providências para liberá-la de suas outras funções até resolvermos esse caso. Ah, mais uma coisa: temos de ir ao seu apartamento para estudá-lo. Teremos de ter cópias das chaves também. Podemos ver o resto mais adiante.

Dez minutos depois, deixou-a numa sala contígua, onde ela se sentou, com os cotovelos sobre a mesa, e começou a ler o primeiro relatório.

Ahlberg chegou naquela mesma tarde. Mal havia se sentado quando Kollberg irrompeu na sala, batendo em suas costas com tanta força que ele quase caiu da cadeira.

— Gunnar está indo embora amanhã — disse Martin Beck. — Ele deve dar uma olhada em Bengtsson antes disso.

— É melhor que seja uma olhada e tanto — disse Kollberg. — E precisamos ir imediatamente. Todos na cidade, e metade da população mundial em geral, estão correndo atrás de presentes de Natal.

Ahlberg estalou os dedos e bateu na testa com a palma da mão.

— Presentes de Natal! Nossa, esqueci completamente.

— Eu também — disse Martin Beck. — Quer dizer, penso neles de vez em quando, mas é tudo o que faço.

O trânsito estava terrível. Dois minutos antes das cinco horas deixaram Ahlberg na Norrmalmstorg e o viram desaparecer em meio à multidão na Smålandsgatan.

Kollberg e Martin Beck esperaram no carro. Após 25 minutos, Ahlberg voltou e sentou-se no banco traseiro.

— Sem dúvida é o cara que aparece no filme. Pegou o ônibus 56.

— Até a St. Eriksplan. Aí vai comprar leite, pão e manteiga. Depois, vai para casa, assistirá televisão, cairá na cama e dormirá — disse Kollberg. — Onde querem ficar?

— Aqui. É nossa grande chance de fazer as compras de Natal — disse Martin Beck.

Uma hora mais tarde, na seção de brinquedos, Ahlberg comentou:

— Kollberg estava errado. A outra metade da população também está aqui.

Levaram quase três horas para terminar as compras e mais uma hora para chegar à casa de Martin Beck.

No dia seguinte, Ahlberg viu, pela primeira vez, a mulher que atuaria como isca. Até então, Sonja Hansson só tinha conseguido examinar uma pequena parte do material relativo ao caso.

À noite, Ahlberg regressou a Motala para o Natal. Tinham combinado colocar o plano em ação imediatamente após o Ano-Novo.

27

Foi um Natal cinzento. O homem chamado Folke Bengtsson passou-o tranquilamente na casa de sua mãe em Södertälje. Martin Beck pensou nele o tempo todo, mesmo durante a missa de Natal e enquanto suava dentro da roupa de Papai Noel. Kollberg comeu demais e teve de passar três dias no hospital.

Ahlberg telefonou no dia seguinte ao Natal e não estava sóbrio.

Os jornais publicaram vários artigos divergentes e pouco atraentes que destacavam a iminente elucidação do "Assassinato do Canal" e o fato de que a polícia sueca não tinha mais qualquer razão para se preocupar com o caso.

Houve um tradicional assassinato de Ano-Novo em Gotemburgo, solucionado em 24 horas. Kafka enviou um cartão-postal enorme e repulsivo, com a silhueta de um cervo contra o pôr do sol num fundo lilás.

Sete de janeiro chegou e tinha mesmo jeito de 7 de janeiro: as ruas estavam cheias de pessoas sombrias, congeladas e sem dinheiro. As liquidações tinham começado, mas, mesmo assim, as lojas estavam praticamente vazias. Além disso, o tempo estava enevoado e fazia um frio absurdo.

Sete de janeiro era o Dia D.

Pela manhã, Hammar passou a tropa em revista e disse:

— Até quando seguiremos com esse experimento?

— Até que tenhamos sucesso — respondeu Ahlberg.

— É o que *você* diz — retrucou o superintendente.

Hammar pensou em todas as situações que poderiam surgir. Martin Beck e Kollberg seriam solicitados para outras tarefas. Melander e Stenström deveriam trabalhar em outros casos, ao menos em parte do tempo. O 3º Distrito começaria a reclamar sua policial cedida e que não retornava.

— Boa sorte, crianças — disse Hammar.

Um pouco mais tarde, somente Sonja Hansson ainda se encontrava na cadeira de visitas do escritório. Estava resfriada e fungava. Martin Beck olhou para ela; usava botas, um vestido cinza e meias-calças pretas.

— Pretende começar vestida assim? — perguntou ele, com azedume.

— Não, vou em casa me trocar antes. Mas quero alertar para uma coisa. No dia 3 de julho estávamos no verão e, agora, estamos no inverno. Pode parecer um pouco estranho eu entrar no escritório de uma empresa de mudanças usando óculos escuros e um vestido leve e perguntar se podem transportar uma escrivaninha para mim, não?

— Faça o melhor que puder. O que importa é você entender o ponto principal — disse ele, calando-se por um momento. — Se é que *eu* entendi direito o ponto principal.

A mulher contemplou-o, pensativa.

— Acho que entendi — retrucou ela, finalmente. — Li e reli cada palavra escrita sobre Roseanna McGraw. Vi o filme pelo menos vinte vezes. Escolhi roupas que parecem fazer sentido e tenho praticado durante horas em frente a um espelho. Ainda assim, não sou tão livre, nossas personalidades são completamente diferentes, assim como nossos hábitos. Nunca vivi como ela e não viverei. Mas farei o melhor que eu puder.

— Está ótimo — disse Martin Beck.

Hansson parecia inacessível; não era fácil chegar a ela. A única coisa que Martin Beck sabia sobre sua vida particular era que tinha uma filha de 5 anos, que vivia no interior do país com os avós. Aparentemente, nunca fora casada. Mas apesar de não a conhecer bem, tinha grande consideração por ela. Era esperta, realista e dedicada ao trabalho, características muito importantes em uma pessoa.

Eram quatro horas da tarde quando ele teve notícias.

— Acabei de ir até a empresa. Depois, vim para casa.

— Bem, ele não vai derrubar sua porta nesse instante. Como foi?

— Acho que foi bem, tanto quanto eu poderia desejar. A escrivaninha será entregue amanhã.

— O que ele achou de você?

— Não sei. Tenho a sensação de que se animou um pouco. É difícil dizer porque, na verdade, não sei como ele costuma agir.

— Foi difícil?

— Para ser sincera, não foi muito difícil. O homem me pareceu relativamente simpático. É atraente também, de certa forma. Tem certeza de que é o cara certo? Não estou querendo dizer que eu tenha grande experiência com assassinos, mas acho difícil imaginá-lo como o homem que matou Roseanna McGraw.

— Sim, tenho certeza. O que ele disse? Pegou seu telefone?

— Sim, e anotou o número e o endereço numa folha avulsa. Eu disse que tenho telefone fixo, mas que não atendo a porta se não estiver esperando alguém, e que é melhor que ele ligue com antecedência. De modo geral, não falou muito.

— Ficou sozinha com ele?

— Sim. Havia uma senhora gorda atrás da divisória de vidro, mas não podia nos ouvir. Percebi porque ela estava ao telefone e não consegui escutar o que dizia.

— Teve alguma chance de conversar sobre qualquer outro assunto além da escrivaninha?

— Sim, disse que o tempo estava horrível e ele respondeu que sim, que estava mesmo. Depois, ele disse que estava feliz porque o Natal havia passado e concordei. Acrescentei que para alguém sozinha, como eu, o Natal pode ser uma data triste.

— E o que ele disse?

— Que também estava sozinho e que achava o Natal um tanto triste, apesar de passá-lo sempre na companhia da mãe.

— Parece ótimo — disse Martin Beck. — Falaram sobre outro assunto?

— Não, acho que não.

Fez-se silêncio por alguns instantes. Em seguida, Sonja Hansson acrescentou:

— Aliás, sim. Pedi que anotasse o telefone e o endereço da empresa para mim, para que eu não precisasse procurar na lista telefônica. Então, ele me deu um cartão de visitas.

— E aí você saiu?

— Saí. Não podia me prolongar naquela conversa fiada, mas fiz um pouco de cena antes disso. Eu havia aberto meu casaco e tal, para que ele visse o suéter justo. Ah, sim, e disse que não fazia diferença para mim se ele não pudesse levar a escrivaninha durante o dia, porque eu estava quase sempre em casa à noite, à espera de um telefonema. Mas ele disse acreditar que a escrivaninha seria entregue pela manhã.

— Ótimo. Escute, pensei em ensaiarmos hoje à noite. Estaremos na delegacia de Klara. Stenström fará o papel de Bengtsson e telefonará para você. Atenda, telefone para mim e iremos até sua casa esperar por Stenström. Está acompanhando meu raciocínio?

— Estou. Entendi. Ligo assim que Stenström telefonar. A que horas mais ou menos?

— Não sei. Você não tem como saber a que horas Bengtsson vai ligar.

— Não, você está certo. Ah, Martin?

— Sim?

— Ele foi, de fato, encantador, de certa forma. Nem um pouco desagradável ou abusado. Embora, é claro, Roseanna McGraw provavelmente tenha pensado o mesmo.

A sala de estar na sede do 4º Distrito, na Regeringsgatan, era adequada e arrumada, embora oferecesse poucas opções de entretenimento.

Eram oito e quinze da noite. Martin Beck havia lido o jornal vespertino duas vezes; lera praticamente tudo, exceto a página de esportes e os classificados. Ahlberg e Kollberg haviam passado as últimas duas horas jogando xadrez, o que obviamente suprimiu qualquer vontade de conversar. Stenström dormia numa poltrona próxima à porta, com a boca aberta. Tudo bem; afinal, tinha trabalhado em outro caso na noite anterior. De qualquer forma, estava ali para fazer o papel do vilão e não precisava estar alerta o tempo todo.

Às oito e vinte, Martin Beck foi até Stenström e cutucou-o.

— Vamos começar.

Stenström levantou-se, foi até o telefone e discou um número.

— Oi — disse ele. — Posso ir aí? Sim? Ótimo.

Em seguida, voltou à sua poltrona e adormeceu novamente.

Martin Beck consultou o relógio. Cinquenta segundos mais tarde, o telefone tocou. Era uma linha direta reservada para uso exclusivo. Ninguém mais tinha acesso.

— Aqui é Beck.

— Aqui é Sonja. Ele ligou. Chega em meia hora.

— Entendi.

Pôs o telefone no gancho.

— Vamos, rapazes.

— Pode desistir, se quiser — disse Ahlberg, por cima do tabuleiro de xadrez.

— Tudo bem — disse Kollberg. — Um a zero a seu favor.

Stenström abriu um olho.

— Como devo começar?

— Como você quiser.

Andaram até o carro de Kollberg, que estava estacionado no pátio da delegacia. Quando dobraram na Regeringsgatan, ele disse:

— Posso ser o cara que fica no armário?

— Não. Essa é a função de Ahlberg.

— Por quê?

— Porque é o único que não corre o risco de ser reconhecido.

Sonja Hansson vivia na Runebergsgatan, no terceiro andar de um prédio de esquina, em frente à Eriksbergsplan.

Kollberg estacionou entre o teatro e a Tegnér. Separaram-se. Martin Beck atravessou a rua e escondeu-se entre os arbustos, protegido pela estátua de Karl Staaff. Tinha uma boa visão da casa de Sonja Hansson, da praça e dos trechos mais importantes das ruas em torno. Viu Kollberg caminhar naturalmente pelo lado sul da Runebergsgatan, com uma inacreditável indiferença. Com determinação, Ahlberg manteve seu caminho em direção à porta principal do prédio, abriu-a e entrou como se fosse um inquilino qualquer. Em 45 segundos, Ahlberg estaria no apartamento, e Kollberg, em seu posto, no arco da Eriksbergsgatan. Martin Beck verificou a hora em seu cronômetro: haviam se passado exatos cinco minutos e dez segundos desde que desligara o telefone após a conversa com Sonja Hansson.

Estava frio; Martin Beck levantou a gola do casaco e resmungou alguma coisa em tom ameaçador para um bêbado que insistia por um cigarro.

Stenström tinha sido simplesmente o melhor.

Havia chegado com doze minutos de antecedência, vindo de uma direção completamente inesperada. Esgueirou-se pela esquina, a partir das escadas do Eriksbergspark, e misturou-se a um grupo de pessoas que saía do cinema. Martin Beck não o viu até ele entrar furtivamente no prédio.

Kollberg também trabalhou satisfatoriamente, porque ele e Martin Beck se encontraram em frente à porta principal. Entraram juntos e destrancaram as portas de vidro internas sem dizer uma palavra.

Kollberg optou pelas escadas. Deveria se posicionar nos degraus que levavam ao andar inferior e não avançar até que recebesse um sinal. Martin Beck tentou pegar o elevador e apertou o botão, mas ele não se moveu. Correu pelas escadas e passou pelo surpreso Kollberg no segundo andar. O elevador estava no terceiro piso; para travá-lo, Stenström deixara a porta aberta. Assim, conseguiu arruinar o plano de Martin Beck de subir até um andar acima do apartamento.

O local ainda estava em silêncio, mas Stenström deve ter agido rapidamente, porque, apenas trinta segundos depois, todos ouviram um grito abafado e algum barulho. Martin Beck tinha sua chave nas mãos e, em dez segundos, estava no quarto de Sonja Hansson.

A jovem estava sentada na cama. Stenström, de pé no centro do quarto, bocejava enquanto Ahlberg segurava seu braço direito contra as costas, sem pressionar.

Martin Beck assobiou, e Kollberg irrompeu no apartamento como um trem-bala. Em sua afobação, derrubou uma mesa na sala. Não havia portas a abrir.

Martin Beck coçou o nariz e olhou para a garota.

— Ótimo — disse ele.

Sonja havia escolhido o estilo realista que ele esperava. Descalça, com as pernas nuas, usava um robe fino, de mangas curtas e com comprimento acima dos joelhos. Martin Beck tinha certeza de que ela não usava roupas por baixo.

— Vou me vestir e fazer um café — disse a policial. Todos passaram à outra sala e ela retornou quase imediatamente, usando sandálias, jeans e um suéter marrom. Dez minutos depois, o café estava pronto.

— Minha chave está agarrando um pouco — disse Ahlberg. — Tive dificuldades ao virá-la na fechadura.

— Não importa muito — retrucou Martin Beck. — Você não precisará correr tanto quanto nós.

— Eu ouvi você nas escadas — disse Stenström. — Assim que ela abriu a porta.

— Solas de borracha — concluiu Kollberg.

— Abra mais depressa — disse Martin Beck.

— O buraco da fechadura no armário é sensacional — disse Ahlberg. — Vi vocês quase que o tempo inteiro.

— Da próxima vez, tire a chave da fechadura — sugeriu Stenström. — Tive vontade de trancar você ali dentro.

O telefone tocou. Todos congelaram.

A jovem pegou o telefone.

— Alô... Oi! Não, hoje não... Bem, vou estar ocupada durante algum tempo... Se conheci um homem? Sim, pode-se dizer que sim.

Ao desligar, percebeu que todos a olhavam.

— Não é nada — limitou-se a dizer.

28

Sonja Hansson estava no banho. Quando fechou a torneira, ouviu o telefone tocar. Correu e atendeu-o sem nem mesmo secar as mãos.

Era Bengtsson.

— Sua escrivaninha está a caminho — informou ele. — O caminhão deve chegar aí em mais ou menos 15 minutos.

— Obrigada. É muito atencioso de sua parte. Se não ligasse, eu não abriria a porta, como expliquei. Não imaginei que viriam tão cedo. Devo passar no escritório para pagar a conta ou...

— Pode pagar ao motorista. Ele está levando a nota fiscal.

— Ótimo. Farei isso, senhor...

— Bengtsson. Espero que fique satisfeita com nosso serviço. O caminhão estará aí em 15 minutos, como eu disse.

— Obrigada. Até logo.

Quando desligou, telefonou imediatamente para Martin Beck.

— A escrivaninha estará aqui em 15 minutos. Ele telefonou. Quase perdi a chamada. Foi sorte ouvir o telefone tocar. Nunca havia pensado nisso, mas não consigo escutar o telefone quando estou no chuveiro...

— Então é melhor não tomar banho por enquanto — respondeu Martin Beck. — Falando sério, você precisa estar sempre ao lado do telefone. Não pode subir ao sótão ou descer à lavanderia ou coisas assim.

— Eu sei. Devo ir ao escritório dele assim que a escrivaninha chegar?

— Sim, acho que sim. Depois, ligue para mim.

Ahlberg estava na sala com Martin Beck. Assim que desligou, lançou-lhe um olhar inquisitivo.

— Vai me ligar dentro de meia hora — disse Martin Beck.

— Então, só precisamos esperar. É uma grande garota. Gosto dela.

Após esperarem mais de duas horas, Ahlberg disse:

— Nada pode ter acontecido a ela nesse intervalo...

— Mantenha a calma — respondeu Martin Beck. — Ela vai ligar.

E ligou mesmo, depois de mais meia hora de espera.

— Demorei muito?

Martin Beck contraiu o rosto.

— O que aconteceu? — perguntou, limpando a garganta.

— Dois motoristas vieram trazer a escrivaninha uns vinte minutos depois que falei com você. Mal olhei para eles, mas mostrei onde deviam colocar o móvel. Quando saíram, percebi que trouxeram a escrivaninha errada e fui ao escritório para reclamar.

— E demorou um bom tempo lá.

— Sim. Ele estava atendendo um cliente quando cheguei. Esperei no balcão lá fora e ele olhou para mim várias vezes. Era como se estivesse tentando despachar o outro cliente. Ficou muito chateado sobre a troca da escrivaninha, mas eu disse que o erro era meu, não da empresa. Quase discutimos sobre de quem era a culpa. Depois, ele verificou se alguém poderia levar a escrivaninha certa essa noite.

— E aí?

— Não conseguiu, mas prometeu cuidar para que fosse entregue pela manhã. Disse que teria levado a escrivaninha pessoalmente; eu disse que seria pedir demais, embora certamente fosse um prazer.

— Muito bem. E você foi embora?

— Não. É claro que fiquei.

— Foi difícil conversar com ele?

— Não, mas pareceu-me um pouco tímido.

— E falaram sobre o quê?

— Ah, sobre como o trânsito está terrível e sobre como Estocolmo era muito melhor antes. Eu disse que essa não é uma cidade para se estar sozinho e ele concordou, embora tenha dito que gostava de ficar sozinho.

— Pareceu contente em conversar com você?

— Acho que sim. Mas eu não podia ficar ali para sempre. Ele disse que gostava de ir ao cinema, mas que, fora isso, não saía muito. Enfim, não havia muito mais a dizer, então fui embora. Ele me levou até a porta e foi muito educado. O que fazemos agora?

— Nada. Só esperar.

Dois dias depois, Sonja Hansson voltou à empresa de mudanças.

— Quero agradecer por sua ajuda e dizer que recebi a escrivaninha. Peço desculpas por ter causado tantos problemas — disse ela.

— Não foi problema algum — retrucou Folke Bengtsson. — Bem-vinda mais uma vez. O que posso fazer por você?

Um homem entrou na sala e interrompeu a conversa. Era obviamente o responsável pela empresa.

Ao sair do escritório, Sonja sabia que Bengtsson estava olhando para ela por cima do balcão e, ao chegar à porta principal, voltou-se e sustentou seu olhar.

Uma semana depois, o experimento foi repetido. Mais uma vez, o pretexto era um problema de transporte. Sonja Hansson vivia havia pouco tempo no apartamento da Runebergsgatan e ainda estava reunindo alguns móveis guardados nos sótãos de vários parentes.

Depois de mais cinco dias, voltou ao escritório pouco antes das cinco da tarde; estava passando por ali e resolveu entrar.

Ela parecia aborrecida quando telefonou.

— Ele ainda não está reagindo? — perguntou Martin Beck.

— Apenas moderadamente, eu diria. Você sabe que não acredito que tenha sido ele.

— E por que não?

— Parece tão tímido! E um tanto desinteressado. Grudei nele durante as últimas semanas e praticamente o chamei para sair. Sete entre dez homens estariam na minha porta a essa altura, uivando como lobos. Acho que não tenho nenhum sex appeal. O que devo fazer?

— Continue mesmo assim.

— Acho melhor arranjar outra pessoa.

— Continue.

Continuar. Sim, mas até quando? O olhar de Hammar se tornava mais questionador a cada dia. E cada vez que Martin Beck se olhava no espelho, seu rosto lhe parecia ainda mais esgotado.

O relógio na parede da delegacia de Klara tiquetaqueou por mais três noites sem que houvesse novidades. Três semanas tinham se passado desde o ensaio geral. O plano era bom, mas não parecia provável que algum dia tivessem a chance de colocá-lo em prática. Não havia acontecido absolutamente nada. O homem chamado Folke Bengtsson tinha uma vida simples e rotineira. Bebia seu leite, trabalhava e dormia nove horas por noite. Mas os policiais que o seguiam estavam quase perdendo contato com seus ambientes regulares e com o mundo exterior. "Os cães perseguem a si mesmos até a morte sem que a raposa note", pensou Martin Beck.

Encarou, irritado, o telefone preto que não tocava há três semanas. A jovem que morava no apartamento da Runebergsgatan sabia que só deveria usá-lo em uma situação específica. Ligavam para ela duas vezes por noite para verificação, às seis da tarde e à meia-noite. Era a única coisa que acontecia.

O clima na casa de Martin Beck estava difícil. Sua mulher não dizia nada, mas o olhar cheio de dúvidas tornava-se cada vez mais inconfundível. Perdera a fé no projeto do marido havia muito tempo; achava que não daria resultados e que o mantinha longe de casa todas as noites. E ele não podia nem queria perder tempo com explicações.

Para Kollberg, a situação era um pouco melhor. Pelo menos Melander e Stenström lhe davam uma folga a cada três noites. Ahlberg se mantinha ocupado jogando xadrez sozinho. Segundo ele, aquilo se chamava "solucionar problemas". Todos os assuntos estavam esgotados.

Martin Beck se distraíra totalmente do artigo que fingia ler no jornal. Bocejou e olhou para seus colegas exemplares, que, eternamente em silêncio, sentavam-se um de frente para o outro, cada um imerso em seus pensamentos mais profundos.

Olhou para o relógio: faltavam cinco minutos para as dez horas. Bocejou mais uma vez e levantou-se, dolorido, para ir ao banheiro. Lavou as mãos, molhou o rosto com água fria e voltou.

Estava a três passos da porta quando ouviram o telefone tocar. Quando entrou na sala, Kollberg já havia encerrado a conversa e desligado.

— Ele...?

— Não, mas está de plantão na rua dela, do lado de fora.

O movimento era inesperado, mas não mudava nada. Martin Beck analisou os mínimos detalhes do plano durante os três minutos seguintes.

Bengtsson não poderia forçar a porta do prédio; mesmo que o fizesse, dificilmente teria tempo de chegar ao apartamento antes que cada um estivesse em seu posto.

— É melhor sermos cuidadosos.

— Sim — disse Kollberg.

Apressaram-se e estacionaram em frente ao teatro. Separaram-se.

De pé, Martin Beck viu Ahlberg cruzar a porta e olhou para o relógio. Fazia exatamente quatro minutos que ela telefonara. Pensou na mulher sozinha em seu apartamento. Ninguém via Folke Bengtsson.

Três segundos depois, uma luz foi acesa no terceiro andar. Alguém chegou à janela e pareceu olhar para a rua, mas desapareceu quase imediatamente. A luz foi apagada. Ahlberg estava em seu posto. Esperaram, em silêncio, perto da janela do quarto. O cômodo estava escuro, mas um fino raio de luz escapava pela porta. O abajur da sala de jantar estava aceso para indicar que Sonja Hansson estava em casa. A janela dava para a rua e, do quarto, era possível ver várias ruas perpendiculares que levavam ao cruzamento.

Bengtsson estava no ponto de ônibus, exatamente do outro lado da rua. Olhava para a janela do apartamento. Era a única pessoa no local e, após esperar algum tempo, olhou para a esquerda e para a direita, caminhou vagarosamente em direção à praça, a ilha que separava o tráfego da rua, e desapareceu atrás de uma cabine telefônica.

— Lá vem ele — disse Ahlberg, gesticulando no escuro.

Porém, o telefone não tocou, e, após vários minutos, viram Bengtsson subir a rua.

Ao longo da calçada, havia um muro baixo de pedras, que chegava até o prédio e passava sob a janela de Sonja Hansson. Atrás dele, havia uma área com grama e arbustos baixos que conduzia ao prédio.

Mais uma vez, o homem parou na calçada e olhou em direção à casa de Sonja Hansson. Depois, caminhou lentamente em direção à porta do prédio. Em seguida, desapareceu. Ahlberg esquadrinhou a praça até ver Martin Beck, que estava completamente imóvel ao lado de uma árvore. Um ônibus que passava na Birger

Jarlsgatan o escondera por vários segundos e, depois que passou, Beck havia sumido.

Cinco minutos depois, viram Bengtsson mais uma vez.

Caminhava tão próximo ao muro que não conseguiram vê-lo até afastar-se para a rua e andar em direção ao ponto de ônibus. Parou em um quiosque e comprou um salsichão. Enquanto comia, apoiou-se no quiosque e olhou insistentemente para a janela de Sonja Hansson. Depois, andou de um lado para o outro, com as mãos enfiadas nos bolsos. Às vezes, olhava para a janela.

Quinze minutos mais tarde, Martin Beck estava novamente debaixo da mesma árvore. O tráfego estava mais pesado, e um mar de gente encheu as ruas. A sessão de cinema tinha acabado.

Perderam Bengtsson por alguns minutos, mas encontraram-no no meio de um grupo de cinéfilos a caminho de casa. Ele seguiu em direção à cabine telefônica, mas parou novamente, a poucos metros. De repente, caminhou com energia em direção à área plantada. Martin Beck virou-se e afastou-se devagar.

Bengtsson passou pelo pequeno gramado, atravessou a rua em direção ao restaurante e desapareceu pela Tegnérgatan. Após alguns minutos, reapareceu na calçada oposta e começou a circundar a Eriksbergsplan.

— Acha que ele esteve aqui antes? — perguntou a mulher, que vestia uma camisola de algodão. — Quero dizer... Foi puro acaso eu o ver essa noite.

Ahlberg apoiou-se na parede próxima à janela, fumando um cigarro. Olhou para a moça ao seu lado. Virada para a janela, ela tinha os pés separados e as mãos enfiadas nos bolsos. Sob a luz fraca que a rua refletia na janela, seus olhos pareciam buracos negros no rosto pálido.

— Talvez tenha vindo todas as noites — continuou ela.

Quando o homem completou sua quarta volta em torno da praça, ela disse:

— Se der voltas assim a noite inteira, vou enlouquecer, e Lennart e Martin vão congelar!

À meia-noite e vinte e cinco, o homem já havia completado oito voltas em torno da praça e andava cada vez mais rápido. Parou sob as escadas que levavam ao parque, olhou para a casa de Sonja Hansson e atravessou a rua praticamente correndo, em direção ao ponto de ônibus.

Um ônibus parou no ponto e, quando partiu, Bengtsson não estava mais ali.

— Veja, ali está Martin — disse Sonja Hansson.

Ahlberg deu um pulo ao ouvir a voz dela. Passaram a noite sussurrando e, agora, depois de duas horas, ela falava num tom de voz normal.

Viu Martin Beck atravessar a rua e entrar rapidamente em um carro que o esperava na frente do teatro. O carro deu partida antes que ele conseguisse fechar a porta e arrancou na direção do ônibus.

— Bem, muito obrigada pela companhia essa noite — disse Sonja Hansson. — Acho que vou dormir.

— Faça isso — disse Ahlberg.

Ele também gostaria de dormir um pouco. Dez minutos depois, porém, entrava pela porta da delegacia de Klara. Kollberg chegou logo em seguida.

Haviam feito cinco movimentos no jogo de xadrez quando Martin Beck entrou na sala.

— Pegou o ônibus para a St. Eriksplan e foi para casa. Apagou a luz quase imediatamente. É bem provável que esteja dormindo.

— Foi por acaso que ela o avistou — disse Ahlberg. — Ele pode ter estado ali várias vezes.

Kollberg estudou o tabuleiro de xadrez.

— E se esteve? Isso não prova nada.

— O que quer dizer?

— Kollberg está certo — respondeu Martin Beck.

— É claro — disse Kollberg. — O que provaríamos? Até eu já perambulei como um gato vira-lata em torno de casas de garotas disponíveis.

Ahlberg deu de ombros.

— Embora fosse mais jovem... Bem mais jovem.

Martin Beck permaneceu em silêncio. Os outros tentaram se concentrar na partida. Após algum tempo, Kollberg repetiu um movimento que provocou um retrocesso, embora estivesse ganhando.

— Droga — disse ele. — Essa conversa corta minha linha de pensamento. Você está ganhando por quanto?

— Quatro pontos — disse Ahlberg. — Doze e meio a oito e meio.

Kollberg levantou-se e andou pela sala.

— Vamos interrogá-lo novamente, fazer uma busca completa em sua casa e apertá-lo o máximo que pudermos — sugeriu.

Ninguém respondeu.

— Vamos segui-lo de novo, usando outros caras — continuou ele.

— Não — disse Ahlberg.

Martin Beck continuava a morder o nó de seu dedo indicador. Após alguns minutos, disse:

— Ela está com medo?

— Acho que não — respondeu Ahlberg. — Essa garota não fica nervosa com facilidade.

"Roseanna McGraw também não ficava", pensou Martin Beck.

Não conversaram muito, mas ainda estavam completamente acordados quando o barulho do tráfego matinal da Regeringsgatan indicou que, embora a jornada de trabalho deles houvesse terminado, para outras pessoas, ela estava apenas começando.

Algo havia acontecido. Martin Beck não sabia exatamente o quê.

Outras 24 horas se passaram. Ahlberg avançou mais um ponto na partida de xadrez. E isso foi tudo o que aconteceu.

O dia seguinte era sexta-feira. Faltavam três dias para o fim do mês e o tempo ainda estava ameno: quase sempre chuvoso e úmido, com névoa ao entardecer.

Às nove e dez da noite, o som do telefone quebrou o silêncio. Martin Beck atendeu.

— Ele está aqui. Em pé, no ponto de ônibus.

Chegaram ao local 15 segundos mais rápido do que na última vez, pois Kollberg estacionou na rua de Sonja. Após mais trinta segundos, viram o sinal que indicava que Ahlberg estava em seu posto.

A repetição foi quase assustadora. O homem chamado Folke Bengtsson andou pela Eriksbergsplan por quatro horas. Hesitou quatro ou cinco vezes ao lado da cabine telefônica. Parou uma vez e comeu um salsichão. Depois, foi para casa. Kollberg o seguiu.

Martin Beck sentia muito frio. Caminhou rapidamente até a delegacia, com as mãos nos bolsos e os olhos voltados para o chão.

Kollberg chegou trinta minutos depois.

— Tudo calmo.

— Ele viu você?

— Parecia um sonâmbulo. Acho que não enxergaria um hipopótamo a um metro de distância.

Martin Beck telefonou para a policial Sonja Hansson. Sentiu que precisava pensar nela como uma profissional competente. Caso contrário, não suportaria aquilo.

— Alô. Amanhã é sábado, ou, mais precisamente, hoje. Ele trabalha até o meio-dia. Esteja perto do escritório e passe correndo por ele, como se estivesse a caminho de algum lugar. Ségure seu braço e diga "Oi! Tenho esperado por você. Por que não deu notícias?" ou algo parecido. Não diga mais nada. Depois, ande em silêncio. E deixe o casaco aberto.

Fez uma breve pausa e acrescentou:

— Você tem que fazer o melhor dessa vez.

E desligou. Os outros arregalaram os olhos.

— Qual de vocês é o melhor para segui-lo? — perguntou, ausente.

— Stenström.

— Muito bem. Quero que Folke Bengtsson seja seguido a partir do minuto que sair de casa amanhã. Stenström pode fazer isso. Informe todos os seus movimentos. Pelo outro telefone. Dois homens estarão aqui o tempo todo.

Ahlberg e Kollberg o olhavam, espantados, mas Martin Beck não percebeu.

Às sete e trinta e oito, Bengtsson saiu pela porta principal de seu prédio. Começava a missão de Stenström, que se manteve perto da empresa de mudanças, na Smålandsgatan, até as onze e quinze, quando entrou num café e se sentou ao lado da janela para esperar.

Ao meio-dia e cinco, viu Sonja Hansson surgir na esquina.

Vestia um casaco de tweed azul, leve e aberto. Era possível ver que tinha um cinto justo em torno da cintura. Sob o casaco, usava uma blusa preta de gola rulê. Não usava gorro e carregava luvas, mas não tinha bolsos. Suas meias e os sapatos pretos com salto alto pareciam leves demais para aquela temperatura.

Sonja Hansson continuou a caminhar e desapareceu de seu raio de visão.

Os empregados da empresa de mudanças começaram a sair do escritório e, finalmente, o homem chamado Bengtsson saiu e trancou a porta. Caminhava devagar pela calçada e, após alguns metros, Sonja Hansson surgiu em sua direção. Cumprimentou-o, tocou no braço dele e disse-lhe qualquer coisa olhando-o nos olhos. Soltou o braço quase imediatamente e continuou a falar enquanto se afastava. Em seguida, deu meia-volta e continuou seu caminho.

Stenström tinha visto o rosto dela. Ânsia, prazer e sensualidade se misturavam em sua expressão. Aplaudiu seu desempenho em silêncio.

O homem permaneceu onde estava e observou-a seguir rua abaixo. Pareceu disposto a segui-la, mas mudou de ideia; enfiou as mãos nos bolsos e afastou-se devagar, de cabeça baixa.

Stenström pegou seu chapéu, pagou a conta no caixa e olhou para a rua com cuidado. Quando viu que Bengtsson tinha virado a esquina, saiu e seguiu-o.

Na delegacia de Klara, Martin Beck olhava fixa e sombriamente para o telefone. Ahlberg e Kollberg haviam desistido temporariamente de sua partida de xadrez e estavam sentados, em silêncio, atrás de seus respectivos jornais. Kollberg trabalhava nas palavras cruzadas enquanto mastigava furiosamente um lápis.

Quando o telefone finalmente tocou, mordeu o lápis com tanta força que o partiu.

Martin Beck tinha o fone ao ouvido antes que o primeiro toque terminasse.

— Oi, é Sonja. Acho que correu tudo bem. Fiz exatamente como você disse.

— Ótimo. Chegou a ver Stenström?

— Não, mas acho que estava em algum lugar. Não ousei me virar e continuei andando por várias quadras.

— Está nervosa?

— Não, nem um pouco.

À uma e quinze, o telefone voltou a tocar.

— Estou numa tabacaria na Järntorget — disse Stenström. — Sonja foi fantástica. Deixou-o encucado. Caminhamos por todo o centro da cidade, pela ponte principal, e agora ele está vagando pela Cidade Velha.

— Tenha cuidado.

— Não há problema. Ele caminha feito um zumbi. Não vê nem ouve coisa alguma. Vou correr para não perdê-lo de vista.

Ahlberg levantou-se e começou a andar de um lado para o outro.

— Não é exatamente agradável a missão que demos a ela — disse ele.

— Ela vai se sair bem — disse Kollberg. — E dará conta do resto também. Só espero que Stenström não o assuste. — Após alguns segundos, continuou: — Stenström é ótimo.

Martin Beck não disse nada.

Alguns minutos depois das três horas, Stenström ligou novamente.

— Estamos na Folkungsgatan. Ele simplesmente percorre as ruas para cima e para baixo. Não para nem olha ao redor. Parece apático, de certa forma.

— Continue a segui-lo — respondeu Martin Beck.

Normalmente seria preciso muito para tirar Martin Beck de sua calma aparente, mas após ficar 45 minutos olhando do relógio para o telefone, sem ninguém pronunciar uma só palavra, ele se levantou e saiu.

Ahlberg e Kollberg se olharam. Kollberg deu de ombros e começou a arrumar o tabuleiro de xadrez.

No banheiro, Martin Beck lavou as mãos e o rosto com água fria e secou-se com cuidado. Quando voltou ao corredor, um policial, já com as mangas da camisa arregaçadas, avisou-o de que havia uma ligação para ele.

Era sua mulher.

— Não tenho notícias suas há uma eternidade e agora sequer posso telefonar. O que está fazendo? Quando vem para casa?

— Não sei — disse ele, com ar cansado.

A mulher continuou a falar, com uma voz que se tornava áspera e aguda. Martin Beck interrompeu-a.

— Não tenho tempo agora — disse ele, irritado. — Até logo. E não ligue mais.

Arrependeu-se do tom que usou antes mesmo de colocar o fone no gancho, mas deu de ombros e voltou ao convívio de seus colegas enxadristas.

O terceiro telefonema de Stenström veio da Skeppsbron. Àquela altura, já eram quatro e quarenta.

— Entrou num restaurante por um momento. Está sentado num canto, sozinho, bebendo uma cerveja. Caminhamos por toda a parte sul da cidade. Ainda me parece muito estranho.

Foi então que Martin Beck se deu conta de que não havia comido nada o dia inteiro e pediu comida para todos na lanchonete que ficava do outro lado da rua. Depois da refeição, Kollberg adormeceu em sua poltrona e começou a roncar.

Quando o telefone tocou, acordou, sobressaltado. Eram sete da noite.

— Ficou sentado aqui e tomou quatro cervejas. Agora saiu e está a caminho do centro da cidade novamente. Anda mais rápido agora. Ligo assim que puder. Até logo.

Stenström parecia sem fôlego, como se estivesse correndo, e desligou antes que Martin Beck tivesse a chance de dizer qualquer coisa.

— Está a caminho da casa dela — sentenciou Kollberg.

A chamada seguinte chegou às sete e meia e foi ainda mais breve e unilateral do que a anterior.

— Estou na Englebrektsplan. Ele está andando muito rápido em direção à Birger Jarlsgatan.

Esperaram ainda mais e olhavam do relógio para o telefone.

Às oito e cinco da noite, Martin Beck pegou o fone no primeiro toque da nova ligação. Pela voz, Stenström parecia desapontado.

— Dobrou na Eriksbergsgatan e atravessou o viaduto. Estamos na Odengatan. Acho que ele vai para casa. Está andando devagar de novo.

— Droga! Ligue quando ele chegar em casa.

Trinta minutos mais tarde, Stenström ligou novamente.

— Não foi para casa. Dobrou na Upplandsgatan. Esse cara parece nem saber que tem pés. Caminha e caminha sem parar! Não vou aguentar por muito tempo.

— Onde você está?

— Na Bantorget. Ele está passando em frente ao Teatro Municipal.

Martin Beck pensou naquele homem. Em que estaria pensando? Estaria de fato pensando em alguma coisa ou apenas caminhava sem ter consciência, ciente apenas de si mesmo e com um único pensamento ou, possivelmente, uma decisão amadurecendo dentro de si?

Durante as três horas seguintes, Stenström telefonou quatro vezes, de diferentes lugares. O homem manteve-se nas ruas próximas à Eriksbergsplan, mas não se aproximou da casa de Sonja Hansson.

Às duas e meia, Stenström informou que Bengtsson finalmente tinha voltado para casa e que a luz em seu quarto havia sido apagada. Martin Beck mandou Kollberg substituí-lo.

Às oito da manhã, Kollberg retornou, acordou Ahlberg, que dormia no sofá, atirou-se ali e dormiu.

Ahlberg aproximou-se de Martin Beck, que esperava junto ao telefone.

— Kollberg já chegou? — perguntou ele, erguendo os olhos vermelhos.

— Já está dormindo. Apagou, como se tivesse um botão liga-desliga. Stenström está vigiando.

Precisaram esperar apenas duas horas pelo primeiro telefonema do dia.

— Ele saiu de novo — informou Stenström. — Está seguindo em direção à ponte para Kungsholmen.

— Como é a aparência dele?

— Igual, até mesmo as roupas. Deus sabe se chegou a tirá-las.

— Caminha depressa?

— Não, até devagar.

— Você dormiu?

— Dormi um pouco, mas estou longe de me sentir um Superman.

Entre dez da manhã e quatro da tarde, Stenström ligou mais ou menos a cada hora. Com exceção de dois pequenos intervalos em cafés, Folke Bengtsson caminhou durante seis horas. Rodou em Kungsholmen, na parte velha da cidade e na região sul de Estocolmo. Sequer passou perto do apartamento de Sonja Hansson.

Às cinco e trinta e cinco, Martin Beck adormeceu em sua cadeira, ao lado do telefone. Quinze minutos depois, uma nova chamada de Stenström o acordou.

— Estou na Norrmalmstorg. Ele está indo pela Strandvägen em direção à parte da cidade onde Sonja mora. E parece diferente agora.

— Em que sentido?

— Como se houvesse voltado à vida. Parece impelido por alguma força.

Oito horas e quinze minutos.

— Preciso tomar mais cuidado agora. Ele virou na Sveavägen, ainda seguindo em direção à casa dela. E agora repara nas mulheres na rua.

Nove horas e trinta minutos.

— Karlavägen, Sturegatan. Caminha devagar em direção à Stureplan. Parece mais calmo e continua olhando para as mulheres que passam na rua.

— Vá com calma — pediu Martin Beck.

De repente, sentiu-se novo e descansado, apesar de praticamente não ter dormido nas últimas 48 horas.

Levantou-se e observou o mapa em que Kollberg, com uma caneta vermelha, tentava acompanhar a peregrinação de Bengtsson pela cidade. O telefone tocou de novo.

— É a décima vez que ele telefona hoje — disse Kollberg. Martin Beck pegou o fone e olhou para o relógio. Faltava um minuto para as onze horas.

Era Sonja Hansson. Sua voz estava rouca e um pouco trêmula.

— Martin! Ele está aqui.

— Estaremos aí num segundo — disse Martin Beck.

Sonja Hansson afastou-se do telefone e olhou para o relógio. Onze horas e um minuto. Em quatro minutos, Ahlberg entraria por aquela porta e aliviaria seu sentimento arrepiante de impotência e de desconforto diante da ideia de estar sozinha. Enxugou na camisola de algodão o suor que se acumulara nas palmas de suas mãos. O tecido, úmido, colou-se em suas coxas.

Caminhou silenciosamente pelo quarto escuro até a janela. Sentiu o piso de madeira, frio e duro, sob os pés descalços. Ficou na ponta dos pés, apoiou seu peso na mão direita apoiada na janela e espiou com muito cuidado pela fresta da cortina. Havia várias pessoas na rua, muitas delas em frente ao restaurante do outro lado da rua, mas não viu Bengtsson durante ao menos um minuto e meio. O homem dobrou na Runebergsgatan e continuou até a Birger Jarlsgatan. No meio dos trilhos do bonde, virou radicalmente para a direita. Trinta segundos depois, desapareceu de seu raio de visão. Movimentava-se muito rápido, com passadas longas e leves, quase flutuando. Olhava para a frente como se não visse nada ao redor ou como se estivesse concentrado em algo em particular.

Voltou à sala de estar, que lhe pareceu mais acolhedora com sua luz, seu calor e seus agradáveis objetos familiares. Acendeu um cigarro e tragou profundamente. Apesar do fato de estar consciente da missão que assumira, sentiu-se um pouco aliviada quando ele passou e não parou na cabine telefônica. Havia esperado tempo demais por aquela campainha metálica que estraçalharia sua paz de espírito e traria para sua casa um elemento irracional e desagradável. Agora esperava que esse telefonema jamais acontecesse, que aquilo estivesse errado, que pudesse retornar à sua rotina regular de trabalho e que nunca mais precisasse pensar naquele homem.

Pegou o suéter que vinha tricotando ao longo das últimas três semanas, caminhou até o espelho e segurou-o na altura dos ombros. Logo estaria pronto. Olhou novamente para o relógio. Ahlberg estava dez segundos atrasado. Hoje não bateria nenhum recorde. Sorriu, pois sabia que isso o irritaria. Contemplou seu próprio sorriso calmo no espelho e as gotículas de suor que brilhavam na raiz do cabelo.

Sonja Hansson percorreu o corredor até o banheiro. Com os pés afastados sobre o piso frio de cerâmica, inclinou-se sobre a pia e lavou o rosto e as mãos com água fria.

Quando fechou a torneira, ouviu Ahlberg duelando com sua chave na porta principal. Já estava mais de um minuto atrasado.

Ainda com a toalha nas mãos, foi até a sala, esticou a outra mão, soltou o trinco de segurança e abriu a porta.

— Graças a Deus! Estou feliz por você estar aqui! — disse ela.

Não era Ahlberg.

Com um sorriso ainda nos lábios, retrocedeu devagar. O homem chamado Folke Bengtsson não tirou os olhos dela enquanto trancava a porta e colocava novamente o trinco de segurança.

29

Martin Beck foi o último a sair e já estava cruzando a porta quando o telefone tocou de novo. Voltou correndo e agarrou o fone.

— Estou no saguão do hotel Ambassador — disse Stenström. — Perdi o cara em algum lugar aqui fora, no meio da multidão. Não pode ter sido há mais de quatro ou cinco minutos.

— Ele já está na Runebergsgatan. Chegue o mais rápido que puder — ordenou Martin Beck, atirando o fone no gancho e correndo para as escadas.

Sentou-se no banco traseiro, atrás de Ahlberg. Sempre se sentavam nos mesmos lugares. Era importante que Ahlberg saltasse antes.

Kollberg pôs o carro em movimento, mas precisou frear imediatamente para desviar de um caminhão cinza da polícia que chegava à delegacia. Depois, prosseguiu e subiu a Regeringsgatan entre um Volvo verde e um Volkswagen bege. Martin Beck descansou os braços sobre os joelhos e olhou fixamente para a chuva fria e cinza. Estava agitado e alerta, mental e fisicamente, mas sentia-se sereno e bem-preparado, como um atleta treinado prestes a tentar um novo recorde.

Dois segundos depois, o Volvo verde colidiu com um pequeno caminhão de entrega, que saía de uma rua na contramão. O Volvo desviou-se para a esquerda um segundo antes da colisão, e Kollberg, que já começava a ultrapassá-lo, foi forçado a jogar o carro para a esquerda. Reagiu rapidamente e sequer tocou no veículo à sua frente, mas os outros carros pararam no meio do cruzamento, muito próximos uns dos outros. Kollberg havia engatado marcha a ré quando o Volkswagen bege bateu contra a porta da frente no lado esquerdo. O motorista tinha parado de repente, o que foi um grave erro, pois congestionou o cruzamento.

Não foi um acidente sério. Em dez minutos, vários guardas de trânsito estariam no local com suas fitas de isolamento, anotariam os nomes de todos os envolvidos, as placas dos carros, pediriam para ver as carteiras de motorista, as identidades e as licenças para usar o rádio. Depois, escreveriam "dano corporal" em seus livros oficiais de registro, assumiriam um ar indiferente e iriam embora. Se nenhum dos motoristas que berravam e agitavam os punhos na cara uns dos outros estivesse cheirando a uísque, eles entrariam novamente em seus carros e seguiriam em várias direções.

Ahlberg xingou. Martin Beck demorou dez segundos para entender o porquê. Não podiam sair do carro. As duas portas estavam travadas, como se tivessem sido soldadas.

No segundo em que Kollberg decidiu, numa atitude desesperada, sair daquela confusão, um ônibus da linha 55 parou bem atrás deles, bloqueando a única via de retirada. O homem que dirigia o Volkswagen bege tinha saído do carro e estava na chuva, evidentemente furioso e cheio de argumentos. Sumiu do campo de visão e, provavelmente, estava em algum lugar atrás dos outros dois carros.

Ahlberg meteu os dois pés na porta e a empurrou até ela ranger, mas o carro bege ainda estava ligado e não podia ser removido.

Seguiram-se três ou quatro minutos de pesadelo. Ahlberg gritava e agitava os braços. A chuva caía como uma membrana cinza e gelada sobre a janela traseira. Lá fora, via-se um policial com aspecto de fantasma, usando uma capa negra e brilhante.

Finalmente, vários observadores pareceram entender a situação e começaram a arrastar o Volkswagen bege com movimentos desajeitados e lentos. Um policial tentou impedi-los. No minuto seguinte, tentava ajudá-los. Criou-se uma distância de um metro entre os carros, mas as dobradiças emperraram e a porta não se mexia. Ahlberg xingava e empurrava. Martin Beck sentia o suor escorrer por seu pescoço, pelo colarinho e, como em um córrego gelado, por entre suas escápulas.

A porta se abriu devagar e com um forte rangido.

Ahlberg se precipitou para fora. Martin Beck e Kollberg tentaram sair ao mesmo tempo e, de algum modo, conseguiram.

O policial já estava a postos, com seu bloco na mão estendida.

— O que aconteceu aqui?

— Cala a boca! — gritou Kollberg.

Por sorte, foi reconhecido.

— Corram! — berrou Ahlberg, que já estava 5 metros à frente deles.

Muitas mãos tentaram detê-los. Kollberg esbarrou num senhor idoso que vendia salsichões espetados em uma caixa presa na altura do estômago.

"Quatrocentos metros", pensou Martin Beck. Um esportista treinado levaria apenas um minuto para completar esse percurso. Mas eles não eram esportistas treinados. E não corriam em terreno uniforme, mas numa rua asfaltada, sob uma chuva congelante. Ahlberg ainda estava 2 metros à frente, na esquina seguinte, quando tropeçou e quase caiu. Isso lhe custou a dianteira, e todos prosseguiram lado a lado no trecho em declive. Martin Beck começava a ver estrelas. Ouvia a respiração pesada de Kollberg logo atrás dele.

Viraram a esquina, bateram nos arbustos mais baixos e, então, os três viram ao mesmo tempo. Dois andares acima, no prédio da Runebergsgatan, o fraco retângulo iluminado que indicava que a luz do quarto estava acesa e que as cortinas estavam fechadas.

As estrelas vermelhas que giravam diante dos olhos de Martin Beck desapareceram junto com a dor no peito. Quando atravessou a rua, sabia que corria mais rápido do que jamais correra em toda sua vida, embora Ahlberg agora estivesse 3 metros à sua frente e Kollberg, ao seu lado. Quando chegou ao prédio, Ahlberg já tinha aberto a porta.

O elevador não estava no térreo. De qualquer forma, nem pensaram em usá-lo. No primeiro andar, Martin Beck notou duas coisas: uma, que não conseguia puxar ar para os pulmões; outra, Kollberg não estava ao seu lado. O plano funcionava, o maldito plano perfeito, pensava ele enquanto subia o último lance de escadas, com a chave na mão.

A chave deu uma volta na fechadura e ele empurrou a porta, que abriu somente alguns centímetros. Viu o trinco de segurança esticado; dentro do apartamento, não se ouvia ruído algum, a não ser um som metálico e contínuo, como o toque de um telefone.

O tempo havia parado. Viu a trama do tapete que ficava na entrada do apartamento, uma toalha e um sapato.

— Saia da frente — disse Ahlberg, em tom áspero, mas estranhamente calmo.

O mundo pareceu ter se partido em mil pedaços quando Ahlberg atirou contra o trinco de segurança. Como ainda forçava a porta, entrou aos tropeções na sala de estar.

A cena era tão irreal e estática quanto uma cena na Câmara dos Horrores do Madame Tussaud. Parecia tão imutável e inundada em luz branca quanto uma fotografia em superexposição, e Martin Beck registrou cada um dos mórbidos detalhes.

O homem ainda vestia o sobretudo. Seu chapéu marrom estava no chão, parcialmente oculto pela camisola rasgada, azul e branca.

Era o homem que matara Roseanna McGraw. Estava de pé, debruçado sobre a cama, com o pé esquerdo no chão e o joelho direito pressionando fortemente a coxa esquerda da mulher. Tinha a mão grande e bronzeada sobre o queixo e a boca da vítima e apertava seu nariz com dois dedos. A mão esquerda, aliás, pois a direita encontrava-se um pouco mais abaixo. Na garganta dela.

A mulher estava deitada. Seus olhos arregalados podiam ser vistos entre os dedos esticados do homem. Um fino traço de sangue escorria pelo seu rosto. Havia levantado a perna direita e pressionava o peito do homem com a sola do pé. Estava nua. Cada músculo de seu corpo estava tenso. Os tendões se mostravam tão saltados quanto em um modelo anatômico.

Apenas um centésimo de segundo, mas longo o suficiente para que cada detalhe ficasse gravado em sua consciência e permanecesse ali para sempre. Em seguida, o homem de sobretudo soltou-a, ergueu-se num pulo e virou-se num único movimento, rápido como um relâmpago.

E Martin Beck viu, pela primeira vez, a pessoa que estava caçando há seis meses e 19 dias. Uma pessoa chamada Folke Bengtsson, que apenas vagamente lembrava o homem que ele havia interrogado na sala de Kollberg em uma tarde, pouco antes do Natal.

O rosto estava rígido e nu; as pupilas, contraídas; os olhos se moviam de um lado para o outro, como os de um animal preso numa armadilha. Estava um pouco curvado, com os joelhos flexionados e o corpo oscilando ritmicamente.

Porém, mais uma vez, aquilo durou apenas um décimo de segundo. O homem jogou-se para a frente com um soluço engasgado, gorgolejante. No mesmo momento, Martin Beck o atingiu no pescoço com a mão direita, e Ahlberg atirou-se sobre ele, pelas costas, na tentativa de agarrar seus braços.

Ahlberg foi prejudicado por sua própria pistola, e Martin Beck foi apanhado desprevenido pela força do ataque, em parte porque a única coisa em que conseguia pensar era na mulher sobre a cama, que não se mexia e permanecia deitada, estendida e mole, com a boca aberta e os olhos semicerrados.

O homem atingiu seu diafragma, golpeando-o com a cabeça com uma força descomunal. Martin Beck foi atirado para trás, contra a parede, ao mesmo tempo em que o homem se livrou de Ahlberg e correu em direção à porta, ainda agachado e a uma velocidade tão inacreditável, em suas largas passadas, quanto tudo o mais naquela situação absurda.

O telefone continuava a tocar.

Martin Beck não conseguiu se aproximar de Bengtsson mais do que meio lance de escadas. E a distância entre eles só aumentava.

Ouviu-o descendo apressado os degraus, mas não o viu até alcançar o térreo. Àquela altura, o homem certamente já teria passado pela porta de vidro e estava muito próximo de alcançar a relativa liberdade das ruas.

Mas Kollberg estava ali. Ele deu dois passos, afastando-se de uma parede, e o homem que vestia o sobretudo mirou um soco em seu rosto.

Um segundo depois, Martin Beck percebeu que o fim da história estava muito próximo. Ouviu claramente o grito curto e feroz de dor que ecoou quando Kollberg agarrou o braço do homem e dobrou-o numa torção rápida e implacável. E o homem caiu, sem forças, sobre o piso de mármore.

Martin Beck encostou-se à parede e ouviu as sirenes da polícia, que pareciam vir de muitas direções ao mesmo tempo. Uma barreira havia sido montada e lá fora, na calçada, policiais uniformizados continham um grupo teimoso de espectadores curiosos.

Ele olhou para o homem chamado Folke Bengtsson, que estava estirado no local onde havia caído, com o rosto contra o chão e lágrimas escorrendo pela face.

— A ambulância está aqui — disse Stenström.

Martin Beck subiu de elevador e dirigiu-se ao apartamento. Sonja Hansson estava sentada em uma das poltronas e vestia calças de veludo cotelê e um suéter de lã. Olhou para ela com tristeza.

— A ambulância chegou. Logo estarão aqui.

— Posso andar sozinha — retrucou ela, num tom inexpressivo. No elevador, disse: — Não fique tão arrasado. Não foi culpa sua. E não aconteceu nada muito ruim comigo.

Martin Beck não conseguia olhá-la nos olhos.

— Se ele tivesse tentado me estuprar, talvez eu pudesse tê-lo enfrentado. Mas a questão não era essa. Eu não tinha a menor chance, de jeito nenhum. — Sonja balançou a cabeça. — Mais dez ou 15 segundos e... Ou se ele não tivesse ouvido o barulho do telefone; aquilo realmente o perturbou. Creio que quebrou o isolamento, de alguma forma. Argh! Meu Deus, isso é horrível.

Quando chegaram à ambulância, ela disse:

— Pobre homem.

— Quem?

— Ele.

Quinze minutos mais tarde, somente Kollberg e Stenström permaneciam em frente ao prédio na Runebergsgatan.

— Cheguei a tempo de ver você dar um jeito nele. Eu estava do outro lado da rua. Onde aprendeu a fazer aquilo?

— Fui da brigada paraquedista. Não uso essa tática com muita frequência.

— Foi o melhor que já vi. Você derruba qualquer um assim.

— "Em agosto nasceu o chacal/ e as chuvas caíram em setembro./ Uma inundação assim, de dar medo,/ diz ele, sinceramente não lembro!"

— O que é isso? — perguntou Stenström.

— Uma citação — disse Kollberg. — De um cara chamado Kipling.

30

Martin Beck olhou para o homem sentado diante dele, desleixado e com um braço apoiado numa tipoia. Ele mantinha a cabeça baixa e não erguia o olhar.

Era esse o momento que ele havia esperado durante seis meses e meio. Curvou-se e ligou o gravador.

— Seu nome é Folke Lennart Bengtsson, nascido na paróquia de Gustaf Vasa em º de junho de 1926 e residente na Rörstrandsgatan, em Estocolmo. Está correto?

O homem concordou com a cabeça, quase imperceptivelmente.

— Você deve responder em voz alta — disse Martin Beck.

— Sim — disse o homem chamado Folke Bengtsson. — Sim, está correto.

— Admite que é culpado pelo assassinato e abuso sexual à cidadã norte-americana Roseanna McGraw, na noite de 4 de julho do ano passado?

— Não matei ninguém — disse Folke Bengtsson.

— Fale mais alto.

— Não, não fui eu.

— Você admitiu ter conhecido Roseanna McGraw em 4 de julho do ano passado, a bordo do barco *Diana*. Está correto?

— Não sei. Eu não sabia o nome dela.

— Temos provas de que esteve com ela no dia 4 de julho. Naquela noite, você a matou na cabine que ela ocupava e jogou o corpo na água.

— Não, não é verdade!

— Matou-a como tentou matar a mulher da Runebergsgatan?

— Não queria matá-la.

— Não queria matar quem?

- Aquela garota. Ela me procurou várias vezes. Ela me convidou para ir ao seu apartamento. Mas não falava sério. Ela só queria me humilhar.

— Roseanna McGraw também queria humilhar você? Foi por isso que você a matou?

— Não sei.

— Esteve na cabine dela?

— Não me lembro. Talvez sim. Não sei.

Martin Beck ficou em silêncio e analisou o homem. Finalmente, disse:

— Está cansado?

— Nem tanto.

— Seu braço dói?

— Agora não. Me deram uma injeção no hospital.

— Quando você viu aquela jovem ontem à noite, lembrou-se da mulher que conheceu no verão passado? A mulher que conheceu no barco?

— Não são mulheres.

— Como assim? É claro que são mulheres.

— Sim, mas... São como animais.

— Não entendo o que quer dizer.

— São como animais, completamente subjugadas por...

— Subjugadas pelo quê? Por você?

— Por Deus, não deboche de mim. Subjugadas por sua própria lascívia. Por sua falta de vergonha.

Trinta segundos de silêncio.

— Acha mesmo?

— Todos os verdadeiros seres humanos pensam dessa forma, a não ser os mais decadentes e depravados.

— Não gosta dessas mulheres? De Roseanna McGraw e da garota da Runebergsgatan? Não me lembro do nome dela...

— Sonja Hansson — completou Bengtsson, praticamente cuspindo o nome.

— Sim, é isso. Não gosta dela?

— Eu a odeio. E odiei a outra também. Não me lembro muito bem. Não vê como elas agem? Não entende o que significa ser um homem? — Folke Bengtsson falava rápido e com veemência.

— Não. O que quer dizer?

— Argh! São nojentas. Elas se exultam com sua própria decadência e depois são insolentes e agressivas.

— Você costuma visitar prostitutas?

— Elas não são tão nojentas, não são tão desavergonhadas. E recebem dinheiro. Pelo menos existe alguma honra, honestidade.

— Você se lembra do que respondeu quando lhe fiz esta mesma pergunta, da última vez?

O homem pareceu confuso e ansioso.

— Não...

— Lembra-se de que perguntei se costumava sair com prostitutas?

— Não. Você perguntou?

Martin Beck ficou em silêncio por alguns segundos. Coçou o nariz.

— Quero ajudá-lo — disse ele, finalmente.

— Em quê? Você quer me ajudar? Como pode me ajudar? Depois de tudo?

— Quero ajudá-lo a se lembrar.

— Ah, sim.

— Mas você precisa tentar.

— Tudo bem.

— Tente lembrar o que aconteceu depois que embarcou no *Diana*, em Söderköping. Levava consigo sua motocicleta e os acessórios de pesca. E o barco estava bastante atrasado.

— Sim, eu me lembro. O dia estava lindo.

— O que fez quando embarcou?

— Acho que tomei o café da manhã. Não comi antes porque tinha planejado comer no barco.

— Conversou com as pessoas que estavam em sua mesa?

— Não, acho que eu estava só. As outras pessoas já tinham terminado.

— E depois que você comeu?

— Acho que fui até o convés. Sim, foi o que fiz. O tempo estava bom.

— Conversou com alguém?

— Não, fiquei sozinho, na proa. E aí já estava quase na hora do almoço.

— Almoçou sozinho também?

— Não, havia outras pessoas à mesa, mas não falei com ninguém.

— Roseanna McGraw estava à mesa?

— Não me lembro. Não prestei muita atenção.

— Lembra-se de como a conheceu?

— Não, na verdade não.

— Na última vez que esteve aqui, você disse que ela perguntou alguma coisa e vocês começaram a conversar.

— Sim, foi isso. Agora me lembro. Perguntou qual era o nome daquele lugar.

— E qual era o nome?

— Norsholm, eu acho.

— E ela ficou ali, conversando com você?

— Ficou. Não me lembro de muita coisa do que ela disse.

— Teve uma má impressão sobre ela imediatamente?

— Sim.

— E porque conversou com ela?

— Ela se jogou para cima de mim. Ficou ali, falando e rindo. Era como todas as outras. Não tinha vergonha.

— E o que fez depois?

— Depois?

— Sim. Vocês não desceram juntos para terra firme?

— Ela me seguiu quando saí do barco por algum tempo.

— E sobre o que falaram?

— Não me lembro. Sobre tudo e sobre nada em especial. Lembro que achei que seria bom praticar meu inglês.

— E o que fizeram quando retornaram ao barco?

— Não lembro. É verdade. Não lembro mesmo. É possível que tenhamos ido jantar.

— Você a encontrou naquela noite?

— Lembro que fiquei na proa por um tempo, depois que escureceu. Mas eu estava sozinho.

— Não se encontraram à noite? Tente lembrar.

— Acho que sim. Não sei, mas acho que nos sentamos num banco, na popa, e ficamos conversando. Eu queria ser deixado em paz, mas ela continuava se aproximando de mim.

— Não te convidou para ir à cabine dela?

— Não.

— Mais tarde, naquela noite, você a matou, não matou?

— Não, não matei.

— Você realmente não se lembra que a matou?

— Por que está me torturando? Pare de repetir essa palavra o tempo todo. Eu não fiz nada.

— Não quero torturar você.

Seria verdade? Martin Beck não sabia. De qualquer forma, suspeitou de que o homem estava mais uma vez na defensiva e de que os bloqueios que ele tinha contra o mundo exterior estavam a ponto de serem ativados. Quanto mais forçasse a barra, mais difícil seria derrubá-los.

— Tudo bem. Não é tão importante — continuou Martin Beck.

Mais uma vez, a violência no olhar do homem cedeu lugar ao medo e a uma expressão vazia.

— Você não me entende — disse ele, com a voz triste.

— Estou tentando entendê-lo. Bem, sei que você não gosta de várias pessoas e que as considera repulsivas.

— E você não entende? Muitas pessoas são nojentas.

— Sim, entendo. Você pensa mal, em particular, de certa categoria de pessoas, especialmente mulheres, que chama de "desavergonhadas". É isso?

O homem não respondeu.

— Você é religioso?

— Não.

— Por que não?

Bengtsson deu de ombros, confuso.

— Costuma ler livros ou revistas religiosos?

— Já li a Bíblia.

— E acredita nela?

— Não, há muita coisa sem explicação e sem profundidade.

— O que, por exemplo?

— Toda a sujeira.

— Acha que mulheres como Roseanna McGraw e como a Srta. Hansson são sujas?

— Acho. Não concorda? Veja todas as coisas nojentas que acontecem à nossa volta. Li os jornais durante algumas semanas no final do ano; estavam cheios de coisas sujas, todos os dias. Por que você acha que essas coisas acontecem?

— E você não quer ter nada a ver com essas pessoas sujas?

— Não, não quero. — Folke Bengtsson prendeu a respiração por um segundo e acrescentou: — De jeito nenhum.

— Muito bem. Então você não gosta delas. Não sente uma forte atração por mulheres como Roseanna McGraw e Sonja Hansson? Não gosta de olhar para elas, de tocá-las? De sentir o corpo delas?

— Você não tem o direito de me dizer essas coisas.

— Não gosta de olhar para as pernas e os braços? De sentir a pele?

— Por que está dizendo essas coisas?

— Não quer senti-las? Tirar as roupas? Vê-las nuas?

— Não, não é assim!

— Não quer sentir a mão delas no seu corpo? Não quer que elas toquem você?

— Cala a boca! — gritou o homem, levantando-se. O movimento brusco o fez arquejar, e ele esboçou uma expressão horrível. Provavelmente sentiu dor no braço ferido.

— Ora, não tem nada de anormal nisso — disse Martin Beck. — Na verdade, é muito normal. Eu costumo pensar a mesma coisa quando vejo certas mulheres.

O homem o encarou.

— Está tentando dizer que não sou normal?

Martin Beck não respondeu.

— Está afirmando que sou anormal porque tive algumas sensações vergonhosas em meu corpo?

Nenhuma resposta.

— Tenho direito à minha própria vida — continuou Folke Bengtsson.

— Sim, mas não à vida dos outros. Ontem à noite vi, com meus próprios olhos, você quase matar outro ser humano.

— Não, não viu. Não fiz nada.

— Só faço uma afirmação quando tenho certeza absoluta de que ela é verdadeira. Você tentou matá-la. Se não chegássemos a tempo, você teria mais uma vida humana perdida pesando em sua consciência. Teria se tornado um assassino.

Curiosamente, essas palavras tiveram forte efeito sobre ele. O homem ficou movendo os lábios por um longo tempo. Finalmente, disse, em voz quase inaudível:

— Ela merecia. A culpa foi dela, não minha.

— Desculpe, não ouvi.

Silêncio.

— Pode repetir, por favor, o que acabou de dizer?

O homem olhou para o chão com uma expressão fechada. De repente, Martin Beck disse:

— Está mentindo para mim.

O homem negou com a cabeça.

— Você me disse que só comprava revistas de esporte e de pesca, mas também compra revistas com fotos de mulheres nuas.

— É mentira.

— Está esquecendo que *eu* nunca minto.

Silêncio.

— Há centenas de revistas como essas enfiadas atrás do seu guarda-roupa.

A reação do homem foi intensa.

— Como sabe disso?

— Mandamos alguns homens fazerem uma busca em seu apartamento. Encontraram as revistas atrás do armário. E várias outras coisas, por sinal. Por exemplo, um par de óculos escuros que pertenceu a Roseanna McGraw.

— Vocês invadem minha casa e violam minha privacidade... Por quê? — Após alguns segundos, repetiu a última frase e acrescentou: — Não quero ter nada a ver com você. Você é detestável.

— Bem, não é proibido olhar fotografias numa revista. Não é mesmo. Não há nada errado nisso. As mulheres que aparecem nessas revistas são iguais a qualquer outra mulher. Não há grande diferença. Se as fotos mostrassem, por exemplo, Roseanna McGraw ou Sonja Hansson ou Siv Lindberg...

— Cala a boca! — gritou o homem. — Não devia ter dito isso. Não tem o direito de mencionar esse nome.

— Por que não? O que você faria se eu lhe dissesse que Siv Lindberg foi fotografada para revistas como aquelas?

— Demônio mentiroso!

— Lembre-se do que eu já disse aqui. O que você faria?

— Punir... Eu mataria você por dizer isso...

— Você não pode me matar. Mas o que faria com aquela mulher? Qual é mesmo o nome dela? Ah, sim, Siv...

— Punir... Eu, eu... Eu iria punir.

— É mesmo?

O homem abria e fechava as mãos.

— Sim, é o que eu faria.

— Você a mataria?

— Sim.

— Por quê?

Silêncio.

— Você não deveria dizer essas coisas — disse o homem. Uma lágrima escorreu por sua face esquerda.

— Você destruiu muitas das fotos — prosseguiu Martin Beck calmamente. — Cortou-as com uma faca. Por quê?

— Na minha casa... Você entrou na minha casa. Vasculhou e espionou...

— Por que cortou as fotografias? — perguntou Martin Beck em voz mais alta.

— Não é da sua conta! — disse o homem, histérico. — Demônio! Seu porco depravado!

— Por quê?

— Para puni-la. E vou punir você também.

Seguiram-se dois minutos de silêncio. Então, Martin Beck optou por um tom mais amigável:

— Você matou a mulher no barco. Não consegue se lembrar, mas vou ajudá-lo. A cabine era pequena e estreita. Havia pouca luz ali dentro. O barco passava por um lago, certo?

— O Boren — disse o homem.

— Você estava na cabine e tirou as roupas dela.

— Não. Ela mesma fez isso. Começou a se despir. Queria me infectar com sua sujeira. Era nojenta.

— E você a puniu? — perguntou Martin Beck, calmamente.

— Sim, eu a puni. Não entende? Ela tinha que ser punida. Era uma depravada, uma desavergonhada.

— E como você a puniu? Você a matou, não foi?

— Ela merecia morrer. Ela queria me tornar sujo também. Ela sentia prazer com sua própria falta de vergonha. Você não entende! — gritou ele. — Eu tinha que matá-la! Tinha que matar seu corpo sujo!

— Não teve medo de que alguém o visse pelo sistema de ventilação?

— Não havia sistema de ventilação na cabine. E eu não tinha medo. Sabia que estava fazendo a coisa certa e que ela era culpada. Merecia morrer.

— E, depois de matá-la, o que você fez?

O homem afundou na cadeira e resmungou.

— Não me torture mais. Por que precisa falar disso o tempo todo? Eu não me lembro.

— Deixou a cabine depois que Roseanna morreu? — A voz de Martin Beck era suave e calma.

— Não. Sim. Não me lembro.

— Ela estava nua na cama, não é? E você a matou. Você continuou na cabine?

— Não, eu saí. Não me lembro.

— Onde ficava a cabine dela no barco?

— Não me lembro.

— Ficava muito abaixo dos conveses?

— Não, era no convés, mas era nos fundos... Bem nos fundos... A última cabine em direção à popa.

— O que você fez quando viu que ela estava morta?

— Não me pergunte a mesma coisa o tempo todo. —Ele choramingou feito uma criança. — Não foi culpa minha. Foi dela.

— Eu sei que você a matou e você já admitiu isso. O que fez depois? — perguntou Martin Beck, numa voz amigável.

— Joguei-a no lago. Não suportava olhar para ela! — gritou o homem.

Martin Beck olhou para ele com tranquilidade.

— Onde? Onde estava o barco?

— Não sei. Só sei que a joguei no lago. — Folke Bengtsson desabou na cadeira e começou a chorar. — Não suportava mais olhar para ela. Não suportava mais olhar para ela — repetia ele numa voz monocórdia, as lágrimas rolando pelo rosto.

Martin Beck desligou o gravador, pegou o telefone e chamou um dos guardas.

Quando o homem que matou Roseanna McGraw foi levado, ele acendeu um cigarro. Manteve-se completamente imóvel, olhando para frente.

Sua visão estava turva, e ele esfregou os olhos com o polegar e o indicador.

Pegou, então, um lápis e escreveu:

PEGUEI-O. CONFESSOU QUASE EMEDIATAMENTE, IMIDIATEMEN...

Colocou o lápis de volta no lugar, amassou o papel e jogou-o na lixeira. Decidiu que telefonaria para Kafka depois que dormisse um pouco e estivesse mais descansado.

Em seguida, colocou o chapéu e o sobretudo e saiu. Tinha começado a nevar às duas horas da manhã, e o chão estava coberto por um manto de neve de vários centímetros de espessura. Os flocos eram grandes e úmidos. Afundavam em longos e lânguidos redemoinhos, compactos e abundantes, que abafavam qualquer ruído e tornavam os arredores remotos e inatingíveis. O verdadeiro inverno havia, enfim, chegado.

Roseanna McGraw tinha vindo à Europa pela primeira e única vez. Em um lugar chamado Norsholm, na Suécia, conhecera um homem que viajava para pescar em Bohuslän. Homem que ela não teria conhecido se o barco não houvesse sofrido uma pane ou se o garçom não tivesse trocado a mesa em que ela fazia suas refeições. Mais tarde, esse homem a matou. É verdade que ela poderia ter sido atropelada na Kungsgatan, em Estocolmo, ou poderia ter caído nas escadas do hotel e quebrado o pescoço. Talvez uma mulher chamada Sonja Hansson nunca mais se sentisse completamente relaxada ou jamais voltasse a dormir profundamente sem sonhar, com as mãos entre os joelhos, como fazia quando era apenas uma garotinha. Ainda assim, na verdade, ela não tivera nada a ver com tudo aquilo. De suas salas em Motala, em Estocolmo e em Lincoln, Nebraska, todos os policiais envolvidos haviam solucionado o caso por meios que jamais poderiam ser revelados publicamente. E sempre se lembrariam de todos os detalhes, ainda que sem grande orgulho.

Com seus ombros arredondados e assobiando, Martin Beck caminhou até a estação de metrô em meio à cerração branca e pulsante. Qualquer pessoa que o olhasse provavelmente se surpreenderia se soubesse em que ele estava pensando.

Lá vai Martin Beck, e está nevando em seu chapéu. Ele caminha com uma canção na cabeça, cada passada no ritmo da música. Olá, amigos, olá irmãos. Ele flexiona os pés. É uma noite de inverno. Olá a todos! Se quiser, é só dizer que iremos para casa no sul! Todos juntos. Para minha parte da cidade.

Estava, enfim, a caminho de casa.

Este livro foi composto na tipologia Simoncini Garamond Std,
em corpo 11/15, e impresso em papel off-white
no Sistema Cameron da Divisão Gráfica
da Distribuidora Record.